MARIE SANDERS

DIE FRAUEN
VOM
NORDSTRAND

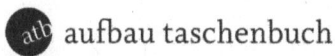 aufbau taschenbuch

MARIE SANDERS

DIE FRAUEN
VOM
NORDSTRAND

ⅠⅠⅠⅠ SCHICKSALSWENDE ⅠⅠⅠⅠ

ROMAN

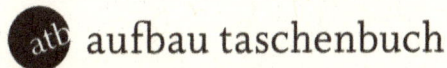 aufbau taschenbuch

MIX
Papier aus verantwor-
tungsvollen Quellen
FSC® C083411

ISBN 978-3-7466-3571-2

Aufbau Taschenbuch ist eine Marke
der Aufbau Verlage GmbH & Co. KG

2. Auflage 2024
© Aufbau Verlage GmbH & Co. KG, Berlin 2020
www.aufbau-verlage.de
10969 Berlin, Prinzenstraße 85
Der Verlag behält sich das Text- und Data-Mining nach § 44b UrhG vor,
was hiermit Dritten ohne Zustimmung des Verlages untersagt ist.
Bei Fragen zur Sicherheit unserer Produkte wenden Sie sich bitte an
produktsicherheit@aufbau-verlage.de.
Satz Greiner & Reichel, Köln
Druck und Binden CPI books GmbH, Leck, Germany

Printed in Germany

Für »Omaheile« Elli Heil,
die für mich schon immer mehr als eine Oma war!

PROLOG
St. Peter a. d. Nordsee, Dezember 1953

»Ach, Moin, Herr ... Brunner, nicht wahr?«

Sigrun Broders schaute den Mann vor dem Tresen treuherzig an. Sie erinnerte sich an den Gast, der noch vor Kurzem hier mit seinem Bruder zur Erholung gewesen war. Ein paarmal war er mit Anni aus gewesen, das hatte Gerda Janssen, deren Mutter, Gott habe sie selig, gar nicht gern gesehen. Man ging doch nicht mit einem fremden Mann aus!

Aber Anni wäre nicht Anni gewesen, wenn sie es nicht einfach trotzdem getan hätte. Sigrun hatte damals schon vermutet, dass zwischen den beiden mehr war als nur Sympathie, aber sie hatte sich gehütet, was zu sagen. Mit ihren gerade mal fünfzehn Jahren war sie schon klug genug, sich nicht in die Angelegenheiten anderer einzumischen.

Er sah jedenfalls gar nicht gesund aus, der Herr Brunner, nicht so wohlgenährt und braun wie zur Zeit seines Aufenthalts hier. Da waren tiefe Ringe unter seinen Augen, und abgenommen hatte er offensichtlich auch.

»Stimmt genau, und Sie sind das Fräulein Sigrun, wenn ich mich recht erinnere?« Friedrich Brunner lächelte freundlich.

Sie nickte, und ihr Gesicht verfärbte sich tiefrot. »Hatten Sie reserviert?« Sigrun war heute Morgen die Ankünfte durchgegangen, da hatte aber kein Brunner gestanden – das hätte sie sich doch sicher gemerkt.

»Nein, ich bin … sozusagen spontan hier. Sagen Sie, Fräulein Sigrun, ob Sie wohl die Frau Janssen holen können?«

Sigrun sah nun traurig aus. »Die ist doch verstorben«, sagte sie. »Kürzlich erst. Sie war sehr krank.«

»Anni war krank?« Friedrich schrie fast.

Sigrun hielt ihre Hand vor den Mund. »Nein, nein, nicht die Frau Schwenck.«

»Die … Frau Schwenck? Wer soll das denn sein?« Nun verstand Friedrich gar nichts mehr.

Sigrun runzelte die Stirn. »Na, Anni. Anni Schwenck? So heißt sie doch, seitdem sie Hinnerk geheiratet hat.«

Bei dieser Eröffnung wurden Friedrich Brunner plötzlich die Knie weich, und er musste sich am Tresen festhalten.

»Sie hat geheiratet?«

Sigrun nickte eifrig. »Ja, wir hatten hier eine große Hochzeit mit einer wunderbaren Torte, und alle haben getanzt, und es war so schön, weil …«

»Sigrun«, unterbrach sie Friedrich jedoch schnell. »Können Sie mir dann bitte mal die Frau Schwenck holen?«

Anni war also verheiratet. Gut, damit hatte er rechnen müssen. Dennoch würde er ihr sagen, was er ihr zu sagen hatte, sonst würde er bald schon vor die Hunde gehen.

⁂

Seit der Hochzeit mit Manon war jeder Tag für ihn die Hölle gewesen, und Manon wusste ebenfalls nicht, wie sie mit ihm umgehen sollte. Natürlich hatte ihm die ganze Situation leidgetan, denn sie konnte ja nichts für seine Gefühle. Friedrich hatte sich so sehr bemüht, Anni zu vergessen, er hatte versucht, sich die Ehe mit Manon schönzureden, aber es wollte ihm einfach nicht gelingen. Seine Frau war verzweifelt, sie liebte ihn aufrichtig, doch er distanzierte sich immer mehr von ihr – und endlich sagte er ihr die ganze Wahrheit. Danach fühlte er sich einerseits seltsam erleichtert und andererseits auch schäbig: Wieso konnte er diese Frau nicht so lieben, wie er eigentlich müsste?

Die sonst immer so kühle und beherrschte Manon hatte auf seine Eröffnung verständnisvoll und ruhig reagiert, und das würde er ihr nie vergessen.

»Wir wissen beide, dass unsere Verbindung eine Vernunftehe ist«, hatte sie zu ihm gesagt und die Kristallkaraffe mit dem Whisky geholt. »Ich habe das Glück, dass ich dich sehr, sehr mag, Fried, wirklich, aber ich kann nicht verlangen, dass du mich liebst. Jetzt erzähl mir erst einmal von deiner Anni.«

Und das hatte er getan – wie er sie kennengelernt und sofort zu einem Glas Wein eingeladen hatte, wie vertraut sie gleich am ersten Abend miteinander gewesen waren.

»Anni hat etwas so Starkes und gleichzeitig Weiches an sich, wie ich es noch nie vorher bei einer Frau erlebt habe«, seufzte Friedrich schließlich. »Versteh das bitte nicht falsch, ich meine nicht, dass du schlechter bist als sie, ich will damit nur sagen, dass meine Gefühle für sie anders sind als alles, was ich bisher kannte, ich … ach, ich weiß ja auch nicht, wie ich es erklären soll.« Hilflos hob er beide Hände. Manon ergriff eine davon und hielt sie fest.

»Du musst dich nicht rechtfertigen. Bei wahrer Liebe sind die Wahrnehmungen und Gefühle nun mal anders«, sagte sie sanft.

»Wie sieht sie aus?«, wollte sie dann wissen, und Friedrich erzählte dankbar von Annis Haaren, von ihren Augen und ihrer ganzen Ausstrahlung.

»Sie hat ein so großes Herz«, erklärte er. »So wie du auch, Manon. Ich danke dir.« Sie hielten sich immer noch an den Händen.

»Nur dass ich nicht Anni bin«, lächelte Manon und versuchte, ihre Traurigkeit hintenanzustellen. Dann ließ sie seine Hand los und lehnte sich in ihrem Lieblingssessel zurück. »Ich glaube, ich möchte jetzt noch einen Drink. Aber keinen Whisky.«

Friedrich stand auf und begab sich an ihren üppig bestückten Barschrank.

»Was hättest du gern?«

»Einen Gin Tonic«, bat Manon.

Friedrich bereitete ihn zu, und seine Hand zitterte, als er die Zitrone schnitt. Er war durcheinander und dankbar gleichzeitig. Für sich selbst nahm er noch einen Whisky auf Eis, dann setzte er sich mit den Getränken wieder zu ihr.

»Auf die Liebe«, seufzte Manon und lächelte schwach.

»Du bist zu gut für diese Welt«, sagte er dann. »Auf dich, und ja, auf die Liebe.«

»Mach dir um mich keine Sorgen«, erklärte Manon nach einem Schluck Gin mit fester Stimme. »Ich komme zurecht. Aber es ist ja nicht mit anzusehen, wie du leidest, seit Monaten schon. Fahr hin zu deiner Anni. Lern sie kennen und verbring Zeit mit ihr. Und wenn es passt, können wir über eine leise Trennung sprechen. Was sagst du dazu?«

Friedrich stand auf und gab seiner Frau einen Kuss auf die Stirn. »Ich danke dir, Manon.«

Und genau das hatte er getan – nun war er hier, um endlich mit Anni zu reden, wie er es schon vor Monaten hätte tun sollen.

»Hallo, Herr Brunner?« Friedrich kam zurück in die Gegenwart. »Ja? Ach so, entschuldigen Sie, Fräulein Sigrun ... Also, können Sie sie holen bitte?«

Sigrun sah ihn verwundert an. »Ich hab es doch jetzt schon dreimal gesagt. Die Frau Schwenck ist weg. Einfach so, nach der Beerdigung von der Frau Janssen war das. Fort ist sie, bei Nacht und Nebel, morgens war sie nicht mehr da, und die kleine Lisbeth auch nicht.«

»Lisbeth?« War das eine von Annis Freundinnen? Nein, die hießen doch anders ...

»Natürlich, die kleine Tochter von der Frau Schwenck.«

Anni hatte also auch ein Kind. Aber das Schlimmste war immer noch: Sie war nicht da.

»Hören Sie, Fräulein Sigrun, das kann doch nicht sein. Anni kann doch nicht einfach verschwunden sein!« Er schüttelte den Kopf. Das war sicher ein merkwürdiges Missverständnis, so einfach war das.

Aber Sigrun nickte eifrig. »Doch, ist sie. Niemand weiß, wo sie hin ist, auch nicht die Frau Doktor Barding und die Edith Müller, und mit den beiden war sie ja eng befreundet.«

»Hat sie denn wenigstens etwas zurückgelassen, einen Brief, eine Nachricht, irgendwas?«

Nun schüttelte Sigrun den Kopf. »Nein, nichts. Nur einen Koffer hat sie mitgenommen.« Nun tat ihr Herr Brunner doch leid, weil er so hilflos aussah. Wie ein getretener, ausgesetzter Hund.

Friedrich stand da, ihm wurde wieder ganz schwindelig. Er

musste sich unbedingt setzen, sonst würde er hier direkt am Empfang der *Seeperle* umfallen.

»Sie sind ja ganz weiß im Gesicht, Herr Brunner«, kam es da auch schon von Sigrun. »Ist Ihnen nicht gut?«

»Ich …«, Friedrich atmete tief ein und aus, und langsam verschwand der Schwindel.

»Danke, es geht schon, Fräulein Sigrun«, sagte er. »Wenn Anni zurückkommen sollte, dann sagen Sie ihr bitte, dass ich heute hier war. Sagen Sie ihr … Nein, sagen Sie nur, dass ich zu ihr wollte. Würden Sie das tun?«

Wieder nickte Sigrun eifrig. »Natürlich, Herr Brunner.«

»Danke.« Friedrich drehte sich um und verließ die *Seeperle*. Die eiskalte Dezemberluft tat ihm gut. Er setzte seinen Hut auf und ging zu seinem Wagen.

Anni war also fort. Damit hatte er nicht gerechnet.

Was sollte er denn jetzt nur tun?

♦♦♦♦ KAPITEL 1
Hamburg, Amt für Fürsorge, November 1955

Anni saß auf einem unbequemen Holzstuhl und umklammerte den Griff ihrer Handtasche so fest, dass ihre Fingerknöchel ganz weiß wurden. Sie war angespannt bis in die Haarspitzen, ihr war heiß und kalt gleichzeitig. Gemeinsam mit Mutti, ihrer Chefin, hatte sie überlegt, was sie heute anziehen sollte. Dieser Termin war wohl der wichtigste in ihrem ganzen bisherigen Leben. »Du musst seriös aussehen«, hatte Mutti gesagt. Gemeinsam waren sie losgegangen und hatten dieses schlichte Pepita-Kostüm aus Tweed im Kaufhaus Hermann Tietz erstanden.

Annis blonde Haare waren hochgesteckt, und sie hatte ein wenig Rouge aufgetragen – ansonsten sah sie wie immer natürlich und frisch aus, auch die Anspannung konnte ihrer Ausstrahlung nicht viel anhaben.

Sie schaute sich in dem Wartebereich des Amtes um: lange Sitzreihen mit Holzstühlen, mit Sand gefüllte Aschenbecher, aus denen es qualmte, einige abgegriffene Zeitschriften. Es roch nach Rauch, Bohnerwachs und Schweiß, keiner der Wartenden lächelte, sondern die Anwesenden starrten entweder auf den Linoleumboden, blätterten in den abgegriffenen Illustrierten oder unterhielten sich hier und da im Flüsterton.

Gestern war das passiert, was Anni seit ihrer überstürzten Flucht mit ihrer kleinen Tochter Lisbeth aus St. Peter im Dezember 1953 befürchtet hatte. Alles hatte sie geschafft, sie war nach Hamburg gekommen und hatte dort mit einiger Mühe ihre Freundin Rena ausfindig gemacht. Diese hatte ihr, kurz nachdem sie ihren gewalttätigen Mann Gerhard verlassen und aus Wien geflohen war, eine Karte geschrieben: *Bin in Hamburg. Mir geht es gut. R.*

Das war der einzige Anhaltspunkt, den sie für ihre Suche gehabt hatte.

Zurückschreiben konnte sie ihr nicht, es stand keine Adresse dabei, und Anni glaubte nicht, dass Rena irgendwo offiziell gemeldet war. Sie hatte nur hoffen können, dass es ihr gut ging.

Anni schaute auf die große Uhr. Die Minuten schienen sich wie Kaugummi zu dehnen, quälend langsam verging die Zeit. Anni lehnte sich zurück und hing ihren Gedanken nach. Was ihr Mann Hinnerk wohl mit der *Seeperle*, ihrem wunderschönen Hotel in St. Peter, gemacht hatte? Hatte er es wirklich verkauft? Weil sie rein rechtlich nun ihm gehörte, konnte er das auch einfach entscheiden, ohne sich um Anni kümmern zu müssen. Keine Lust mehr zu arbeiten hatte er. Und dann, bei einer Scheidung, wäre womöglich ein Vormund für Lisbeth bestellt worden, das hatte Anni unter allen Umständen vermeiden müssen. Also hatte sie nach der Beerdigung ihrer Mutter Gerda, die kurz nach ihrem Vater Ole gestorben war, St. Peter heimlich und schnell wie der Wind verlassen. Nur Helena und Edith, ihre besten Freundinnen in St. Peter, wussten Bescheid. Sie würden dichthalten, da war sich Anni sicher. Wie gut, dass es ihre Vermieterin Hedwig Sterzel gegeben hatte. Ohne viele Fragen hatte sie Anni und Lisbeth in ihre große

Wohnung aufgenommen und sich rührend mit um die Kleine gekümmert.

Die Gedanken flogen in Annis Kopf hin und her. Plötzlich vermisste sie St. Peter, die alte Haushälterin und gute Seele Isa, sie vermisste Helena und auch Edith, die nach ihrer Heirat nach Frankfurt gezogen war. Ob Edith wohl das Sorgerecht für ihre Tochter zurückbekommen hatte? Anni hätte zu gern einiges gewusst, aber die Furcht, Lisbeth weggenommen zu bekommen, hatte sie daran gehindert.

Anni schaute wieder auf die Uhr. Erst eine weitere Minute war um. Dennoch, wie schnell die Zeit in den letzten Monaten vergangen war …

❙❙❙❙ KAPITEL 2
Hamburg, Dezember 1953

Direkt nach ihrer Ankunft in Hamburg hatte Anni die Zimmeranzeigen in einer Zeitung studiert – nur wenig später war sie auf gut Glück in den Stadtteil Eppendorf gefahren und hatte bei einer älteren Dame geklingelt. Glücklicherweise hatte diese ihr sofort ein kleines Zimmer mit Bad- und Küchenbenutzung vermietet. Anni hatte ihr erzählt, ihr Mann sei noch in Gefangenschaft und sie wolle in Hamburg auf eigene Faust ihre Schwester finden, denn die Suche übers Rote Kreuz hätte bislang nichts gebracht. Hedwig Sterzel hatte bereitwillig auf Annis winzige Tochter Lisbeth aufgepasst und ihr auch mal das Fläschchen gegeben, wenn sie hungrig war, während Anni Abend für Abend losgezogen war und nach Rena gesucht hatte. Sie besaß ein Foto von ihr und hatte dieses herumgezeigt, bis sie schließlich zu einem Lokal in einer ruhigen Seitenstraße nahe der Reeperbahn geschickt worden war. Um Zutritt zu bekommen, musste man zunächst läuten und wurde daraufhin durch eine geöffnete Klappe an der schweren Eingangstür kurz gemustert.

»Ja, bitte?«, hatte ein bedrohlich dreinblickender, glatzköpfiger Mann Anni kurz angebunden gefragt.

»Ich … ich habe einen Termin«, hatte Anni geistesgegenwärtig behauptet.

»Aha.« Er hatte daraufhin die Tür geöffnet und Anni eingelassen.

»Treppe hoch, dann links, da steht *Kontor* an der Tür, da sitzt Mutti«, hatte er, ein Riese mit unglaublich breiten Schultern, ihr nuschelnd mitgeteilt. Mit »Mutti« meinte er wohl die Inhaberin, dachte Anni, die kurz darauf zaghaft an besagte Tür klopfte.

»Ja«, antwortete eine tiefe Stimme. Anni öffnete die Tür und stand in einem kleinen Raum, der von einem riesigen, verschnörkelten Schreibtisch dominiert wurde. Über und über war dieser mit Unterlagen überhäuft, in einem wuchtigen Schrank dahinter sah es nicht besser aus. Lose Zettel lagen überall, und verschiedenste Ordner stapelten sich auf dem Boden neben anderen Papieren. Es sah aus, als hätte jemand verzweifelt und hektisch etwas gesucht und dann nichts wieder in Ordnung gebracht. Anni fand das furchtbar. Aus der *Seeperle* war sie eine gewisse Ordnung in den Unterlagen gewohnt und hasste es, wenn man nichts wiederfinden konnte.

›Hier müsste dringend mal Grund reingebracht werden‹, war deshalb ihr erster Gedanke. Am liebsten hätte sie sofort angefangen, die Post zu sortieren …

»Haben wir einen Termin, Süße?«, fragte die korpulente, rothaarige Frau, die hinter dem Schreibtisch saß und an einer gelblichen Zigarettenspitze sog, mit rauer Stimme. Ein voller Aschenbecher neben ihr ließ ahnen, dass sie sehr viel Zeit so verbrachte.

»Nein«, gab Anni zu. »Nicht wirklich. Ich suche jemanden, eine Freundin. In einer anderen Bar hat man mir gesagt, dass ich sie hier finden würde. Bitte, können Sie mir weiterhelfen?«

Sie hatte Glück gehabt, zwei Herren hatten Rena auf dem Foto erkannt und Anni geholfen, wenn auch zögerlich. Niemand wollte mit dem *Chérie* in Verbindung gebracht werden, und schon gar nicht als möglicher Gast. Zuerst hatten die beiden Männer behauptet, die Frau auf dem Foto noch nie gesehen zu haben, aber Anni hatte gemerkt, dass etwas nicht stimmte, daraufhin nachgehakt und weitergebohrt. Schließlich hatten sie sie ans *Chérie* verwiesen.

Die Frau hustete, nickte Anni zu und deutete auf einen roten Samthocker vor ihrem Schreibtisch. »Dann setzen Sie sich erst mal hin, Kindchen, Sie sind ja ganz durchgefroren.«

Das stimmte. Es war eiskalt an diesem Abend, und Anni war froh, sich ein wenig ausruhen zu können. Außerdem war es hier herrlich warm, auch wenn die Luft durch den Zigarettenrauch komplett vernebelt war.

»Also: Wer sind Sie und wen suchen Sie denn?« Die Rothaarige stand hustend auf und holte aus einem Barschrank eine Kristallkaraffe und zwei Gläser.

»Was zu trinken?«

Anni schüttelte den Kopf. »Nein, danke. Mein Name ist Anneke. Anneke Janssen.« Sie hatte beschlossen, nicht den Namen zu nennen, den sie seit der Heirat mit Hinnerk trug.

Die Frau goss sich ein. »Darauf einen Dujardin, heißt es doch so schön.« Sie lachte. »Also, Anneke. Ich bin Johanna, aber alle hier nennen mich Mutti. Wen suchen Sie denn?«

»Rena«, sagte Anni. »Oder vielmehr Carmen, so nennt sie sich jetzt anscheinend.«

»Mhm.« Die Frau musterte Anni. »Sind Sie auch aus dem Gewerbe?«

»Nein.« Anni schüttelte den Kopf und fragte sich, wie Johanna nur darauf kam. Nichts an ihrem Äußeren wies darauf hin, dass sie in einer Bar oder einem Bordell arbeiten könnte:

Sie trug einen dunkelgrauen Rock, eine beige Bluse, Pullover und dicke Strumpfhosen, darüber eine Jacke, die ein wenig wärmer hätte sein können. Farbloser und unprätentiöser ging es kaum.

»Schade. Bist jung und siehst unerfahren aus – das mögen viele Männer. Aber gut, Carmen. Woher kennst du sie?«

»Sie ist meine längste und beste Freundin«, gab Anni zögerlich an.

»Weiß sie das auch?«, fragte die Frau, die offenbar gelernt hatte, dass Vorsicht in weiten Teilen besser war, als später das Nachsehen zu haben.

»O ja, das tut sie. Und ich bin sicher, sie freut sich, wenn sie hört, dass ich hier bin.« Annis Stimme war endlich wieder fest und sicher, aber langsam bekam sie Kopfschmerzen. Dieser Raum musste unbedingt gründlich gelüftet werden.

»So, so«, lautete die Antwort. Dann drückte sie auf einen Knopf, der sich auf einer Schaltanlage befand, und kurz darauf kam der Mann, der Anni die Tür geöffnet hatte, in den Raum.

»Bubi, hol mal bitte Carmen her, wenn sie frei ist«, sagte Johanna, der glatzköpfige, riesengroße Bubi nickte knapp und verschwand wortlos wieder. Johanna steckte sich eine neue Zigarette an und stellte das Radio lauter. »Das könnte ich andauernd hören«, sagte sie, während die Kilima Hawaiians »Es hängt ein Pferdehalfter an der Wand« sangen.

Und dann hörte Anni schnelle Schritte, die Tür flog auf, und Rena stand im Raum. »Ja, Mutti, was ist denn? Ich …«, fing sie an, dann sah sie Anni und schlug die Hände vor den Mund.

»Anni!«, rief sie aus und rannte auf Anni zu, die aufgestanden war. Sie umarmte die Freundin so heftig, dass beide beinahe umgefallen wären.

»Wie kommst du hierher, wie hast du mich gefunden, warum bist du in Hamburg? Oh, wie ich mich freue, ich kann es gar nicht glauben! So eine lange Zeit, Mutti, das ist Anni, meine Freundin, ach Anni, lass dich mal anschauen …«

Anni lachte. »Wenn du wie ein Wasserfall redest, kann ich ja nicht antworten«, sagte sie dann und drückte Rena fest an sich. »Tut das gut, dich zu sehen! Ach Renalein! Ich hab dich so vermisst!«

Johanna stand auf und lächelte. »Dann lass ich euch mal alleine, ihr zwei«, sagte sie. »Wenn ihr was trinken wollt, Weinbrand und Whisky sind im Barschrank. Bedient euch!«

»Danke, Mutti«, brachte Rena hervor, die Anni gar nicht loslassen wollte.

Und dann waren sie endlich allein.

»Also, ich weiß ja nicht, wie es dir geht, aber ich brauche jetzt unbedingt einen guten Schluck«, meinte Rena schließlich.

Anni nickte. »Heute muss das sein.«

»Weißt du was?« Rena bückte sich vor dem kleinen Bosch-Kühlschrank. »Ha! Ich wusste es. Eine Flasche Champagner ist noch da. Den hat Mutti zum Fünfzigsten geschenkt bekommen, obwohl sie gar keinen Champagner mag, deswegen können wir den ohne schlechtes Gewissen nehmen.«

Sie nahm die Flasche und öffnete sie. Dann holte sie zwei Gläser aus einem Schrank und goss ihnen beiden großzügig ein.

»Hui«, sagte Rena, reichte Anni ein Glas und setzte sich mit ihrem eigenen hin. »Wer fängt an?«, fragte sie dann aufgeregt.

Anni lächelte und betrachtete die Freundin, die sie anstrahlte. »Gern du!«, meinte sie. »Aber erst stoßen wir an.«

Rena wirkte sehr gelöst auf sie, so als würde sie sich wohlfühlen. Gut, für Annis Geschmack war sie ein bisschen zu sehr geschminkt – die Augen dunkelgrau betont, viel Rouge, ein sehr roter Lippenstift. Auf eine bestimmte Sorte Männer übte Rena mit ihrer engen schwarzen Corsage mit Strapsen, Nylons und hochhackigen Lackpumps bestimmt eine starke Anziehung aus. Diese Aufmachung war zwar ungewohnt, aber Anni war so froh, ihre Freundin wiederzuhaben, dass für den Moment alles andere egal war.

Rena hob ihr Glas: »Also, auf uns, Annikind! Ich könnte schreien vor Freude darüber, dass du hier bist.«

Sie stießen an, und Anni genoss den Champagner, der ihr durch die Kehle rann. Tat das gut!

»Gerhard zu heiraten war der größte Fehler meines Lebens«, sagte Rena dann und lehnte sich in dem grünen Clubsessel zurück. »Ich hätte es gleich wissen müssen – ach, eigentlich habe ich es ja gewusst. Du weißt ja bestimmt noch, was vorher passiert ist.« Sie presste die Lippen zusammen. Anni nickte. »Natürlich weiß ich das. Und es war nicht das letzte Mal, dass er dir Gewalt angetan hat, stimmt's?«

»Nein«, sagte Rena, und nun war ihre Stimme hart. »Auf der ansonsten so wunderschönen Hochzeitsreise nach Italien hat er mich täglich vergewaltigt. Jeden Abend nach dem Essen gingen wir noch in eine Bar, egal, wo wir waren, und Gerhard hat angefangen, sich zu betrinken. Ich konnte irgendwann kaum mehr etwas essen, mir war nur noch übel. Und getrunken habe ich auch so gut wie nichts. Gerhard dafür umso mehr. Nun, kaum waren wir im Hotel angekommen, fing er einen sinnlosen Streit an, meistens darüber, wie prüde und frigide ich sei, aber als seine Frau habe ich gefälligst zu tun, was er sagt. Einmal war es so schlimm, dass ich aus dem Hotelzimmer geflohen bin, hinunter an die Rezeption, im Bademantel. Die nette Concierge hat sogar die Polizei gerufen, und einer der Polizisten sprach Deutsch. Da könnten sie nichts machen, hat er gesagt, und ich hab ihm angesehen, wie unangenehm ihm das war. So etwas ist innerhalb einer Ehe eben nicht strafbar.« Sie nahm einen großen Schluck aus ihrem Glas und füllte sich nach.

»Als wir dann zurück in Wien waren, hörte es natürlich nicht auf. Dazu kam noch dieser entsetzliche Kontrollzwang. Überall hat Gerhard herumgeschnüffelt, alles überwacht. Es war nicht zum Aushalten. Einmal stürmte er sogar beim Friseur hinein, während ich unter der Haube saß. Er brüllte herum und hat einen von diesen Rollwagen, weißt du, wo die Wickler und die Bürsten draufliegen, einfach umgetreten, nur weil er mich nicht sofort gesehen hatte. Am schlimmsten war es aber, wenn wir eingeladen waren oder selbst Gäste hatten. Er hat bestimmt, was ich anziehe, was ich sage, wie ich mich bewege – und wehe, irgendwas hat ihm nicht gefallen. Das bekam ich dann zu spüren, wenn wir alleine waren. Grün und blau hat er mich geschlagen. Und es war ja Sommer, Anni, aber ich habe keine kurzärmligen Kleider mehr getragen, ich bin so gut wie nie mehr aus dem Haus gegangen. Wir hatten zwei Angestellte, eine Zugehfrau, die kam jeden Tag, und eine Köchin, die kam, wenn wir Gäste erwarteten. Die Zugehfrau hat einmal zu mir gesagt, so Männer wie meinen, die müsste man erschießen. Das seien keine Männer, sondern Schweine. Aber sie konnte mir auch nicht helfen.« Renas Stimme war immer leiser geworden, und Anni legte eine Hand beruhigend auf ihren Arm.

»An einem Abend hat Gerhard mich so geschlagen, dass die Haut über meinem Auge aufgeplatzt ist und ich am nächsten Tag zum Arzt gegangen bin. Ich habe versucht, dort anzudeuten, was passiert ist, aber der gute Mann ist überhaupt nicht darauf eingegangen, sondern hat sogar noch so blöde Witze gemacht, ob meinem Mann das Essen nicht geschmeckt habe. Ich wäre so gern nach Hause gefahren, Anni. Ich hab euch alle, vor allen Dingen dich, so sehr vermisst. Aber ich konnte ja noch nicht mal unbeaufsichtigt telefonieren. Wenn er nicht da war, hat er das Telefon abgeschlossen. Dass ich nicht auf deiner Hochzeit sein konnte, fand ich ganz schrecklich, aber Gerhard hatte mich nicht nach St. Peter fahren lassen.« Nun kamen Rena die Tränen. »Und dann hat er mir meinen Schlüssel abgenommen und gesagt, ich dürfe die Wohnung nur noch mit ihm verlassen. Irgendwann konnte ich nicht mehr, Anni. Ich konnte einfach nicht mehr.« Sie trank ihren Champagner leer.

»Hast du denn mit deiner Mutter gesprochen?«, fragte Anni, aber konnte die Antwort schon erahnen. Lore Dittmann war eine Meisterin im Verdrängen von Dingen, die nicht in ihr Weltbild passen wollten.

»Natürlich, mehrfach. Heimlich von meiner Schneiderin aus.« Renas Stimme klang bitter. »Ich solle mich zusammennehmen und besser verhalten, hat sie gesagt. Dein Mann schlägt dich ja nicht ohne Grund, da wird doch etwas vorgefallen sein, hat sie gemeint. Ich habe geweint und sie gebeten, zu mir zu kommen, aber sie kam nicht. Ich solle jetzt erst einmal schwanger werden, dann würde Gerhard sicher nicht mehr zuschlagen. Kann ich bitte ein Taschentuch haben?« Anni holte eins aus ihrer Handtasche, Rena putzte sich die Nase und wischte ihre Augen trocken. »Davor hatte ich am meisten Angst, dass ich schwanger werde«, sagte sie dann, und Anni nickte.

»Nach einem besonders schlimmen Abend saß ich mit meinem Kaffee am Frühstückstisch, Gerhard hatte wunderbare Laune, ließ sich sein Essen schmecken und erzählte mir, dass er demnächst in München zu tun hätte, da sollte ich mitkommen. ›Wir machen uns ein paar schöne Tage, mein Schatz‹, hat er gesagt. An diesem Morgen war alles plötzlich so unwirklich. Gerhard las die Zeitung, dann holte er seine Jacke und machte sich bereit zum Gehen. Er fragte mich, was ich denn heute vorhätte – natürlich nichts, ich hatte ja keinen Schlüssel, um wieder in die Wohnung zu kommen. Einmal war ich so dumm und hab das Haus trotzdem verlassen, dann musste ich warten, bis er nach Hause kam, und du kannst dir vorstellen, was dann passierte. Ich hatte einfach immer schreckliche Angst. An diesem Tag aber, da ging es einfach nicht mehr. Mir war alles egal. Zum Glück wusste ich, wo Gerhard die Pässe aufbewahrte, und zum Glück war etwas Bargeld im Haus – ich habe gar nicht weiter nachgedacht. Als er gegangen war, bin ich sofort ins Schlafzimmer und hab gepackt. Da stand plötzlich Berta in der Tür. ›Sie machen es richtig, Frau Stöberl‹, hat sie gesagt. ›Der schlägt sie sonst eines Tages tot. Ich hab nix gehört und nix gesehn. Gott beschütze Sie, gute Frau.‹ Eigentlich wollte ich gleich nach Haus, nach St. Peter, aber ich hatte Angst, dass meine Mutter mich zurückschicken würde. Nun, ich habe mich dann dazu entschlossen, wenigstens in die Richtung zu reisen.«

Sie schaute sich um und hob beide Hände. »Und hier bin ich gelandet. Mutti ist unfasslich lieb zu mir, sie ist wirklich wie eine Mutter für uns alle. Ich bin froh, dass ich hier gelandet bin und nicht in so einer Kaschemme.«

»Aber warum hast du dich denn überhaupt für diesen … Beruf entschieden?«, wollte Anni wissen. »Du hättest doch auch was Seriöses machen können.«

»Ja? Was denn?«, fragte Rena zurück, und ihre Stimme klang ein wenig schnippisch. »Für alles andere braucht man Papiere, und die möchte ich nicht vorlegen. Nicht auszudenken, wenn Gerhard mich ausfindig macht. Er bringt mich um, ich weiß es. Hier bin ich sicher, wir kümmern uns alle umeinander. Und weißt du was? Jeder einzelne meiner Kunden ist netter als mein eigener Mann. Keiner hat auch nur ansatzweise Gewalt bei mir anwenden wollen.«

Sie lächelte die Freundin an. »Nun bist du dran, ich will alles hören. Was machst du in Hamburg? Fährst du bald wieder zurück nach St. Peter? Wie geht's deinen Eltern?«

Anni holte Luft und brachte Rena auf den neuesten Stand.

Sie erzählte, dass erst ihr Vater mit seiner beginnenden Demenz von der Flut überrascht und ertrunken war und sich dann ihre Mutter mit einer Überdosis Schlaftabletten das Leben genommen hatte.

»Mein Gott, Anni, das ist ja furchtbar. Erst Ole, dann Gerda, und so kurz aufeinander. Das muss ein schwerer Schlag für dich gewesen sein.« Rena streichelte Annis Hand.

»Es war nicht leicht, das ist wahr.« Anni atmete tief durch. »Allerdings ist auch etwas Schönes passiert: Ich habe eine Tochter bekommen, Rena. Sie heißt Lisbeth.«

»Ein Kind!« Rena strahlte. »Oh, Lisbeth, wie deine Urgroßmutter! Was für eine schöne Idee. Anni, ich freue mich so sehr für dich! Wo ist sie jetzt?«

»Bei meiner Vermieterin, Frau Sterzel. Ich hätte sie ja schlecht mit hierher nehmen können. Wir haben ein Zimmer in Eppendorf bekommen, ohne große Fragen. Ich sagte nur, mein Mann sei noch in Gefangenschaft und ich würde in Hamburg meine Schwester suchen. Frau Sterzel wohnt alleine in einer großen Wohnung, ich darf Küche und Bad mitbenutzen, und das ist mit einem Säugling natürlich von großem Vorteil.«

Rena nickte. »Ja, viele Damen mit größeren Wohnungen vermieten unter. Die Männer und Söhne sind im Krieg geblieben, in Gefangenschaft oder werden noch vermisst, das ist ein großes Problem für die Frauen. Und nicht alle möchten meinen Beruf ausüben …«

»Wie lange möchtest du das denn noch machen?«, fragte Anni.

»So lange es geht erst mal. Ich verdiene hier sehr, sehr gut, und das Beste ist, ich muss nichts davon einem gewalttätigen Ehemann abgeben.« Rena lächelte schief. »Aber sag mal …« Sie runzelte die Stirn. »Warum musstest du dir hier ein Zimmer nehmen? Das heißt, du bist nicht nur kurz hier? Ist etwas passiert?«

Anni nickte. »Hinnerk hat sich nicht gerade als Traummann entpuppt. Ich habe herausgefunden, dass er spielsüchtig ist, außerdem will er die *Seeperle* verkaufen und Privatier werden, ist das zu fassen? Dabei habe ich doch monatelang renovieren lassen … Aber das Schlimmste ist, er will sich scheiden lassen, und das hieße, dass der Staat mir Lisbeth wegnehmen könnte. Die Gesetze sind da nicht gerade frauenfreundlich.«

»Meine Güte!«, rief Rena. »Das ist ja entsetzlich. Einer Mutter ihr Kind wegnehmen? Also heißt das, du bist mit Lisbeth weggelaufen?«

Anni nickte. »In einer Nacht-und-Nebel-Aktion. Edith Müller und Helena Barding haben mir geholfen, mich in aller Frühe nach Flensburg zum Bahnhof gefahren.«

»Helena Barding? Die neue Ärztin?«

Anni nickte. »Und Edith Müller ist Lehrerin aus Kassel. Sie war als Betreuerin von hessischen Kinderkurgruppen in St. Peter. Mit den beiden habe ich mich angefreundet. Hoffentlich lernst du sie mal kennen, wir sind richtig gute Freundinnen geworden, und sie sind die Einzigen, die wissen dürfen, wo ich bin. Sonst weiß niemand Bescheid.«

»Nicht einmal Isa?«

»Nein, da hätte ich Angst, dass sie tratscht. Du weißt doch, wie sie ist.«

Isa arbeitete für Annis Familie, seit Anni denken konnte. Die *Seeperle* ohne Isa, die kochte und Kuchen und Torten und Brot und Salate fabrizierte und sich auch sonst um alles kümmerte, die die gute Seele der *Seeperle* war, konnte man sich überhaupt nicht vorstellen. Aber Anni hatte Angst, dass Hinnerk sie ausquetschen könnte oder Isa sich versehentlich verplapperte.

»Sie wird sich schreckliche Sorgen machen«, sagte Rena.

»Ja, und ich werde Helena und Edith bitten, ihr zu sagen, dass es Lisbeth und mir gut geht. Aber alles andere ist zu gefährlich.«

»Das verstehe ich.« Rena nickte.

»Ich bin also morgens ganz früh mit dem Zug weggefahren. Und nun bin ich hier und habe dich endlich gefunden.«

»Aber was wird nun? Wie sind deine Pläne?«

»Ein bisschen Geld habe ich, aber nicht furchtbar viel, ich werde …«

»Ich gebe dir Geld«, sagte Rena sofort.

»Nein, das möchte ich nicht. Ich möchte für Lisbeths und meinen Unterhalt selbst sorgen«, erklärte Anni mit fester Stimme. »Das heißt, ich werde mir etwas suchen.«

»Aber was denn? Du hast keine Ausbildung, und wenn du in ein Hotel gehst, um da zu arbeiten, dann werden die doch deine Papiere sehen wollen.«

»Das stimmt.« Anni überlegte. »Vielleicht in einem Café, oder …«

»Da ist doch die Gefahr viel zu groß, dass dich jemand erkennt«, meinte Rena. »Nein, wir müssen etwas anderes finden.«

Anni wurde warm ums Herz, weil Rena »wir« gesagt hatte.

Einige Zeit lang saßen sie schweigend da und hingen ihren Gedanken nach, dann füllte Rena erneut die Gläser mit Champagner. Als sie die Flasche wieder auf den Tisch stellte und dafür einige Papiere zur Seite räumen musste, weil sonst kaum Platz war, runzelte sie die Stirn. Dann drehte sie sich zu Anni um. »Ich hab's!«, rief sie. »Du arbeitest hier, im *Chérie*! Das ist genau das Richtige für dich!«

»Oh«, entfuhr es Anni. Damit hatte sie nun wirklich nicht gerechnet. Sicher machte Rena Witze …

▌▌▌▌ KAPITEL 3

»Also ich weiß nich.« Mutti hatte die Arme verschränkt und sah Rena und Anni abwechselnd an. Dann stand sie auf und holte sich ein Glas und schob es zu Rena. »Gieß mal ein.«

»Ich dachte, von Champagner bekommst du grauenhaftes Sodbrennen«, erinnerte Rena sie.

»Ist egal, ich brauch jetzt was zu trinken. Und außerdem müssen wir doch auf meine neue Mitarbeiterin anstoßen.«

Anni riss die Augen auf. »Heißt das, ich habe jetzt Arbeit?«

»Jo, heißt es«, sagte Mutti. »Ich hoffe, du bist wirklich so brillant wie Carmen sagt. Aber ich werd ja irre mit dem ganzen Kram und muss dringend Ordnung da reinbringen. Also versuchen wir es. Und ab sofort bin ich auch Mutti für dich.«

Anni strahlte Mutti an. »Gern«, sagte sie. »Danke.«

»Auf uns!«, rief Rena glücklich, und Anni nickte.

»Auf uns!«

»Wann kannst du denn anfangen, Anni?«, wollte Mutti wissen.

»Jetzt gleich, wenn du magst.«

»Nee, nee, erst mal muss ich die Sachen ein bisschen sortieren, herrje.« Sie schaute auf die verschiedenen Stapel Papiere, Unterlagen, Rechnungen und Ordner. Hinter ihr im Aktenschrank sah es nicht besser aus. Lose Blätter, Notizzettel, noch mehr Unterlagen, Pappkartons mit Zetteln drin – wenn man hier etwas finden wollte, brauchte man einen langen Geduldsfaden.

»Na gut, von mir aus könntest du wirklich gleich anfangen«, seufzte sie. »Ich muss die Steuerunterlagen sortieren, also du musst die sortieren, ach herrje, ich weiß gar nicht, wo ich was habe. Kinder, Kinder, was für ein Durcheinander! Seit Kriegsende ist alles so unordentlich geworden. Weil Fridtjof nich mehr da is! Der hat das alles gemacht, ich hab immer gesagt, Fridtjof, ich mach alles, was nicht aus Papier ist, ich kümmer mich ums Personal und dass geputzt ist und bestell die Getränke und alles, aber halt mir das Büro vom Leib.«

»Fridtjof ist Muttis Mann«, erklärte Rena. »Er ist noch in Gefangenschaft.«

»Wenigstens lebt er, aber keiner weiß, wann er zurückkommt«, sagte Mutti traurig. »Und die Briefe dauern ja, als sei er am Nordpol, so lange. Letztens kam einer an, der hat zwei Monate gebraucht. Was kann in den zwei Monaten auch alles passieren! Und ob meine Post da ankommt in dem Lager, weiß auch nur der Herrgott. Er könnte ja auch schon längst im nächsten sein, weiß man es denn? Ach, ach, es ist nicht einfach.«

»Das tut mir sehr leid«, sagte Anni. »Ich werde dir helfen, das hier alles auf Vordermann zu bringen. Es wird zwar eine Weile dauern, aber dann haben wir den Durchblick.«

»Das klingt wie Musik in meinen Ohren!«, freute sich Mutti. »Diese vermaledeiten Steuern bringen mich noch ins Grab. Anni, wollen wir es so halten, dass du morgen Vormittag herkommst, und ich zeige dir dann alles, was ich dir zeigen soll und was ich weiß? Natürlich, viel ist das nicht, ich sag es dir gleich.«

»Sehr gerne«, nickte Anni. »Ich muss nur schauen, wo ich Lisbeth unterkriege, meine Tochter. Sie ist noch sehr klein und kann nicht so lange alleine bleiben.«

»Ein Babylein!«, sagte Mutti mit glänzenden Augen. »Das kannst du doch mitbringen. Soweit ich noch weiß, schlafen Babys doch die meiste Zeit und melden sich nur, wenn sie Hunger haben.«

»Nicht alle, aber Lisbeth schon«, sagte Anni.

»Na dann!« Mutti stand auf, um das Fenster zu öffnen. »Hier kommt jetzt mal frische Luft in die Bude«, sagte sie und ging zur Tür. »Kommt mal mit. Ich zeig euch die Lösung.«

Mutti führte die beiden auf den Flur und öffnete die nächste Tür. »Hier bitte, eine kleine Küche und hier …«, sie deutete in die Richtung eines daran anschließenden, kleinen Raumes, in dem nur ein paar ausrangierte Möbel standen, »… hier kannst du dein Töchterchen im Kinderwagen reinschieben, dann kann sie schlafen. Es gibt eine Verbindungstür zu meinem Büro, die soll Bubi dann mal freiräumen.«

Von dem Zimmer aus führte eine weitere Tür nach draußen. Mutti machte eine einladende Handbewegung. »Bitte sehr.«

Rena und Anni gingen die paar Stufen hinunter, und nachdem ihre Augen sich an die Dunkelheit gewöhnt hatten, sahen sie, dass sich ein kleiner, hübscher Garten ans Haus anschloss. »Da kann deine Tochter auch mal in der frischen Luft schlafen«, meinte Mutti. »Wir sind zwar aufm Kiez, aber hier draußen ist es herrlich ruhig. Und klauen kannse auch keiner, die Tür da ist der einzige Zugang.«

Mutti deutete auf einen Holztisch und Gartenstühle. »Da sitzen die Mädchen im Sommer manchmal in ihrer Pause oder einfach so zwischendurch. Wenn dich das stört, dann …«

»So ein Unfug, mich stört gar nichts. Das ist ja wunderbar hier!«, staunte Anni.

»In der Küche kannst du Wasser heiß machen fürs Fläschchen«, erklärte Mutti. »Oder stillst du?«

Anni schüttelte den Kopf. Deswegen hatte sie zwar ein schlechtes Gewissen, aber durch die ganze Aufregung in den Tagen vor ihrer Abreise hatte sie nicht die nötige Ruhe gehabt, um sich mit Lisbeth hinsetzen und ihr die Brust geben zu können.

»Dann ist ja alles geklärt.« Sie gingen wieder ins Haus, und Mutti verriegelte die Tür.

»Wir müssen nur noch über deine Bezahlung sprechen.«

Anni zuckte mit den Schultern. »Ich weiß nicht, was da normal ist.«

»Normal ist hier schon mal gar nichts«, sagte Mutti resolut. »Ich werde dir einen ordentlichen Stundenlohn zahlen, ich bin keine Ausbeuterin und habe Ehre und Anstand im Leib.«

»Das stimmt«, sagte Rena mit Nachdruck.

»Also«, sagte Mutti. »Bis morgen um, sagen wir, elf Uhr? Vorher muss ich ein bisschen ausschlafen.«

»Gern.« Anni nickte. Etwas Besseres hätte ihr gar nicht passieren können. Eine gute Arbeit, bei der niemand sie erkennen könnte, und Lisbeth konnte sie sogar mitnehmen, das war ja herrlich! Und verwerflich war es wohl nicht, die Büroarbeit für eine Bar zu erledigen, selbst wenn sie *Chérie* hieß. Auch das musste ja jemand tun.

Anni fühlte sich so leicht wie lange nicht mehr, und auch Rena war begeistert und drückte Annis Hand. Dann sah sie auf die Wanduhr und stand auf. »Ich muss dann mal, Anni. Ein Stammkunde wird gleich da sein.«

Anni wurde rot; so ganz kam sie mit der neuen Situation noch nicht klar. Aber sie nickte ihrer Freundin, wie sie hoffte, souverän zu. Rena lächelte sie an. »Du kannst dich nicht verstellen, Anni, ich kenn dich zu gut. Du weißt nicht so recht, wie du dich mir gegenüber verhalten sollst, oder?«

»Das stimmt«, sagte Anni. »Dein neuer Beruf ist ja nicht gerade alltäglich, das musst du zugeben.«

»Auf jeden Fall«, meinte Rena. »Aber wenn du hier ein paar Tage bist, wirst du feststellen, dass bei uns alles viel ehrlicher und anständiger ist als anderswo. Hier gibt es keine doppelte Moral und keine so hochgelobte Gottesfürchtigkeit. Wir hier, wir nehmen eben Geld für das, was viele Frauen teilweise mit Gewalt erdulden müssen. Und wenn sie etwas sagen, dann wird der eigene Mann nicht bestraft. Ist *das* etwa gerecht, Anni? Da ist es mir doch lieber, ich weiß, woran ich bin, und der Mann weiß es auch.«

»Nun«, sagte Anni. »Da hast du sicher recht. Aber eine Tatsache bleibt: dass die verheirateten Männer, die die … käufliche Liebe in Anspruch nehmen, ihre Frauen betrügen.«

»Solche gibt es natürlich auch«, gab Rena zu. »Du darfst aber auch eins nicht vergessen, nämlich dass viele Frauen Sex einfach als Last empfinden. Verhütung ist ja schon allein von der Kirche aus verpönt, also sind viele Frauen immer entweder schwanger oder liegen im Wochenbett, die sind froh, wenn ihr Mann sie in Ruhe lässt. Und viele lassen den Akt nur stillschweigend über sich ergehen, weil Freude beim Sex ja schmutzig und verwerflich ist.«

Nun meldete sich Mutti zu Wort. »Man darf nix schönreden«, sagte sie. »Selbstredend gibt's Männer, die betrügen ihre Frauen, da beißt die Maus kein Faden ab. Das sind nicht wenige, und natürlich ist das nicht richtig. Wer heiraten will, sollte sich vorher überlegen, was er will. Mein Fridtjof hat immer gesagt, wenn Treue Spaß macht, ist es Liebe. Aber wir haben dieses Etablissement nicht übernommen, weil wir die Treue in Stein meißeln wollen. Das steht uns ja gar nicht zu. Wir wollen Geld verdienen wie jedermann.«

»Ich verstehe«, nickte Anni.

»Du wirst sehen, Anni, hier ist nix Verruchtes in dem Laden, wir sind wie eine große Familie, und Gott gnade demjenigen, der es wagt, Hand an meine Mädels zu legen. Den soll der Blitz treffen.« Mutti ballte eine Hand zur Faust.

Anni und Rena mussten lachen. »Oder wir rufen nach Bubi«, sagte Rena dann. »Der ist schneller da als der Blitz. Aber er musste, seit ich da bin, nur zweimal einschreiten, und das nicht mal, weil jemand übergriffig wurde. Einmal war ein Gast total betrunken und fiel ständig hin, und der andere hatte seinen Moralischen und hat die ganze Zeit wegen seiner Frau, die die Scheidung wollte, geheult. Das hat die anderen Gäste irritiert.«

»Aber sonst verläuft das alles hier in ganz ruhigen Bahnen«, sagte Mutti. »In den hinteren Räumen hier hast du deine Ruhe. Du musst da nichts befürchten, Anni.«

Rena lächelte ihr zu und stand auf. »Ich freue mich schon auf morgen!«

»Und ich mich erst!«, rief Anni noch, doch Rena war schon zur Tür hinaus.

»Ein so liebes Mädchen«, sagte Mutti. »Sie hat viel mitgemacht. Hat nicht alles erzählt, aber einiges durchblicken lassen. Mistkerl, ihr Mann. So einem gehören … Ich sag jetzt nicht, was man mit dem machen sollte, aber der soll mir nicht unter die Finger kommen.«

Anni nickte und überlegte kurz. »Um ehrlich zu sein bin ich froh, dass Rena von ihm weg ist. Dass sie sich getraut hat, Wien zu verlassen. Sie hat alles richtig gemacht. Ich kann zwar nicht behaupten, dass ich über ihre Berufswahl glücklich bin, aber es ist besser, als bei ihm zu bleiben. Sie hatte wohl keine Wahl.«

»Wenn Frauen irgendwann wirklich eine Wahl haben, bin ich die erste, die Hurra schreit«, bekräftigte Mutti. »Das sind Zustände ohne Worte. Und viele Herren sind gar nicht dafür, dass Frauen was zu sagen haben – da muss sich einiges ändern. Was Carmen betrifft, also Rena, das muss ja nicht immer so bleiben mit dem, was sie tut. Ich denke, das war für sie erst mal der einfachste Weg.«

»Sie muss zu einem Anwalt gehen«, sagte Anni.

»Hab ich ihr auch gesagt, aber zunächst will sie ein bisschen Geld zur Seite legen, damit sie ein Polster hat, für schwere Zeiten, hat sie erzählt.«

»Die schweren Zeiten hat sie doch nun hinter sich«, sagte Anni.

»Sie ist eben vorsichtig, die Carmen. Das ist ja auch nicht schlimm. Ich glaube, was sie gerade gar nicht braucht, ist noch mehr Druck von außen. Wir lassen sie mal machen und sehen zu gegebener Zeit weiter. So.« Mutti lächelte Anni an. »Ich muss mal wieder nach vorne, mich bei den Gästen sehen lassen. Es ist schon sehr spät – ich sag Bubi, dass er dich heimbringen soll.«

»Ach, das ist doch nicht nötig.«

»Wir sind hier in Hamburg und nicht auf dem Land, keine Widerrede.« Mutti drückte wieder auf einen Knopf, und wie aus dem Boden gestampft stand Bubi einige Sekunden später erneut vor der Tür.

»Sei so gut und bring das Mädel nach Hause, ich möchte, dass sie sicher da ankommt«, sagte Mutti freundlich, und Bubi nickte, um Anni daraufhin die Tür aufzuhalten.

»Vielen Dank, Mutti«, sagte Anni, und Mutti nickte.

»Wir sehen uns morgen um elf. Hab eine gute Nacht. Ich bin schon gespannt auf deine Kleine.«

Bubi ging groß und mächtig vor Anni her, bis sie vor einem schwarzen Auto standen. Er öffnete die Tür auf der Beifahrerseite und ließ Anni einsteigen, die sagte ihm die Adresse. Immer noch wortlos fuhr er sie dann nach Eppendorf.

»Gute Nacht und vielen Dank«, sagte Anni beim Aussteigen. Bubi nickte ihr höflich zu und brauste davon.

IIII KAPITEL 4
Hamburg, am nächsten Morgen

»Moin.« Mutti gähnte ausgiebig und balancierte in ihrer Hand eine Tasse mit Kaffee. Der Geruch nach frisch gemahlenen Bohnen erinnerte Anni schmerzlich an zu Hause. Sie musste an die große Küche der *Seeperle* denken, die sie gemeinsam mit ihrem guten alten Freund Hans Falckenberg wieder auf Vordermann gebracht hatte. Ach, Hans müsste sie auch einmal schreiben oder ihn anläuten – sie vermisste ihn. Obwohl er nach einer Kriegsverletzung für immer an den Rollstuhl gefesselt war, hatte er seine gute Laune nie verloren, und sie hoffte, dass es ihm im Bergischen Land gut ging.

Anni dachte an den großen Holztisch, auf dessen Platte Isa, die gute Seele des Hauses, immer ihre Hefeteige gewalkt und geknetet hatte, sie erinnerte sich an die zerbeulte Teekanne auf dem Ofen und Isas Gesicht, wenn sie morgens in der Küche aufgetaucht war. »Na, Annikind, meine Seute, haste gut geschlafen? Erst mal 'nen Kaffe, nich?« Oft war schon selbst gebackenes Weißbrot fertig gewesen, das sie dann mit frischer Butter und hausgemachter Marmelade oder dem vom Nachbarn geimkerten Honig gegessen hatte.

Bei Hedwig Sterzel, ihrer Zimmervermieterin hier in Hamburg, gab es auch Kaffee, aber der war meistens zu schwach für

Anni. Doch sie beschwerte sich nicht, denn jahrelang hatte es überhaupt keinen Kaffee gegeben – also sagte sie tapfer, dass er sehr gut schmeckte. Sie hatte ein warmes Zimmer für sich und ihre Tochter, und Frau Sterzel stellte keine aufdringlichen Fragen. Außerdem hatte sie gern abends auf Lisbeth aufgepasst, während Anni unterwegs gewesen war und Rena gesucht hatte.

»Ach, die Lütte ist so Zucker, wenn die einen anschaut, hat man automatisch gute Laune«, sagte Frau Sterzel immer. Lisbeth fühlte sich wohl bei ihr auf dem Arm, ließ sich wiegen und Lieder vorsingen oder schlief auf dem Sofa auf zurechtgerückten Kissen, während Hedwig neben ihr Pullover strickte. »Für meinen Mann«, hatte sie Anni erklärt. »Wenn Franz heimkommt, braucht er ja was Warmes.«

Die Hoffnung auf die Rückkehr ihres Ehemannes war alles, was sie aufrecht hielt. Ihre beiden Söhne waren im Juni 1944 in der Normandie gefallen, selbstredend »für den Kampf, für das Vaterland und für den Führer«, hatte Hedwig Sterzel Anni eines Abends, als sie zusammensaßen, erzählt und dabei Tränen in den Augen gehabt.

»Ich hab mir so sehr Enkelkinder gewünscht«, hatte sie gesagt und wollte Lisbeth gar nicht mehr loslassen. »Ach, ach, meine beiden Jungs, so gute Kerle waren das, Wolfgang und Manfred. Sie sind nur 18 Monate auseinander und haben immer zusammengeklebt wie Pech und Schwefel. Wolfgang war der Ältere, er hat immer auf seinen kleinen Bruder aufgepasst. Wenn ich mir vorstelle, dass jetzt beide schon verheiratet wären und hier die Enkel herumspringen würden, ach, ich darf gar nicht dran denken … Ich will nur hoffen, dass das schnell ging in Frankreich, dass sie nicht leiden mussten. Vielleicht waren sie ja sogar in ihren letzten Minuten zusammen und konnten sich ein bisschen Halt geben.« Frau Sterzel hatte ihre Nase geputzt.

»Weinen Sie nicht, Frau Sterzel«, hatte Anni fürsorglich gesagt und ihre Vermieterin in den Arm genommen. »Schauen Sie nach vorne und hoffen Sie, dass Ihr Mann bald nach Hause kommt.«

»Deswegen strick ich ja«, hatte Hedwig geschluchzt. »Es ist, als ob ich mir meinen Franz dadurch zurückholen könnte. Und für unsere kleine Deern hier strick ich danach ein Jäckchen.« Nun lächelte sie. »Der Winter ist ja kalt. Ein schönes, helles Rosa nehm ich, was meinen Sie?«

»Sie sind ja lieb!« Anni war gerührt. »Rosa ist ganz wunderbar.«

◀◀◀ KAPITEL 5

»So«, sagte Mutti. »Nun mal Butter bei die Fische.« Obwohl sie müde aussah, war sie perfekt frisiert, geschminkt und trug ein bodenlanges, orientalisch anmutendes Negligé, das um sie herumwallte.

»Das also ist das Büro.« Erwartungsvoll schaute sie Anni an.

Die lächelte. »Ich weiß. Wir waren ja gestern auch hier. Wo soll ich anfangen?«

»Wenn ich das wüsste«, seufzte Mutti und ließ sich in einen Sessel sinken, um dann sofort wieder aufzustehen. »Moment mal. Wo ist denn die Kleene?«

»Die hab ich in den anderen Raum geschoben«, erklärte Anni. »Da ist bessere Luft.«

»Ach, ein Kreuz mit dieser vermaledeiten Qualmerei«, sagte Mutti. »Entschuldige, Kindchen, ich sag Bubi, er soll sich was einfallen lassen. Aber nun zeig mir doch erst mal den Wonneproppen.«

»Gut. Lass uns bitte leise sein, ich glaube, sie schläft.«

»Was glaubst denn du, warum ich Mutti heiße?«, fragte Mutti empört. »Zwei Jungs hab ich großgezogen!«

»Wirklich?«, fragte Anni. »Wo sind sie denn?«

»Mein Ludwig fährt zur See, mein Paul wohnt mit seiner

Frau und den Kindern in München und hat eine Schuhmacherei. Er ist Meister!«, sagte sie stolz. »Aber nun wollen wir uns die kleine Lisbeth anschauen!«

Sie gingen leise in das andere Zimmer, wo Lisbeth in ihrem Kinderwagen lag und offenbar gerade aufgewacht war. Mit großen Augen schaute sie erst ihre Mutter, dann die ihr unbekannte Frau an.

»Das also ist meine kleine Lisbeth«, sagte Anni. »Lisbeth, das ist Mutti.«

»Ja, meine Kleene, du bist aber ein Püppchen, ein richtig kleines, süßes Püppchen, ach, ach, ach!« Mutti kriegte sich gar nicht mehr ein vor Entzücken. »Wann ist es denn Zeit für ihr nächstes Fläschchen?«

»Erst in zwei Stunden«, sagte Anni und ruckelte vorsichtig den Wagen hin und her.

»Da kann ich doch ein bisschen mit ihr spazieren gehen«, schlug Mutti begeistert vor. »Frische Luft hat noch keinem Kind geschadet.«

»Aber Mutti«, meinte Anni, »du hast doch andere Dinge zu tun!«

»Welche denn?«

»Na, mir die ganzen Unterlagen erklären zum Beispiel«, lachte Anni. »Alleine komm ich in dem Chaos erst mal nicht zurecht.«

»Ja, glaubste denn, ich?«, fragte Mutti, und dann mussten beide lachen, und Lisbeth brabbelte dazu.

◆◆◆

Kurze Zeit später hatte Anni sich einen ersten groben Überblick verschafft – sie wusste nun, dass hier kein Stein auf dem anderen lag. Rechnungen, Quittungen, andere Belege, alles war nach einem nicht durchschaubaren System von Muttis Mann einmal abgelegt worden. Belege neueren Datums befanden sich anscheinend überall auf und neben dem großen Schreibtisch, und Anni beschloss, mit dem Wichtigsten anzufangen.

»Sämtliche Unterlagen über Ein- und Ausgaben brauch ich, das ist wichtig für die Steuer«, sagte sie. »Weißt du, wo die sind?«

Mutti sah sie hilflos an. »Ich bin ja wirklich eine patente Frau, mich will man bei sich haben, wenn's brennt – aber bei dem ganzen Bürokram, da fall ich aus. Das hat alles der Fridtjof gemacht. Ich war immer vorne präsent, er hinten.«

Anni seufzte und ergab sich ihrem Schicksal. »Gut, Mutti, dann mach ich hier am besten alleine weiter. Geh du doch wirklich ein wenig mit Lisbeth spazieren?«

»Ja, gern.« Mutti atmete auf. »Und füttern kann ich sie nachher auch, eine gute Mutter verlernt nie, wie man das Fläschchen gibt.«

»In Ordnung«, sagte Anni und sah auf die ganzen Zettel. Dann fing sie einfach mit einem Stapel an – anders ging es wohl nicht.

»Ich ziehe mich nur eben zu Haus um, so kann ich ja nicht gehen, also nicht auf die Straße«, sagte Mutti. »Bin gleich zurück.« Sie schwebte fröhlich hinaus, um kurze Zeit später in Rock und Mantel wiederzukommen. Dann nahm sie den Kinderwagen und ging von dannen.

Zwei Stunden später kamen Mutti und Lisbeth zurück. Beide hatten rote Wangen von der Kälte.

»Da hat jemand Hunger.« Mutti war glücklich. »Ach, ganz oft bin ich angesprochen worden. Ob das mein Enkelkind sei. Und was für ein süßes Näschen sie hat, und immer gelächelt hat sie! Eine Freundin von mir, die kam grad aus dem *Elbschloss-keller* und hat gesagt, die Lütte würde mir ähnlich sehen.« Stolz strahlte sie Anni an. »Jetzt muss ich ihr aber das Fläschchen machen. Und wie läuft es hier so?«

»Ach, danke, ich komme gut voran«, sagte Anni, die so langsam Fridtjofs System durchschaute. »Ich glaube, die aktuellsten Unterlagen habe ich gefunden … Das ist jetzt alles sortiert, mit Trennkarten, und die Ordner hab ich auch beschriftet. Sag mal, Mutti, wann hast du die letzte Steuererklärung abgegeben?«

»Ach je, Kind, wenn ich das wüsste. Da hat eins der Mädels mir mal bei geholfen, aber die arbeitet nicht mehr hier. Ist wohl eine Weile her … Da müssen aber in der untersten Schublade ganz hinten so Briefe von der Behörde sein!«, fiel ihr plötzlich ein. »Ich glaube, es sind auch Mahnungen mit dabei.« Sie wurde ein wenig rot und wich Annis Blick aus. »Ich wollte das nicht so wahrhaben, deswegen hab ich die Briefe erst mal weggetan.«

»Das ist das Schlechteste, was man machen kann!«, schalt Anni. »Gerade Behördensachen müssen doch zügig beantwortet werden.« Sie zog die Schublade ganz heraus und fand die teilweise noch ungeöffneten Briefe. »Himmel, Mutti! Du musst doch deine Unterlagen beisammenhalten und solche Schreiben zumindest öffnen, dann aber auch beantworten. Da sind doch Fristen einzuhalten! Die werden unwirsch auf den Ämtern, wenn man sie ignoriert.«

»Mpf«, machte Mutti und verzog sich schnell in die kleine Küche, um Lisbeth zu versorgen.

Anni seufzte. So patent manch einer wirkte, so hatte offenbar jeder Schwachstellen in seinem Leben. Mutti und Steuerunterlagen würden wohl nie Freunde werden.

Gegen Nachmittag kam Rena zu ihr und hatte zwei Tassen Kaffee dabei. »Morgen hab ich meinen freien Tag«, erzählte sie. »Am besten fragst du Mutti, ob du auch freihaben kannst, wir müssen doch Zeit miteinander verbringen.«

»Ich hab aber heute erst angefangen«, zögerte Anni. »Schau dir mal bitte dieses Büro an!«

»Ach, sieht ja schon viel besser aus als gestern Abend«, meinte Rena nur. »Man kann die grüne Lederauflage vom Schreibtisch sehen. Ich wusste gar nicht, dass es eine gibt. Und ich sehe neu beschriftete Ordner! Was du an einem Vormittag geschafft hast, hätte kein anderer hinbekommen. Ich dachte, wir beide könnten uns morgen mit deiner Lisbeth einen wunderbaren Tag machen. Aber erst mal trinken wir einen Kaffee.«

»Nichts lieber als das«, seufzte Anni. »Den kann ich jetzt gut gebrauchen.«

Da kam Mutti angerauscht. »Ich hab die Kleine gefüttert und gewickelt, dann hab ich sie warm eingepackt und in den Garten geschoben, sie schläft jetzt. Oh«, sie schaute auf den Schreibtisch. »Der hat ja eine Lederauflage! Wie schön, das Grün, oder?« Sie lächelte Anni zu. »Es sieht schon alles viel ordentlicher aus.«

Anni nickte. »Ich muss nachher noch einige Telefonate führen.«

»Sicher«, sagte Mutti. »Ein Apparat steht ja hier, das hat Fridtjof so eingerichtet, damit man direkt vom Büro aus telefonieren kann und nicht raus auf den Flur muss.«

Suchend sah Anni sich um.

»Ich glaube, ich hab es mal in eine Schublade gestellt, weil auf dem Tisch kein Platz war. Irgendwo müsste eine Schnur rauskommen.«

Anni schüttelte fassungslos den Kopf. Alle drei Frauen beugten sich gleichzeitig nach unten und suchten, allerdings ergebnislos.

»Ach, wartet mal«, sagte Mutti, »ich glaub, die Schnur hab ich hinter den Büchern langgezogen, damit man nicht drüberstolpert. Da im Schrank. Räumt mal die Bücher raus.«

»Da ist wirklich ein Kabel!«, freute sich Rena.

»Gut, dann hangeln wir uns jetzt da entlang«, entschied Mutti. »Bin ich gespannt, wo das hinführt.«

Schließlich fand man das Telefon hinter dem Schrank, es musste nach hinten gerutscht sein. Der Hörer lag daneben. Anni nahm den Hörer, legte ihn auf die Gabel und hob ihn wieder hoch. Es funktionierte. »Also wirklich, Mutti. Hier konnte wer weiß wie lange niemand anrufen!«

»Och, wir haben ja vorn noch einen Apparat«, winkte Mutti ab.

»Du, Mutti«, sagte Rena. »Ich hab ja morgen meinen freien Tag.«

»Wenn du das sagst, Kind.«

»Ja, hab ich. Und weil Anni und ich uns doch so lange nicht gesehen haben, wollten wir fragen, ob Anni auch erst übermorgen hier weitermachen kann.«

»Mpf«, machte Mutti. »Aber die ganzen Unterlagen …«

»Also wirklich, Muttichen. Wie lange liegt hier alles im Argen, hm? Da kommt es auf einen Tag mehr oder weniger nun auch nicht an. Außerdem müsst ihr noch über Annis Bezahlung sprechen.«

»Schon gut, schon gut«, wehrte Mutti ab. »Gegen euch zwei kommt man ja nicht an. Und wegen der Bezahlung hab ich mir doch alles aufgeschrieben, wo ist denn nur dieser Zettel … Wo ist er nur …«

Anni und Rena verdrehten die Augen, während Mutti ziellos Papiere anhob.

»Hast du ihn vielleicht schon irgendwo abgeheftet, Anni? Dann kann ich ja lange suchen!«

»Ach, jetzt ist Anni schuld?«, lachte Rena, und Mutti stimmte ein. »Ich hab ihn bestimmt gleich, ah, da ist er ja.« Zwischen Getränkerechnungen und Notizen tauchte der Zettel auf, und Mutti reichte ihn Anni weiter. »Bist du damit einverstanden? Natürlich geb ich dir das so auf die Hand. Ich denke mal, es soll keiner wissen, dass du hier bist.«

Anni sah sie ungläubig an. »Das ist doch viel zu viel! Und woher weißt du, dass ich …«

»Ich hab Menschenkenntnis, Mädchen. Mir macht so schnell keiner was vor, ich les in den meisten Gesichtern wie in einem offenen Buch. Schade, dass das nicht für Büroorganisation gilt.« Sie seufzte. »Nun, man kann nicht alles haben. Dafür hab ich ja nun dich, und bevor ihr mich dusselig quatscht, ja, sicher habt ihr beiden morgen zusammen frei. Macht euch einen schönen Tag! Ich könnte die Kleine nehmen, damit ihr so richtig Zeit füreinander habt.« Erwartungsvoll schaute sie Rena und Anni an. Anni zögerte. So lange kannte sie Mutti nun auch nicht, aber andererseits hatte sie ihr ja schon einen Spaziergang erlaubt, und jeder hier im Viertel schien Mutti zu kennen.

»Was sagst du, Rena?« Sie sah die Freundin Hilfe suchend an.

»Ich glaube, das ist eine sehr gute Idee«, sagte Rena. »Du machst unsere Mutti sehr glücklich, wenn sie Lisbeth versorgen kann. Ich lege auch meine Hand dafür ins Feuer, dass sie Lisbeth nicht klaut. Und jetzt komm, ich will dich den Kolleginnen vorstellen!« Nach diesen Worten zog sie Anni mit sich.

»Sind denn jetzt schon alle da?«, fragte Anni verwundert. »Ich dachte, so eine Restauration öffnet nur abends.«

»Wie du *Restauration* sagst. Wie eine Nonne«, grinste Rena. »Nein, wir öffnen um 16 Uhr und arbeiten in zwei Schichten. 16 bis 22 Uhr und 22 bis 4 Uhr, manchmal auch länger. Je nachdem, ob noch gut situierte Gäste kommen, da drücken wir natürlich ein Auge zu. Also komm, du musst doch wissen, für wen du die Unterlagen sortierst.«

»Geht nur«, sagte Mutti und nickte ihnen auffordernd zu. »Ich bleib hier und achte auf das Püppchen draußen. Macht euch mal keine Sorgen.«

❦❦❦

»Wo wohnst du eigentlich, Rena?«, fragte Anni, während sie den dunklen Flur entlanggingen. »Das hatte ich gestern ganz vergessen, dich zu fragen.«

»Hier im Haus kann man Zimmer mieten, das hab ich getan. Mit eigenem Bad, und das sehr günstig. Mutti ist wirklich eine liebe Frau – wenn sie nicht wäre, hätte ich nicht weitergewusst. Ich weiß, dass Gerhard mich sucht. Das geht alles gegen seine merkwürdige Ehre, ich muss ihm als seine Frau ja gehorchen und so.«

»Du könntest dich doch einfach scheiden lassen.«

»Sicher könnte ich das, aber das heißt, dass ich mit Gerhard Kontakt aufnehmen müsste, ob über einen Anwalt oder direkt. Irgendwann müsste ich meinem lieben Mann gegenüberstehen, und ich weiß, dass das nicht gut ausgehen würde. Gerhard ist so jähzornig, das glaubst du gar nicht. Er würde nur auf eine Gelegenheit warten, um mich in einem unbeobachteten Moment zu erwischen. Und das mache ich nicht mehr mit, das halte ich nicht mehr aus.« Ihre Augen füllten sich mit Tränen und sie begann zu zittern.

»Meine Güte.« Anni war stehen geblieben. »Warum nur wird das zugelassen, dass Männer ihre Frauen ungestraft schlagen und vergewaltigen dürfen? Warum wird den Männern mehr geglaubt als den Frauen?«

»Wenn ich das nur wüsste«, seufzte Rena und atmete tief aus. »So, hier sind wir!« Sie öffnete eine schwere Holztür, und kurz darauf waren sie in der Bar angekommen. Rote Plüschsofas und -sessel standen vor niedrigen, goldverzierten Tischen. An den Wänden waren grüngoldene Tapeten und große Bilder mit Frauenakten, die, wie Anni zugeben musste, ganz geschmackvoll wirkten. In der Mitte des Raums gab es eine Art Tribüne mit einer Stange. »Daran wird getanzt«, sagte Rena. »Ich selbst bin darin nicht besonders gut, aber wir haben zwei Kolleginnen, die das wirklich gut können.«

Sie blieben vor der Bar stehen, die einen halbrunden Marmortresen hatte. Die Wände hinter den unzähligen Flaschen waren komplett verspiegelt, viele kleine Lämpchen verströmten weiches, warmes Licht. Hinter dem Tresen stand eine ältere Dame und wienerte die Arbeitsfläche.

»Ein neues Gesicht?«, fragte sie freundlich, und Rena nickte.

»Aber nicht für hier, sondern fürs Büro«, erklärte sie. »Darf ich vorstellen, das ist meine Freundin Anni! Und das ist Else. Die ist schon so lange hier, dass sie gar nicht mehr weiß, wie lange, stimmt's, Else?«

Else zuckte die Schultern. »Hab hier als Achtzehnjährige bei Muttis Mutter angefangen«, erzählte sie. »Später, als ich immer weniger Kunden gekriegt hab, weil ich zu alt wurde, hat Mutti mich als Barfrau engagiert. Und jetzt mach ich hier sauber. Werde bald achtzig.«

»Else ist trotzdem jeden Tag da, auch wenn wir alle sagen, dass sie doch in Rente gehen und ihr Leben genießen soll.«

»Nee, ich bleib hier, bis ich tot umfall«, sagte Else. »Ihr poliert mir auch die Gläser nicht richtig, das muss gelernt sein!«

»Wir sind alle froh, dass du da bist«, sagte Rena.

»Jo«, sagte Else. »Wollt ihr was zu trinken?«

»Gib uns doch eine Cola bitte«, sagte Rena. »Oder, Anni?«

Anni nickte. Sie setzten sich auf die Barhocker.

»Und hier sitzt du dann und … was dann?«, fragte Anni vorsichtig.

»Ich warte, bis ein Herr mich anspricht – oder ich spreche ihn an. Davor gibt's Blickkontakt. Man bekommt ein Gespür dafür, ob der Mann Interesse hat. Wenn nicht, soll man sich nicht aufdrängen. Dann gefällt ihm eben eine Kollegin mit blondem Haar und längeren Beinen oder was auch immer.«

Else stellte zwei Gläser mit Cola auf den Tisch, und die beiden tranken.

»Du scheinst dich hier richtig wohlzufühlen«, sagte Anni, und Rena nickte. »So wohl wie noch nie. Außer in St. Peter natürlich, das ist ja mein Zuhause, aber die Vorstellung, mein Leben lang Brötchen und Kuchen zu verkaufen, hat mich doch ein bisschen gelangweilt. Ich dachte, mit Gerhard wird alles besser und schöner und aufregender, und dann … Weißt du, die Männer hier, die sind alle so freundlich und nett. Das ist das erste Mal, dass ich das so erlebe.«

»Gibt auch Stinkstiefel«, warf Else ein. »Aber die schafft uns der Bubi vom Hals, schneller als man gucken kann. Ach, da ist er ja, kommst wie gerufen! Kaffee, min Jung?«

Bubi nickte und setzte sich ans andere Ende des Tresens.

»Komm ruhig zu uns, Bubi«, sagte Rena, aber er schüttelte den Kopf.

»Ein merkwürdiger Kauz«, erklärte Rena Anni leise. »Redet kaum, aber durch seine bloße Anwesenheit verschafft er sich Respekt. Er geht jeden Tag zum Boxen mit seinen Freunden, das kann er richtig gut.«

Nach und nach kamen nun die Damen der ersten Schicht herein. Eine war hübscher als die andere, und Anni fragte sich, welche Geschichten wohl eine jede von ihnen zu erzählen hatte. Sie trugen geschmackvolle Dessous und hohe Pumps, aber am meisten fielen Anni die roten Lippen und kunstvoll drapierten Frisuren auf. Das *Chérie* machte keinen günstigen Eindruck, also würden überwiegend gut situierte Männer herkommen. Aber die hatten vielleicht, Rena und Mutti deuteten es ja schon an, Frauen zu Hause, die keine Lust auf Sex hatten. Und hier bekamen die Männer ohne Brimbamborium, was sie wollten.

Nun kam die Bardame, eine Frau mittleren Alters. Sylvia hieß sie und schüttelte Anni die Hand, während Else nach oben ging. »Ich mach mal die Zimmer weiter!«

»Unsere gute Seele, die Else«, meinte Sylvia. »Ich hörte schon von Mutti, dass du hier jetzt mal Ordnung in die Unterlagen bringst. Ist auch bitter nötig.«

»Ich tue, was ich kann«, lächelte Anni und stand auf. Sie wollte hier nicht zwischen all den schön gekleideten Frauen in Rock und Bluse sitzen wie eine Gouvernante.

|||| KAPITEL 6
St. Peter, zur gleichen Zeit

Dr. Helena Barding schloss die Praxis ab. Es war ein Mittwoch, und sie hatte heute keine Sprechstunde mehr, weil sie mittwochnachmittags stets Hausbesuche machte. In der kurzen Zeit, in der sie hier nun praktizierte, hatte sie das Vertrauen der Einwohner bereits gewonnen, denn Helena war ruhig und besonnen, sie redete und erklärte so, dass wirklich jeder es verstand. Außerdem behandelte sie die Leute nie von oben herab, wie das ja »die Doktors« oft taten. Nein, Helena hielt sich nicht für etwas Besseres. Die Einwohner von St. Peter kamen zwar in erster Linie wegen ihrer Krankheiten zu ihr, aber sehr oft erzählten sie ihr auch von ihren Sorgen. Helena hörte dann aufmerksam zu, das konnte sie gut. Sie vermittelte den Erzählenden stets das Gefühl, dass sie gerade in diesem Moment das Wichtigste und Interessanteste auf der Welt waren, egal ob es um eine kranke Kuh, ein marodes Dach oder die keifende Schwiegermutter ging.

»Das behalten Sie aber für sich, Frau Doktor?«, war einer der häufigsten Sätze, die Helena hörte, und sie hielt sich selbstredend an ihre Schweigepflicht. Was man ihr anvertraute, war bei ihr in sicheren Händen.

Sie ging die Treppe hoch in ihre Wohnung, schaute, was sie im Kühlschrank hatte, und beschloss dann, vor ihrer Hausbesuchsrunde noch eine Kleinigkeit zu essen. Und die Post musste sie durchsehen, das machte sie gern mittags. Während sie Eier in der Pfanne brutzelte, schlitzte Helena die Briefe auf. Ein paar Rechnungen, eine Karte von Ruth und Rachel, den Zwillingsschwestern, die in diesem Jahr hier gewesen waren. Gemeinsam hatten sie versucht, einen ehemaligen KZ-Arzt ins Gefängnis zu bringen, aber sie waren gescheitert, und Helena machte sich heute noch große Vorwürfe deswegen. Die beiden Schwestern waren gerade im Urlaub im Schwarzwald und schickten herzliche Grüße mit der Bitte, den Kontakt nicht abbrechen zu lassen. Helena lächelte beim Lesen und beschloss, diese Karte noch heute Abend zu beantworten. Sie mochte die Schwestern sehr.

Dann war da noch eine Einladung zu einer diamantenen Hochzeit hier im Ort, zu der sie selbstverständlich gehen würde, denn die Jubilare waren Patienten. Als Letztes öffnete sie einen Brief mit maschinengetippter Adresse und ohne Absender. Darin befand sich ein Bogen Papier, auf dem handgeschrieben in Großbuchstaben nur ein Satz stand: *Du sollst nicht töten.*

Helena erstarrte. Himmel! Was sollte das? Mechanisch stand sie auf und nahm die Pfanne mit den Eiern vom Herd. Der Appetit war ihr gründlich vergangen.

Langsam ging sie zum Tisch zurück und las noch mal. Ihr Herz raste, und ihr war eiskalt. Die Gedanken sprangen in ihrem Kopf hin und her, einen klaren konnte sie nicht fassen. Dann wurde ihr schwindelig. Jemand schien alles zu wissen, was sie tat. Doch … vielleicht war dieses Schreiben ja gar nicht wegen ihrer Tätigkeit heute gekommen, vielleicht meinte jemand ihre Zeit im KZ, als sie von einem der Lagerärzte in Buchenwald gezwungen worden war, Kranke zu selektieren? Vielleicht wollte sich jemand spät an ihr rächen – die Eltern oder die Kinder von denen, die sie in den Tod hatte schicken müssen? Nun stolperte Helenas Herz hin und her, und sie hatte Angst, gleich umzukippen. Langsam ließ sie sich auf einen Stuhl sinken. Wer sollte das denn sein? Sie hatte doch all die Jahre nichts mehr damit zu tun gehabt. Oder ging es vielleicht doch um ihre momentane Tätigkeit, war es etwa der Ehemann einer Frau, der sie geholfen hatte? Die ihr Kind nicht bekommen wollte oder konnte? Nach wie vor stand Helena zu dem, was sie tat, um den verzweifelten Frauen zu helfen. Sie vertrat die Ansicht, dass jede Frau selbst entscheiden sollte, ob sie eine Schwangerschaft unterbrechen oder ihr Kind behalten sollte. Das hatte nach Helenas Ansicht niemand sonst zu bestimmen – schon gar nicht irgendein Richter, der überhaupt keine Ahnung davon hatte, was in einer verzweifelten Frau in so einer Situation vorging. Dass es sogar welche gab, die Suizid begingen, weil sie nicht weiterwussten …

Sie fand keine Antwort. Was, wenn sie eines Tages erwischt würde? Dann würde ihr sofort ihre ärztliche Zulassung entzogen, und was dann werden sollte, das wusste Helena nicht. Doch sie sah es trotzdem als ihre Pflicht an, den Frauen zu helfen.

Wer um alles in der Welt hatte ihr geschrieben, und was sollte das alles bedeuten?

Helenas Hals war zugeschnürt.

▮▮▮▮ KAPITEL 7
Hamburg

»Meine Güte, Anni, ist die süß!«, rief Rena zum ungefähr fünfzigsten Mal und streichelte der kleinen Lisbeth über die Wange.
»Die hast du aber gut hingekriegt. Ach, du musst mir so viel
erzählen, von deiner Hochzeit mit Hinnerk und den beiden
Freundinnen, und von Isa und allen anderen. Wie geht es eigentlich deinem Hans?«

»Der ist wieder zu Haus im Bergischen Land und hat viel zu
tun«, sagte Anni. »Aber ich bin sicher, er schafft das alles trotz
Rollstuhl bestens.«

»Ich fand ihn immer so nett, so ein angenehmer, ruhiger
Mann«, schwärmte Rena.

»Ja, da hast du recht. Und eigentlich sollte er Lisbeths Patenonkel werden, aber daraus wird wohl erst mal nichts. Irgendwann holen wir das hoffentlich nach.«

»Du musst mir nachher alles erzählen, hier kommt auch schon
Mutti, pünktlich auf die Minute«, lachte Rena und übergab
Lisbeth.

»Hast du in Pfefferminz gebadet?«, fragte Rena und schnup-
perte an Mutti.

»Nein«, sagte Mutti hoheitsvoll und strich Lisbeth über die
Wange. »Aber ich habe beschlossen, nicht zu rauchen, wenn das

Kind in meiner Nähe ist. Leider kam mir diese gute Idee erst beim Rauchen heute Morgen, also musste ich mit ein paar Bonbons nachhelfen. Ich möchte ja nicht nach vollem Aschenbecher stinken, was soll denn die Lütte von mir denken?«

Anni war gerührt, und Mutti legte Lisbeth in den Kinderwagen.

»Windeln und Milchpulver sind in der Küche«, sagte sie dann, und Mutti nickte.

»Wir gehen bei diesem schönen Wetter erst mal spazieren Richtung Hafen, aber zuerst geh ich bei meiner Freundin vorbei, der gehört das *Kaffeehaus Lausen* hier auf der Reeperbahn. Dann besuch ich Fridtjofs Schwester und ihren Mann, der ist Hafenmeister. Schade, dass die Kleine noch zu winzig ist, um das mit den Schiffen zu kapieren!«, erklärte Mutti und band ihren Schal. »So, meine Lütte, nu geihd dat los. Was habt ihr zwei Hübschen denn vor?«

»Wir spazieren durch die Stadt und reden und reden und reden«, sagte Rena. »Wir haben so viel nachzuholen!«

»Eine sehr gute Idee. Ach, Anni, ich hab gestern Abend einen Schrecken bekommen, plötzlich hat das Telefon geklingelt, das Geräusch hab ich Ewigkeiten nicht mehr gehört. Und ich hab so Zettel gesucht, wo draufstand, was an Gin und Rum und so nachbestellt werden muss.«

»Die habe ich gestern gefunden und auch deine Schrift entziffert«, erklärte Anni. »Die Nachbestellungen sind schon erledigt, und die Bestellung ist natürlich ordentlich abgeheftet.«

Mit großen Augen wurde sie von Mutti angestarrt. »Schockschwerenot, das ist ja mal was. *Abgeheftet!* Dass ich das noch erleben darf. So, Lütt Lisbeth, nun aber, erst zur Tante Walburga, dann vielleicht auf einen Sprung zu Erna in den *Silbersack*, wenn sie schon aufhat, und dann an die Elbe. Euch wünsch ich viel Spaß! Lasst es euch richtig gut gehen, ihr zwei.« Mit hoch erhobenem Kopf spazierte sie mit Lisbeth davon. Ein bisschen wehmütig sah Anni ihr nach. Sie hätte es gern gesehen, wenn ihre eigene Mutter ihre Enkeltochter hätte versorgen können. Wenn doch diese Depressionen nicht gewesen wären, oder wenn sie sie rechtzeitig als solche erkannt hätten … Helena machte sich als Ärztin bestimmt immer noch Vorwürfe, weil sie nicht überprüft hatte, ob Gerda ihre Schlaftabletten auch regelmäßig genommen und nicht gehortet hatte. Und dann war es zu spät gewesen.

»So, Annichen, auf geht's, Hamburg wartet auf uns!«, erklärte Rena und nahm ihren Mantel. »Du wirst sehen, wie schön es gerade aussieht, alles ist schon weihnachtlich geschmückt, und nachher, wenn es dunkel wird, trinken wir an den Alsterarkaden was.«

»Das klingt perfekt«, stimmte Anni zu, und beide machten sich auf den Weg.

Es war ein wundervoller Tag, dem viele andere folgen sollten. Anni war zwar früher hin und wieder mal in Hamburg gewesen, aber da war dann immer was zu erledigen: Sie hatte zum Beispiel Schuhe oder Vorhangstoff gekauft oder eine Freundin von Annis Mutter Gerda besucht, die immer in der Stube gehockt hatte, so dass sie auch nichts von der Stadt mitbekommen hatte. Heute war es anders, und während sie eingehakt durch den Kiez liefen, begann es sanft und leise zu schneien, so dass ein paar Minuten später schon alles wie von einer leichten Puderzuckerschicht bedeckt war. Eine gute halbe Stunde darauf waren sie in der Mönckebergstraße angekommen und spazierten an den Schaufenstern entlang.

»Hamburg sieht teilweise ja noch so schlimm aus«, sagte Anni. »Dass die schöne St.-Nikolai-Kirche so beschädigt wurde und auch sonst so viel … Diese ganzen Ruinen, schrecklich, die Fensterlöcher sehen aus wie klaffende Mäuler.«

»Ja, es ist unheimlich«, nickte Rena. »Aber wir wollen heute nicht an den vergangenen Krieg denken, Anni, sondern an die Gegenwart. So, hier ist ein kleines Café, komm, ich lade dich zum Frühstück ein.«

Drinnen war es gemütlich und warm, und es gab eine kleine Frühstücksauswahl; mehr brauchten die Freundinnen nicht.

Anni sah sich um. Ach, war das süß hier. Alles schien absichtlich quer durcheinandergewürfelt zu sein, überall standen kleine Biedermeiertische und seidengepolsterte Rokokostühle herum. Von der Decke hingen alte Nähmaschinen, Kupferkessel und -pfannen und auch zwei alte Schiffsmodelle. Auf dem dunklen Dielenboden lagen bunte Läufer, an den Wänden waren alte Fotos in silbernen Rahmen angebracht. Anni und Rena saßen vor dem großen Fenster, aus dem man auf die Straße gucken konnte. Draußen schneite es immer noch, und die Flocken blieben tatsächlich liegen. Von irgendwoher kam klassische Musik, und dann entdeckte Anni auch noch einen Kaminofen. Durch das feuerfeste Glas sah man die Flammen züngeln. Das Licht im Café hatte man gedämpft gehalten und dafür lieber ein paar schöne Stumpenkerzen angezündet. Anni hatte sich lange nicht mehr so wohlgefühlt.

Der Kaffee kam, und endlich hatten die beiden mal Ruhe, denn hier war kaum etwas los – die anwesenden Gäste lasen Zeitung und verhielten sich leise, was eine wahre Wohltat war.

»Ach, tut das gut, einfach mal zu sitzen und nichts zu tun«, befand Anni und streckte die Beine aus.

»Ja, das stimmt.« Rena nickte und rührte in ihrer Tasse herum, dann stockte sie plötzlich. »Anni, du, ich muss dich was fragen.«

»Ich glaube, ich weiß schon, was du wissen willst«, entgegnete Anni lächelnd.

»Ach. Was denn?«

»Ob ich es schlimm finde, dass du in diesem Beruf arbeitest. Oder?«

Rena hörte auf zu rühren und sah die Freundin an. »Stimmt. Also, findest du's schlimm?«

»Anfangs fand ich es schon seltsam«, gab Anni ehrlich zu. »Ich habe ja nach dir gesucht, und als ich eines Abends diese beiden Männer traf, die erst herumdrucksten und nichts sagen wollten, da hatte ich schon eine Ahnung. Na und die hat sich ja dann bewahrheitet. Mir war natürlich erst mal am wichtigsten, dass ich dich gefunden habe und dass es dir gut geht. Und nun, was ich jetzt davon halte …« Sie dachte kurz nach. »Natürlich hätte ich mir etwas anderes für dich gewünscht. Aber es ist nun mal so, wie es ist, Rena. Ich verurteile dich und deine Kolleginnen nicht – und Mutti schon mal gar nicht. Die ist ja wirklich herzensgut, und wie lieb sie zu euch ist, das ist schön zu sehen. So eine Mutter wünschst du dir sicher auch in der Wirklichkeit, Renalein. Apropos: Willst du deiner Mama nicht wenigstens mal schreiben, dass es dir gut geht, oder hast du das sogar schon?«

»Nein, hab ich nicht. Sie wird sowieso nur wollen, dass ich diese Dummheit, so wird sie es bestimmt nennen, vergesse. Niemals gehe ich zu Gerhard zurück, nie, egal, was sie sagt!«

»Ich habe, nachdem ich deinen Brief bekommen habe, bei ihr angeläutet«, erzählte Anni. »Sicher kannst du dir denken, wie das abgelaufen ist.«

Rena nickte. »Ja, sie hat auch dir gesagt, dass man die ganze Angelegenheit vergessen könne – ich soll einfach eine treusorgende Ehefrau sein und einen Haufen Kinder bekommen.« Sie lachte bitter auf. »Und zwischendurch werde ich von meinem Mann verprügelt und habe das hinzunehmen, denn ich bin ja nur die Frau. Außerdem trage ich bestimmt auch Schuld daran, dass er mich so behandelt.« Sie sah Anni an. »Dann stelle dir bitte mal vor, er hätte auch unsere Kinder geschlagen. Zuzutrauen wäre es ihm. Wenn er getrunken hatte, war er grundsätzlich unberechenbar.«

Anni nickte. »Ich glaube dir das alles aufs Wort, Rena. Ich bin nicht deine Mutter. Und ich denke auch nicht, dass Gerhard sich bessern wird. Wer einmal schlägt, schlägt immer. Das sieht man ja auch bei Sigruns Vater.«

»Knut Broders, dieser Mistkerl!«, entfuhr es Rena. »Aber da tut ja auch keiner was.«

»Noch nicht so richtig«, seufzte Anni. »Aber ich hab ihm vor einiger Zeit mal gesagt, er soll das Verprügeln sein lassen, sonst bekäme er es mit mir zu tun.«

Rena lachte auf. »Du hast ja Mut! Bestimmt ist ihm die Kinnlade runtergefallen.«

»Allerdings«, erinnerte sich Anni. »So etwas ist er nicht gewohnt, normalerweise ducken sich ja alle vor ihm. Ich mochte ihn noch nie.«

»Ich auch nicht. Ah, da kommt unser Frühstück!«

Die freundliche Bedienung stellte Aufschnitt, Käse, Marmelade, Hering in Gelee, Brötchen und zwei gekochte Eier ab und wünschte einen guten Appetit.

»Jetzt merke ich gerade, was für einen Hunger ich habe«, sagte Anni. »Ich war heute Morgen spät dran, weil Lisbeth öfters aufgewacht ist, und hab noch gar nichts gegessen. Die Brötchen sehen sehr lecker aus!«

»Sie schmecken auch ziemlich gut.« Rena nahm sich eine Scheibe Salami. »Aber nun erzähl du mal, Anni. Himmel, was ist da alles passiert in den letzten Monaten! Du musst doch fix und fertig sein.«

»Es geht«, meinte Anni und füllte sich Kaffee aus einem silbernen Kännchen nach.

»Na schieß schon los! Ich bin neugierig!«, beharrte Rena und biss in ihr Brötchen.

Und Anni erzählte. Von Friedrich Brunner, von der tiefen Zuneigung, die sie plötzlich für einen Mann empfunden hatte, von Hinnerk, ihrem langjährigen Freund aus St. Peter, der immer merkwürdiger und eifersüchtiger geworden war und den sie trotzdem geheiratet hatte, weil sie schwanger wurde. Dass er nicht Lisbeths Vater war, das wusste er nicht, hatte aber einmal eine diffuse Andeutung gemacht, in der er die Vaterschaft angezweifelt hatte. Sie erzählte von ihrem Vater, der immer vergesslicher, und von ihrer Mutter, die immer schwermütiger geworden war und die ohne Schlafmittel gar nicht mehr zur Ruhe kommen konnte. Sie hatte wohl eine Depression gehabt, aber die Erforschung dieser Krankheit, die von vielen gar nicht als solche anerkannt wurde – manche sagten sogar schlicht, man habe seine »Zustände« –, befand sich noch in den Kinderschuhen. Es gab viele Menschen, die behaupteten, es gebe sie gar nicht. Leute, die schwermütig, traurig und antriebslos waren, die wären eben einfach arbeitsfaul, denen müssten mal die Leviten gelesen werden. Arbeit habe noch niemandem geschadet, was sollte denn das, wegen der *Zustände* den ganzen Tag im Bett oder auf dem Sofa zu liegen?

»Eines Tages hat Mama dann die gesammelten Schlaftabletten geschluckt«, erzählte Anni mit leiser Stimme. »Helena konnte nichts mehr tun.«

»Und kurz davor dein Vater. Meine Güte, Anni, wie schwer das gewesen sein muss.« Rena strich der Freundin über den Arm. »Und ich war nicht bei dir. Ich wäre so gern für dich da gewesen.«

»Das weiß ich doch, Renalein. Aber du hattest genug mit dir selbst zu tun.«

»Das ist wohl wahr«, seufzte Rena. »Aber nun geht es gerade nicht um mich. Erzähl weiter.«

Anni nickte und berichtete von Friedrich, der seine Heiratspläne mit einer gewissen Manon nicht hatte aufgeben wollen, und natürlich sprach sie noch mehr über Helena und Edith. Sie erwähnte auch, dass Helena ungewollt schwanger gewordenen Frauen half, obwohl das sehr gefährlich war und sogar eine Gefängnisstrafe bedeuten konnte. Und schließlich berichtete sie von Hinnerks Spielsucht, seinem Vorhaben, die *Seeperle* zu verkaufen, und ihrer Flucht aus St. Peter, nachdem er die Scheidung gewollt hatte. Dann lehnte sie sich auf ihrem Stuhl nach hinten und trank ihren Kaffee aus.

Rena war schockiert. »Und niemand weiß, wo du bist?«, fragte sie.

»Doch, Helena und Edith wissen es«, sagte Anni. »Aber Edith ist wahrscheinlich gerade gar nicht in St. Peter, sie wollte ja Robert Nielsen heiraten. Das ist so schade, dass ich auf dieser Hochzeit nicht dabei sein kann.«

»Warum müssen eigentlich alle gleich heiraten?«, fragte Rena. »Warum kann man nicht erst mal zusammenleben und schauen, wie es funktioniert? Ich glaube, viele Ehen würden nicht geschlossen, wenn sich die entsprechenden Männer und Frauen besser kennenlernen könnten, und das ist auch gar nicht schlimm.«

»Sehe ich auch so«, gab Anni zu. »Aber ob wir das noch erleben werden, dass Männer und Frauen einfach so zusammenleben, ohne Trauschein … Ich zweifle daran. Nun, jedenfalls weißt du jetzt alles – oder fast alles, immerhin das Wichtigste. Kann ich bitte noch einen Kaffee bekommen?«, fragte sie die vorbeikommende Kellnerin, und die nickte.

»Und was ist mit Friedrich?«

»Keine Ahnung«, sagte Anni. »Ich hab nichts mehr von ihm gehört. Nur sein Bruder hatte mich mal angesprochen, der war noch etwas länger da als er, aber ich habe alles abgewiegelt.«

»Ach, Anni. Nun sind wir quasi zwei Gestrandete!«, rief sie dann gespielt theatralisch und zwinkerte der Freundin zu. »Na, wir werden das schon hinkriegen. Und eine Arbeit hast du auch, eine seriöse noch dazu.« Sie grinste.

Nun schossen Anni tatsächlich Tränen in die Augen. »Du hast wieder *wir* gesagt. Das hat lange niemand mehr zu mir gesagt. Nur Hans manchmal – ihn vermisse ich ganz besonders.« Sie dachte an ihren lieben Freund, den sie kannte, seitdem sie ein kleines Mädchen war. Hans war während des Krieges in der *Seeperle* einquartiert worden, das Hotel diente als Lazarett damals. Anni hatte ihm Gesellschaft geleistet, wenn er nicht schlafen konnte oder die Verzweiflung darüber, dass er querschnittsgelähmt war, ihn zu erdrücken drohte. Jahre später hatte Hans dann genau zur rechten Zeit plötzlich im Hotel gestanden. Er als Inneneinrichter hatte Anni mit Rat und Tat zur Seite gestanden. Ein Freund fürs Leben eben.

Und auf einmal konnte Anni nicht mehr. Die ganze Aufregung und die Angst und überhaupt … Die Tränen flossen, und Anni schluchzte wie ein kleines Kind. Rena tat das Einzige, was in dieser Situation richtig war: Sie streichelte ihre Hand, war einfach da und sagte leise: »Wir schaffen das, Anni, wir schaffen das schon.«

KAPITEL 8

Schloss Friedrichshof, Kronberg im Taunus

Edith sah hinreißend aus. Ihr cremefarbenes Seidenkleid bestand aus einem eng anliegenden Bustier mit Spitzenbesatz, in der Taille war eine Schleife gebunden, und dann flossen scheinbar meterweise Seidenbahnen aus dem Kleid heraus. In Ediths rotbraunem Haar hatte die Friseurin echte weiße Blüten verarbeitet, der lange Schleier war ebenfalls mit diesen Blümchen bestickt. Edith trug an diesem besonderen Tag den Brautschmuck der Familie Nielsen: ein Smaragdcollier mit Brillanten, die dazugehörigen tropfenförmigen Ohrgehänge, ein ebenfalls passendes Armband und eine Brosche. Das Haar war locker aufgesteckt, ein paar gelockte Strähnen waren wie zufällig herausgenommen worden. Die Visagistin hatte sich alle Mühe gegeben, Edith so natürlich wie möglich aussehen zu lassen, und das war ihr auch gelungen. Nur ein wenig dunklen Lippenstift hatte sie aufgelegt und die hellen Augen hübsch betont, das genügte.

Edith betrachtete sich im Spiegel und war sehr zufrieden mit sich. Sie hatte drei Kilo abgenommen, fühlte sich wunderbar und freute sich darauf, heute, nein, gleich sogar, zu heiraten. Robert war wirklich der beste Mann, den eine Frau sich nur wünschen konnte: Er sah sehr gut aus, war außerdem blitz-

gescheit, redegewandt, parkettsicher und noch dazu ein abso-
luter Gentleman.

⦙⦙⦙

Spätestens als er mit Edith zum ersten Mal in sein Elternhaus
nach Frankfurt gefahren war und sie seine Familie kennengelernt hatte, war ihr klar geworden, dass ihr nichts Besseres hätte
passieren können. Roberts Mutter Victoria hatte sie mit Freude
und Überschwang begrüßt, der Vater hatte ihr wohlwollend zugenickt und sie offenbar für gut befunden, denn er klopfte seinem Sohn auf die Schultern und sagte, dass man sich eben immer
auf den guten Geschmack in der Familie verlassen konnte. Und
dann war eine Hausangestellte in schwarzem Kleid und weißer
Spitzenschürze gekommen und hatte Champagner kredenzt.

Das Haus der Nielsens befand sich im sogenannten Frankfurter Dichterviertel, es war ein prächtiger Bau mit kleinen Er-
kern und Türmchen und einem wundervollen Garten, in dem
sich ein Swimmingpool befand – eine Neuerung, die Roberts
Nichten den Großeltern abgetrotzt hatten. Die siebenjährigen
Zwillingsschwestern Luise und Marie waren die Töchter von
Roberts Schwester Nora, die ebenfalls da war und die zukünftige Schwägerin mit Freude und Umarmung begrüßte.

»Wer hätte das gedacht, Bruderherz!«, rief sie fröhlich. »Dass
du es doch noch mal schaffst, eine Frau zum Heiraten zu finden.
Wir waren schon in Sorge, dass er als alte Jungfer endet«, erklärte sie Edith, und alle lachten.

»Was für ein schöner Tag«, sagte Victoria Nielsen. »Nicht
wahr, Johann? Wir bekommen endlich eine Schwiegertochter!
Nun sag doch mal was, Johann!«

Johann Nielsen verdrehte die Augen. »Du redest genug für zwei, Vickylein«, meinte er dann. »Aber du hast ja recht, es ist wirklich ein sehr schöner Tag. Kinder, lasst uns anstoßen, ah, gut, der Schampus hat die perfekte Temperatur, so soll es sein! Für später hab ich ein paar Flaschen von den ganz Verstaubten aus dem Keller geholt. Einen Château Lafite, ich sag es euch, Kinder, da jubeln die Geschmacksknospen!« Johann Nielsen strahlte in die Runde und freute sich sichtlich, seine Familie und die neue Schwiegertochter um sich zu haben.

»Keiner weiß von meiner Neigung zu Männern«, hatte Robert vorher seine zukünftige Ehefrau instruiert. »Meine Mutter hofft seit Jahren, dass ich die Richtige finde, sie wird vor Freude durchdrehen, wenn sie dich kennenlernt. Und Vati wirst du auch mögen. Er ist ein gemütlicher Zeitgenosse. Wenn es genügend zu essen und zu trinken gibt, ist er froh.«

»Und deine Schwester?«, hatte Edith neugierig gefragt.

»Sie ahnt es wohl, aber sagt nichts. Du wirst Nora lieben«, sagte Robert mit glänzenden Augen. »Sie ist nicht nur meine kleine Schwester, sondern auch meine beste Freundin. Na ja, was heißt klein, sie ist gerade mal anderthalb Jahre jünger als ich. Sie ist auch mit einem netten Mann verheiratet – Dietmar wird mal eine Privatbank erben, Nora hat also ausgesorgt. Das ist für Mutti ganz wichtig gewesen«, lachte er. »Das Kind muss versorgt sein.«

»Hat sie nie gearbeitet?«, hatte Edith gefragt.

»Sie hat während des Krieges beim Roten Kreuz ausgeholfen, und auch danach war sie ehrenamtlich tätig, hat Suppe verteilt und genäht, all so was. Für Bedürftige. Als sie dann Dietmar kennengelernt hat, ging alles ganz schnell. Luise und Marie kamen recht bald nach der Heirat, nun ja, wie das eben so ist.

Mutti hatte bei Nora genau die gleiche Befürchtung wie bei mir. Jedes Mal, wenn sie zu Besuch kam, fragte sie die gleichen Dinge: Wann heiratest du, hast du nun endlich einen Mann gefunden, so geht das doch nicht weiter. Aber nun ist alles gut. Obwohl sie nicht arbeitet, ist sie eine sehr eigenständige Frau, und ihr Mann sucht oft Rat bei ihr. Sie führen eine Ehe auf Augenhöhe. Nie würde Dietmar ihr etwas befehlen oder verbieten. Nora hat Bildung, Verstand und Herz, das findet man nicht oft.«

»Ach«, sagte Edith, und Robert lachte.

»Bei dir natürlich auch!«, sagte er dann.

Sie hatten einen wunderbaren ersten Abend mit Roberts Familie verbracht. Es gab eine Hirschkalbskeule aus dem Taunus, dazu Kroketten, Klöße und Rotkohl, davor eine Hummersuppe mit geröstetem Toast. Für Edith war dies eine Premiere, denn sie hatte noch nie Hirsch oder Hummer gegessen. Auch den Nachtisch kannte sie nicht. Crème brûlée, etwas Französisches. Eine weiche Creme, die mit einem Brenner angezündet wurde, damit eine karamellisierte Zuckerkruste entstand. Es schmeckte himmlisch. Edith hatte gutes Essen schon immer geliebt und war froh und dankbar, dass es jetzt wieder genügend davon gab. Sämtliche Kohlsorten waren nach Kriegsende zunächst einmal von ihrer persönlichen Speisekarte gestrichen worden – sie hatte den Geruch einfach nicht mehr ertragen können.

Und nun hatte sie dagesessen und Hummersuppe gegessen. Sie hatte an ihre Eltern gedacht, die sie, seitdem sie mit siebzehn von zu Hause rausgeworfen worden war, nie wieder gesehen hatte, und auch an ihre Tante Mechthild, die so gut zu ihr gewesen war und sie aufgenommen hatte. Eine emanzipierte Frau war sie gewesen, die Mechthild, leider war sie viel zu früh verstorben.

Alles in allem war Edith dankbar für alles. Und für Robert dankte sie ihrem Schicksal ganz besonders. Ein Mann, der sie liebte, wenn auch nur platonisch, der sich zu Männern hingezogen fühlte und seit einiger Zeit eine Beziehung zu einem seiner Mitarbeiter, Bernd, der die Werbeabteilung leitete, unterhielt.

Vielleicht konnte Edith bald schon ihre Tochter Pauline zu sich holen. Diese war ihr nach der Geburt genommen worden. Aber nun, wenn sie in geordneten Verhältnissen lebte, würde sie alles daransetzen, sie wieder zugesprochen zu bekommen.

◖◗◖

»Wie schön du bist, Herzchen«, sagte Roberts Mutter nun. »Und wie gut die Smaragde zu deinem roten Haar passen. Ich bin ja so froh, dass du sie heute tragen kannst.« Sie seufzte. »Ach, wie die Zeit vergeht. Als Nächstes werden sie wohl Luise oder Marie schmücken. Aber das dauert noch, das dauert noch. Ach, wie hübsch du aussiehst!« Sie schlug die Hände vors Gesicht. »Diese Blüten, dieses Kleid! Wie schade, dass deine Eltern deinen großen Tag nicht erleben können, ein Jammer. Aber gut, dass du wenigstens eine Freundin als Brautjungfer dabeihast und einige Bekannte aus Kassel.«

Durch den Spiegel sah Edith zu Helena und lächelte ihr zu. Sie war so froh, dass wenigstens sie hatte kommen können. Leider war Anni nicht dabei, obwohl Edith sich so schrecklich gefreut hätte – aber ihre und Lisbeths Sicherheit gingen vor. Und so hoffte Edith, dass Anni zumindest im Herzen bei ihr war, und glaubte daran ganz fest.

Nora machte währenddessen die Zwillinge als Blumenmädchen zurecht. Die beiden Siebenjährigen waren sehr aufgeregt und gleichzeitig stolz, weil sie diese ehrenhafte Aufgabe übertragen bekommen hatten. Sie sahen zum Anbeißen aus in ihren süßen elfenbeinfarbenen Seidenkleidern und den Schleifen im Haar. In den Blütenkörben befanden sich dunkelrote Rosenblätter, der Duft hatte schon von Victoria Nielsens ganzer Suite im Friedrichshof Besitz ergriffen.

»So, fertig. Bereit für den großen Moment?«, fragte die Schneiderin, eine kleine, zierliche Dame im blauen Kostüm und mit einem gewinnenden Lachen.

»Danke, ja, Frau Lamberger«, sagte Edith leise und schloss kurz die Augen. Wenn ihre Eltern sie jetzt bloß sehen könnten! Edith hatte einmal Nachforschungen angestellt und herausgefunden, dass die Eltern gar nicht mehr an der alten Adresse wohnten – unbekannt verzogen. Vielleicht waren sie im Ausland, vielleicht in einer Pflegeanstalt. Vielleicht waren sie auch tot … Diese Ungewissheit machte Edith oft zu schaffen. Andererseits – würde sie wollen, dass der Mann, der sie so viele Jahre lang geschlagen hatte, hier als Brautvater auftrat? Dass die Frau, die immer alles geduldet hatte, hier die fürsorgliche Mutter spielte? Nein, es war gut so, wie es war.

⁝⁝⁝

Die Hochzeit mit Robert Nielsen war ein cleverer Schachzug der beiden. Es herrschten klare Absprachen, und Robert war ein guter Mann – einer, auf den man zählen konnte. Und das erfüllte Edith mit großer Dankbarkeit. Ja, sie beide, sie hatten ein großes Geheimnis, aber das war ja auch überhaupt nicht schlimm. Sie schadeten niemandem damit und taten sogar noch etwas Gutes, wenn Pauline endlich zurück zu ihrer Mutter konnte und Edith, so hoffte Robert es zumindest, ihm noch einen Sohn, einen Erben, schenken würde. Zu gern würde er die Tradition der Nielsens fortführen, dass jeweils der Erstgeborene die Firma übernahm.

»Ich habe kürzlich die Bekanntschaft eines Arztes gemacht«, hatte Robert ihr letztens erzählt. »Berthold P. Wiesner. Er betreibt eine Fruchtbarkeitsklinik in London und ist demnächst hier in Deutschland, um Seminare und Vorträge zu halten. Was hältst du davon, wenn wir uns einmal mit ihm unterhalten?«

»Ich hätte sehr gerne ein zweites Kind«, hatte Edith gesagt. »Himmel, was werden wir beide hübsche Kinder bekommen. Aber meinst du nicht, wir sollten es einfach mal … *so* versuchen?« Sie hatte ihm zugezwinkert. »Auf ganz natürlichem Weg?«

Robert hatte beide Hände gehoben. »Du bist die schönste Frau, die ich je kennengelernt habe«, hatte er geseufzt. »Attraktiv, mit einer Traumfigur und einer unglaublich erotischen Ausstrahlung. Ich bin vielleicht ein Idiot, aber was soll ich tun? Meine Liebe zu dir ist rein platonisch.«

»Du findest mich also nicht begehrenswert.« Sie sah ihn gespielt verletzt an.

»Aber ich sagte doch gerade: attraktiv und schön, dazu bezaubernd und berauschend. Jeder findet das, absolut jeder, dem ich dich vorstelle. Sämtliche meiner Geschäftspartner würden sich für dich sofort von ihren Meckerziegen scheiden lassen.«

»Ich weiß, ich weiß, und das war ja auch eben nur ein Scherz!«, hatte Edith gelacht. »Aber was ist mit deinem Plan, Kinder zu

adoptieren? Darüber hatten wir doch auch schon mal gesprochen.«

Robert hatte genickt. »Ja, aber ich möchte so gern auch ein
eigenes Kind. Ein gemeinsames Kind mit dir«, hatte er gesagt
und ihre Hand geküsst.

»Gut, dann gehen wir das an«, hatte Edith genickt.

»Du liebe Weggefährtin«, hatte er gesagt. »Ich danke dir.«

⁂

Und nun gingen die Frauen mitsamt den Blumenmädchen aus
der Suite. Unten war bereits der Wagen vorgefahren, der sie
zur Kirche bringen sollte, wo Robert auf sie warten würde. Es
dauerte einen Moment, bis die meterlangen Seidenbahnen so
im Wagen verstaut waren, dass nichts zerknitterte, und dann
fuhren sie los.

Als Roberts Vater in Ermangelung eines Brautvaters Edith
durch das wundervoll mit roten und weißen Rosen geschmückte
Kirchenschiff zum Altar führte, wo Robert und der Pfarrer bereits warteten, während der Hochzeitsmarsch von Mendelssohn
Bartholdy erklang, so wie Edith es sich ganz altmodisch gewünscht hatte, und die Sonnenstrahlen durch die bunten Kir-
chenfenster strahlten, da hoffte sie auf einmal doch, dass ihre Eltern hier wären. Um zu sehen, wie es ihrer Tochter ging, dass sie
wohlauf war und einen guten Mann heiratete, dass sie stolz auf
sie sein könnten.

Die ganze Wahrheit hatte sie Roberts Eltern natürlich nicht
erzählt, sondern nur, dass ihre Eltern seit dem Krieg als vermisst galten und jede Suche nach ihnen bislang ergebnislos geblieben war.

»Müller ist ja auch kein so seltener Nachname«, hatte Johann Nielsen gesagt. »So ist das mit dem Krieg. Der wird uns mit seinen Nachwirkungen noch eine lange Zeit begleiten. Viele werden immer noch vermisst, diese Ungewissheit, die gräbt einem das Wasser ab.« Er hatte geseufzt. »Tut mir leid, Edith, tut mir leid für dich, Kind.«

»Ich komme zurecht«, hatte Edith gesagt, und das stimmte ja auch.

›Blut ist wohl doch dicker als Wasser‹, dachte sie nun kurz, aber dann beschloss sie, jetzt nicht traurig zu sein, sondern sich auf Robert zu freuen, der erwartungsvoll in einem perfekt sitzenden Anzug dastand.

Schließlich gelang es ihr, die trüben Gedanken zu vertreiben. Sie konzentrierte sich auf das Hier und Jetzt.

Die kleine Kirche war beinahe bis auf den letzten Platz besetzt. Die Nielsens hatten natürlich sämtliche Familienmitglieder und Geschäftspartner mit deren Ehefrauen und auch Kindern eingeladen, dann selbstredend die Freunde und Bekannten. Von Edith waren nur ein paar Freundinnen und Kolleginnen aus ihrer Zeit in Kassel anwesend, als sie noch aktiv in der Frauenbewegung gewesen war, was sie jetzt auch wieder aufnehmen würde – Robert würde sie dabei unterstützen. Und Helena aus St. Peter hatte ihre Praxis extra für ein paar Tage geschlossen, um bei ihr zu sein und sie bei den Vorbereitungen unterstützen zu können. Natürlich hatten sie viel geredet, über St. Peter und über Anni. Helena hatte ihr auch von dem merkwürdigen Schreiben erzählt und dass sie die Befürchtung hatte, jemand sei ihr auf die Schliche gekommen, doch Edith hatte die Freundin beruhigt.

»Bestimmt macht sich nur jemand einen üblen Scherz, mach

dir nicht zu viele Gedanken«, hatte sie gesagt. »Ich würde zu diesem Zeitpunkt jedenfalls noch nicht zur Polizei gehen.«

»Auf keinen Fall«, hatte auch Helena abgewehrt. »Die stellen mir vielleicht merkwürdige Fragen, und ich war noch nie gut im Lügen.«

»Wir warten erst einmal ab«, sagte Edith. »Halt du mich nur auf dem Laufenden. Und nun feiern wir Hochzeit, denken nur an das Schöne und stoßen später auf unsere Anni an!«

»Die wird ihren Weg schon gehen«, war Helena sicher gewesen. »Und was mich betrifft, hast du bestimmt auch recht. Ich male jetzt nicht den Teufel an die Wand, vielleicht ist der Spuk damit ja gleich wieder zu Ende.«

An Weihnachten würde Helena dieses Jahr auch zu Edith und Robert kommen, das hatten die beiden schon ausführlich besprochen.

»Auf keinen Fall bleibst du alleine in St. Peter!«, darauf hatte Edith bestanden.

»Ach, mich fragen bestimmt Patienten, ob ich …«, hatte Helena angefangen, aber Edith hatte sofort abgewinkt: »Nein, das kommt nicht infrage, dass du wie ein ungeliebtes Anhängsel irgendwo ein Stück Braten bekommst. Du kommst zu uns, oder, Robert?«

»Na sicher«, hatte Robert gleich zugestimmt. »Wir freuen uns. Bleib, so lange du willst, liebe Helena.«

Natürlich hatte sie dann zugesagt.

⁂

Mit festen Schritten gingen sie nun auf Robert und die beiden Trauzeugen zu, die ihnen schon alle entgegenstrahlten.

Ihrem zukünftigen Mann war die Freude überdeutlich vom Gesicht abzulesen, und sie war ihm so dankbar. Er küsste ihre Hand, als sie schließlich vor ihm stand, und dann drehten sie sich zu dem Pfarrer, der sie wohlwollend betrachtete. Ein wirklich schönes Paar waren sie, daran gab es nichts zu rütteln.

Robert und Edith lächelten sich an, als der Pfarrer mit dem Gottesdienst begann. Ja, sie machten alles richtig! Sie waren ein gutes Team, und Edith nahm sich vor, so viel zu bewirken, wie sie konnte. Sie würde sich weiter für die Frauenrechte einsetzen und eine gute Mutter und Ehefrau sein, das eine schloss das andere ja nicht aus. Und sie hatte auch über die Idee nachgedacht, die Bernd gehabt hatte und über die sie noch ausführlich sprechen mussten – dass sie, Edith, das neue Gesicht der Nielsen-Produkte werden könnte. Eine moderne, junge Mutter von heute, weg mit dem angestaubten Image! Edith fand die Idee sehr gut, es gab zu viele Werbefilme, in denen die Frauen Schürzen trugen und sich über nichts anderes als Pudding, Sonntagskuchen oder den perfekten Braten Gedanken machten! Wenn Edith solche Reklamen sah, wurde ihr ganz übel.

Nun, Bernd hatte etwas vorbereitet, das er ihnen bald präsentieren würde. Sie war gespannt und voller Hoffnung, denn Bernd war jung und modern. Ein gut aussehender Mann Anfang dreißig, der das Leben in vollen Zügen genoss, seine Arbeit in der Werbung liebte – und auch Robert Nielsen, so wie der ihn ebenfalls. Diese Tatsache sollte jedoch nicht an die Öffentlichkeit kommen, nur wenige Menschen außer Edith wussten überhaupt davon. Roberts Sekretärin zum Beispiel, die schon für seinen Vater gearbeitet hatte, das gute, ältliche Fräulein Dörrberger, hatte wohl mal was mitbekommen, aber Diskretion war ihr zweiter Vorname, und sie hatte den Vorfall nie erwähnt. Nora zeigte ihrem Bruder ihr Wissen manchmal mit Andeutungen und Blicken, der zwinkerte stets zurück, und die beiden verstanden sich blind.

⦿⦿⦿

Der strahlend schöne, sonnige Samstag ging so wundervoll weiter, wie er angefangen hatte. Nach der Segnung und dem Ringtausch gingen sie durch den Gang zurück nach draußen. Zu Ediths Überraschung wartete dort eine Kutsche mit zwei eingespannten Schimmeln auf sie, die sie zurück zum Schloss Friedrichshof bringen würde. Sie würden das ganze pompöse, wundervolle Gebäude für sich haben, denn es gehörte den Prinzen von Hessen, die es zurückerworben hatten und nun einen Hotelbetrieb daraus machen wollten. Demnächst würden Umbauarbeiten beginnen. Aber da einer der Prinzen ein guter Freund von Roberts Vater war, konnte der selbstredend noch seinen Sohn in diesem wunderschönen Ambiente feiern lassen.

»Oh, wie schön! Damit hätte ich ja überhaupt nicht gerechnet!«, rief Edith nun und lachte. »Das wäre wirklich nicht nötig gewesen. Du weißt doch, ich bin nicht so für Kitsch.«

»Genau deswegen hab ich es gemacht«, erklärte Robert gespielt ernst. »Wenigstens an seinem Hochzeitstag sollte man zu etwas Kitsch nicht Nein sagen, und ich weiß, dass es dir gefällt, auch wenn du immer so burschikos tust!«

Er legte den Arm um sie. »Meine Frau! Ha! Dass ich das einmal sagen würde!«

»Hast du gesehen und vor allen Dingen gehört, wie deine

Mutter und deine ganzen Tanten geweint haben?«, fragte Edith. »Man konnte Pfarrer Hief kaum noch verstehen.«

»Ach, mein Muttchen«, seufzte Robert. »So ist sie nun mal – und die Tanten sind genauso. Keine Hochzeit, kein Geburtstag und auch sonst nichts ohne die Tränen von Mama und Konsorten.«

Er seufzte. »Ich freue mich schon so sehr auf unsere gemeinsame Zukunft! Wenn meine schöne Frau bald das Gesicht der Firma wird und erzählt, wie wunderbar unsere Backzutaten und unsere Würzmischungen sind, dann werden wir uns vor Aufträgen kaum noch retten können. Bernd ist schon am Wirbeln, der ist kaum zu bremsen. Er stellt uns ja bald seine Kampagne vor. Da kommst du natürlich mit!«

»Hab ich denn tatsächlich ein Mitspracherecht?«, fragte Edith mit unschuldigem Augenaufschlag. »Habe ich als Frau denn überhaupt *irgendwelche* Rechte? Außer dir einen Thronfolger zu gebären natürlich!«

»Ach, du!«, er stupste mit dem Zeigefinger gegen ihre Nase und betrachtete sie dann liebevoll.

»Du und ich, wir denken doch sehr ähnlich«, sagte er dann. »Darüber bin ich wirklich froh. Ich mag die alten Rollenbilder nicht mehr akzeptieren. Frau am Herd, und der Mann hat das Sagen – das ist antiquiert, und eigentlich hätte das nie so sein sollen! Was ist an einer Frau denn anders als an einem Mann? Sie kann genau so oder sogar noch intelligenter und gewitzter sein als der Mann. Trotzdem wird sie kleingehalten und in die Küche verbannt.«

»Das ist vielleicht auch einer der Gründe – also, dass sie intelligenter sein könnte«, mutmaßte Edith. »Das hat vielen Männern nicht gepasst, und deswegen ist es so gekommen.«

»Ich unterstütze dich jedenfalls voll und ganz bei der Sache, das verspreche ich dir«, sagte Robert ernst. »Du machst alles richtig! Übrigens, die Smaragde sehen wundervoll an dir aus. Sie sind wie gemacht für dich! Noch nie hab ich eine schönere Braut gesehen. Und es ist auch noch meine.« Er hielt sein Gesicht in die Sonne, und Edith fuhr ihm durch sein dichtes, dunkles Haar. Dann drehte er sich zu ihr um und küsste ihre Stirn. ›Eigentlich ist es ein bisschen schade‹, dachte Edith, ›dass er sich heute Abend mit Bernd trifft und nicht mit mir – aber andererseits ist er der wahrscheinlich beste Freund, den ich je hatte. Und das zählt ja auch.‹ Sie lehnte sich an ihn und fühlte sich geborgen. Robert roch wie immer wunderbar frisch nach Eau d'Hermès. Edith schloss die Augen. Sie hatte auf eine schöne Weise das Gefühl, auf dem richtigen Weg zu sein, um da anzukommen, wo sie hingehörte.

●●●

»… und so freue ich mich ganz besonders, unsere neu gewonnene Tochter heute in unserer Familie zu begrüßen«, sagte Johann Nielsen jovial und hob sein Glas. Sie waren schon fertig mit den Vorspeisen und Hauptgängen – alles war so unglaublich lecker gewesen. Die gefüllte Lammbrust, das Ragoût fin in Blätterteig, der Truthahn … Lange hatte Edith nicht mehr so gut gegessen! Und später würden sie die dreistöckige Hochzeitstorte gemeinsam anschneiden. Der Königsteiner Konditor Kreiner hatte sie angefertigt: feinste Zitronenbuttercreme mit Himbeermark und Marzipan. Wahrscheinlich hatte ein Stück so viele Kalorien wie eine ganze Mahlzeit, aber daran wollte Edith heute nicht denken.

»Auf euer gemeinsames, hoffentlich langes Leben«, sagte Johann nun, und alle hoben ihre Gläser und prosteten dem Brautpaar zu.

»Liebe Schwiegertochter, jetzt ist es an der Zeit, dir eine hoffentlich wunderbare Überraschung zu bereiten«, erklärte Johann Nielsen, während Victoria wissend nickte.

Gespannt sahen Robert und Edith ihn an, in diesem Moment ging die Tür auf.

Edith glaubte, ihr Herz würde stehenbleiben.

IIII KAPITEL 9
Hamburg

Anni war zufrieden mit sich und ihrer Arbeit. So aufgeräumt war dieser Raum wahrscheinlich lange nicht gewesen, vielleicht sogar noch nie, seitdem Mutti hier die Leitung übernommen hatte. Anni hatte Belege sortiert und abgeheftet, Überweisungen fertig gemacht und Rechnungen kontrolliert sowie mit einigen Lieferanten gesprochen und entsprechende Rabatte bei Vielbestellungen eingefordert. Sie kannte nach ein paar Tagen die zuständigen Finanz- und Gewerbebeamten mit Namen, und wenn die es auch erst einmal als Zumutung empfunden hatten, mit einer aus dem horizontalen Gewerbe zu sprechen, taten sie es letztendlich doch, denn die Steuern wollten sie ja haben. Anni war stets so höflich und zuvorkommend zu den Leuten, dass die sich schon bald sogar freuten, wenn sie anrief.

Mutti war begeistert. »Dich hat mir der Himmel geschickt!«, rief sie nicht nur einmal und drückte Anni fest an sich. Sie mochte die junge Frau, die so aufmerksam mit ihrer Tochter umging und so gewissenhaft in ihrer Arbeit war. Sie wusste mittlerweile auch von Annis Eltern, von Hinnerk und der Flucht und würde alles dafür tun, dass Anni unentdeckt blieb. Aber vor allen Dingen hatte sie einen Narren an der kleinen

Lisbeth gefressen. Jeden Tag kümmerte sich Mutti hingebungs-voll um das Kind. Sie fuhr sie spazieren, besuchte mit ihr ihre Freundinnen, die Lisbeth auch schon alle ins Herz geschlossen hatten, von den Damen im *Chérie* mal ganz zu schweigen. Lisbeth wurde geliebt, gehätschelt und von allen verwöhnt, und ihr gefiel das selbstverständlich ausgesprochen gut. Mit ihrem Lachen brachte sie jedes Herz zum Schmelzen, sogar das von Bubi. Anni hatte den sonst immer stillen Mann sogar dabei er-wischt, wie er Lisbeth im Kinderwagen hin- und herschob und ihr dabei leise vorsang. Sie hatte sich schnell unbemerkt wieder zurückgezogen und die beiden allein gelassen.

Mit Rena verbrachte Anni jede freie Minute – die beiden holten die vergangene Zeit auf und verstanden sich genauso gut wie immer, vielleicht noch besser.

»Anni, Kind, sag mal, ob du wohl heut mal was anderes ma-chen kannst?«, fragte Mutti eines Abends, während sie ihren Kopf ins Zimmer steckte. Anni blickte von ihren Unterlagen hoch. »Was denn?«

»In der Bar aushelfen«, sagte Mutti und hob beschwichtigend die Hände. »Ich weiß, ich weiß, das ist eigentlich überhaupt nicht dein Gebiet, aber Sylvia ist auf Glatteis ausgerutscht und hat sich die Hand verstaucht, hilf Himmel, eine Barfrau mit nur einer Hand, da kann ich gleich zumachen!«

»Was ist denn mit Else?«, fragte Anni.

»Die ist die ganze Woche nicht da«, bekam sie erklärt, und Mutti ließ sich schnaufend in einen Sessel fallen. »Irgendein runder Geburtstag in Hannover bei ihrer Schwester. Ich würd mich ja glatt selbst hinter den Tresen stellen, aber ich hab dann die Befürchtung, dass ich zu viel trinke, weißt du? Das geht be-stimmt nicht gut aus …«

»Zu viel Alkohol?«, fragte Anni, und Mutti nickte. »Ich muss aufpassen«, sagte Mutti. »Früher hab ich fünfe immer gerade sein lassen und einfach so gelebt, ohne Rücksicht auf meine Gesundheit. Das macht sich im Alter bemerkbar. Ich will mich nicht selbst in Versuchung führen. Mit dem Rauchen pass ich ja gerade auch auf – vor allem, weil ich die Kleine so oft hab.«

»Dafür bin ich dir sehr dankbar«, sagte Anni, doch Mutti winkte ab. »Außerdem muss hinterm Tresen wirklich jemand Jüngeres sein. Unseren Bubi kann ich da nicht hinstellen, die Gäste kriegen ja Angst bei so einem riesigen, unnahbaren Kerl, dabei ist er eine Seele von Mensch.«

»Das stimmt«, seufzte Anni und überlegte kurz. »Ich frage meine Vermieterin, ob sie später auf Lisbeth aufpassen kann, wenn sie Ja sagt, dann helfe ich natürlich aus.«

»Du kannst sie gern von hier aus anläuten«, bot Mutti sofort an. »Wenn nicht, setz ich mich zu ihr, oder sie bleibt hinten in ihrem Zimmer.«

»Das ist lieb von dir, aber ich möchte gern, dass Lisbeth nachts zu Hause in einer ruhigen Umgebung schläft«, erklärte Anni. »Hier ist es ja, obwohl das Zimmer nach hinten rausgeht, manchmal etwas lauter, gerade abends. Da ist es mir besser für sie, wenn sie in unserem Zimmer in Eppendorf ist. Also gut, ich läute gleich kurz Frau Sterzel an. Ich möchte nur noch die Ablage hier fertig machen.«

»Vielen Dank dir.« Mutti stand auf.

»Du kannst natürlich auch die Ablage heute Abend selber weiter vorsortieren«, schlug Anni vor und versuchte, ein ernstes Gesicht zu bewahren.

»Ablage! Ich?«, kam es da auch schon prompt, und Mutti sprang auf. »Willst du mich umbringen? Gerade ist alles so schön, da setz ich mich doch nicht hin und bring wieder Unruhe in alles! Wirklich, Anni, das kannst du nicht wollen, dass ich …«

»Ruhig, Mutti, ich werde wohl mal einen Scherz machen dürfen!«, kicherte Anni und griff zum Telefon. »Auf gar keinen Fall kommst du auf diese Seite des Schreibtischs. Vorerst zumindest nicht. Irgendwann muss ich dich natürlich mal einweisen, damit du notfalls alleine klarkommst, aber das hat noch Zeit.«

»Da wird noch viel Wasser die Elbe runterfließen, Seute«, sagte Mutti hoheitsvoll und zog sich zurück.

Frau Sterzel sagte glücklicherweise gleich zu, nachdem Anni angerufen hatte: »Ich habe doch abends sowieso nichts vor, Frau Janssen, da hüte ich gern die Kleine. Ich kann sie auch abholen, wenn Sie wollen.«

»Das … das ist wirklich nicht nötig«, meinte Anni schnell, die keinesfalls wollte, dass Frau Sterzel ins *Chérie* kam. »Ich bin hier bald fertig und bringe Lisbeth dann nach Hause.«

»Wie Sie wollen, ich bin daheim!«, erklärte ihre Vermieterin freundlich, und sie legten auf. Anni ging nach vorne, um Mutti Bescheid zu sagen.

»Ach, das ist gut, da fällt mir ein Stein vom Herzen«, sagte die erleichtert. »Bubi, min Jung, unsere Anni macht heute Abend die Bar, was sagst du?« Bubi sagte wie immer nichts, konnte sich aber zu einem zustimmenden Nicken durchringen.

»Da bin ich aber froh, Bubi, dass du nichts dagegen hast«, sagte Anni und grinste ihn an. Bubi schaute ernst zurück, während aus der Musikbox Peter Alexander *La bella Musica* sang. Ein wahrlich komischer Kauz, dieser Bubi.

»Ich bringe Lisbeth eben nach Hause und komme gleich wieder zurück«, erklärte Anni dann.

»Sehr gut. Außerdem, Anni …« Mutti klang zögerlich.

»Ja?«

»Hast du was … also, was Netteres zum Anziehen?«

»Oh«, machte Anni, die verstand. »Also … Nein.« Sie hatte aus St. Peter nur das Nötigste mitgenommen und wollte ihr Geld nun lieber sparen, anstatt es für neue Kleidung auszugeben – und für solche schon mal gar nicht.

Mutti schüttelte den Kopf. »Ich guck mal in der Garderobe von den Mädels, irgendwas werden wir schon finden.«

»Also Mutti, wenn du glaubst, dass ich mich hier nachher in einem durchsichtigen Negligé hinstelle, dann hast du dich aber geschnitten«, stellte Anni schnell klar. »Ich kann doch Rock und Bluse tragen, was ist denn daran so schlimm?«

»Dann schaust du ja aus wie eine sitzengelassene Gouvernante«, erklärte Mutti und schüttelte vehement den Kopf. »Das kommt gar nicht infrage!«

»Ich gehe jetzt erst einmal nach Haus und schaue, was ich da finde, und dann sehen wir weiter«, beschloss Anni. »Du musst mich ja auch noch einweisen. Ich habe noch nie Cocktails gemixt.«

»Das kriegen wir schon hin«, meinte Mutti und rauschte ab.

⦿⦿⦿

»Ach Frau Janssen, nu hör'n Se doch op, sich dauernd zu bedanken«, sagte Hedwig Sterzel und strich Lisbeth übers flaumige Haar, während die mit Hedwigs baumelnden Granatohrringen beschäftigt war. »Ich würd doch nich sagen, dass ich's mache, wenn ich's nich wirklich machen will.« Lisbeth strahlte sie an.

»Trotzdem ist es ja nicht selbstverständlich«, meinte Anni, doch Frau Sterzel winkte ab: »Ach, man muss sich doch in schweren Zeiten gegenseitig helfen!« Dann ging sie in die Küche, um Lisbeth das Fläschchen zu geben. So eine Vermieterin wie Hedwig Sterzel musste man auch erst mal finden, dachte Anni und ging in ihr Zimmer, um ihren Mantel zu holen.

»Übrigens, Frau Janssen, bald ist ja Weihnachten. Ich würde mich freuen, wenn Sie den Heiligen Abend mit mir verbringen würden. Wissen Sie, ich hab zwar ein paar Freunde, Ehepaare und auch Familien, aber da fühlt man sich doch immer wie's fünfte Rad am Wagen. Wenn Sie also nichts vorhaben …«

»Vielen Dank, Frau Sterzel!«, strahlte Anni da. »Ich würde wirklich sehr gerne mit Ihnen Weihnachten feiern.«

⦁⦁⦁

»Oha, oha, oha!«, murmelte Mutti ununterbrochen, nachdem sie mit Annis Aufmachung zufrieden war. »Es ist ein Jammer, dass du nur die Bar machst, Herzchen.«

Anni betrachtete sich im Spiegel. »Das ist bestimmt lieb gemeint, aber ich mache auf keinen Fall mehr als die Bar«, stellte sie dann mit fester Stimme klar. Sie trug ein enges, schwarzes, ärmelloses Kleid, Kette und Ohrringe funkelten im Licht der Lampen, die Haare waren ihr von einer von Muttis Mädels kunstvoll hochgesteckt worden, und Ingeborg, ein anderes Mädel, hatte sie geschminkt, woraufhin Anni darauf bestanden hatte, dass mindestens die Hälfte der Farbe wieder abgenommen wurde. Mutti hatte ein Paar schicke schwarze Nylons spendiert und dauernd wiederholt: »Dass da bloß keine Laufmasche reinkommt, die waren teuer, Kind!« Dann war man auf die Suche nach passenden Schuhen gegangen und bei Erikas Pumps fündig geworden. Schwarz und glänzend waren sie und passten Anni wie angegossen. Zum Schluss nebelte man Anni noch mit Haarspray ein, und fertig war sie.

Alle waren hochzufrieden mit ihrem Werk und hörten nicht auf, sich gegenseitig zu loben.

Anni runzelte die Stirn. So hatte sie noch nie in ihrem ganzen Leben ausgesehen. Diese Aufmachung, der üppige Schmuck, die Haare … ›Wie bei einem Filmstar‹, dachte sie fast ehrfürchtig.

Und sie fühlte sich auf einmal wie eine richtige Frau. Das eng anliegende Kleid schmeichelte ihrer schlanken Figur, ihr Dekolleté kam hervorragend zur Geltung, und die hochgesteckten Haare ließen sie viel erwachsener aussehen. Anni, die sonst aus praktischen Gründen ihre blonden Locken mit einem Gummi zusammenband, war von sich selbst überrascht. Dezent aufgetragener Puder ließ ihre Gesichtshaut wie Perlmutt schimmern, und dann kam Mutti mit Parfum an. »Das ist mein eigenes, ich hüte es wie meinen Schatz«, sagte sie. Anni schaute auf den Flakon. Das Parfum war von Revillon, hieß Detchema und roch nach Zitrone, Lilien und ein wenig orientalisch. Mutti tupfte ihr behutsam einige Tropfen hinter die Ohrläppchen und auf die Innenseiten der Handgelenke. Der Duft passte perfekt zu Anni, sie fühlte sich gleich wohl damit.

›Ein Jammer, dass Friedrich mich so nicht sehen kann, und Helena und Edith auch nicht‹, dachte Anni ein wenig wehmütig. Sie versuchte, Friedrich Brunner nicht allzu oft in ihre Gedanken zu lassen, aber manchmal passierte es eben doch.

»So. Fertig«, sagte Mutti strahlend. »Dann kann unsere Bardame ja loslegen.«

Es war ungewohnt für Anni, in diesen hohen Schuhen zu

laufen, aber sie fühlte sich sicher und gut. Mutti hatte ihr vorhin noch gezeigt, wie man die gängigsten Cocktails mixte, Anni hatte sich einen Spickzettel gemacht und konnte nun bei Bedarf nachlesen, wie man einen Bellini mixte, einen recht süßen Pfirsich-Cocktail, oder einen Cosmopolitan mit Wodka und Cointreau machte, sie konnte einen Old Fashioned zubereiten und auch einen Negroni. Und eine Champagnerflasche zu öffnen würde sie ja wohl hinbekommen. Für Wein gab es Korkenzieher, und das Bier kam vom Fass. Damit kannte sie sich immerhin aus, die *Seeperle* hatte auch eine Zapfanlage.

›Ach, die *Seeperle*‹, dachte Anni, während sie den Gang entlangging. Wie es wohl allen ging? Ob Hinnerk seine Drohung wirklich wahrgemacht hatte? Sie hoffte so sehr, dass er doch noch zu Verstand gekommen war und das Hotel nicht verkauft hatte.

Anni betrat die Räumlichkeiten des *Chérie*, begab sich hinter den Bartresen und wurde dort von Bubi gemustert.

»Na, gefall ich dir?«, fragte Anni spielerisch, doch Bubi zuckte nur mit den Schultern und verzog keine Miene.

»So überschwänglich kenne ich dich gar nicht«, meinte Anni trocken und begann, Zitronen zu schneiden. Dieser Bubi war wirklich eine Marke.

Schloss Friedrichshof

Edith glaubte, gleich tot umzufallen. Wie war das möglich? Alles Blut wich aus ihrem Gesicht, und sie musste sich an Robert festhalten, sonst wäre sie einfach umgekippt.

»Na, Kindchen, was sagst du?« Victoria ergriff Ediths Hand und zog sie mit sich – zu ihrer Mutter Gudrun und ihrer Tochter Pauline, die an Gudruns Hand dastand und die Situation nicht richtig einordnen konnte. Gemeinsam mit Robert und Victoria ging Edith auf Mutter und Tochter zu. Pauline machte große Augen, und in dem Augenblick, als Edith vor ihr stand, fing ihre Mutter Gudrun an zu weinen – so herzzerreißend, dass manchen der Hochzeitsgäste fast ebenfalls die Tränen kamen.

»Kind, ach, Kind!«, schluchzte Gudrun Müller. »Was bin ich froh, dich zu sehen!«

In Ediths Herzen tobte es wild durcheinander. Wie war das nur möglich gewesen, die beiden zu finden, wo war ihr Vater, wartete der vielleicht im Hintergrund, um im passenden Moment hereinzustürzen und alles zu ruinieren?

»Bitte verzeih mir, Edith, bitte, bitte verzeih mir«, flehte ihre Mutter, und dann umarmte sie ihre Tochter, die nicht mehr wusste, wo rechts und links war.

»Ich habe so viel falsch gemacht, mein Kind – ich hätte zu dir stehen müssen, ich hätte viel früher, ach, von Anfang an, etwas unternehmen müssen.« Sie streichelte Ediths Wange. »Ach, Kind!«

»Mama«, stotterte Edith und löste die Arme ihrer Mutter von ihrem Hals, um kurz durchzuatmen. »Mama, ach Mama. Wie … wie kommst du denn hierher? Ach …« Plötzlich merkte Edith, wie sehr ihr die Mutter gefehlt hatte. Sie schluchzte auf und umarmte Gudrun noch einmal, diese hielt sie ebenfalls ganz fest.

»Mein Mädchen. Verzeih mir, bitte verzeih mir! Ich wünsche mir nichts mehr …«

Edith fühlte, wie eine tiefe Liebe durch ihren Körper strömte, und sie streichelte nun Gudruns Wange. »Ich bin so froh, dass du da bist. Ich verzeihe dir, Mama, natürlich.« Glücklich schloss Gudrun die Augen.

Dann kniete Edith sich vor das kleine Mädchen.

»Hallo, Pauline«, sagte sie leise und streckte ihr die Hand hin. »Ich bin Edith. Du kennst mich noch von der Nordsee, wir waren zusammen in St. Peter, da hab ich aufgepasst auf euch.«

»Frau Müller hat gesagt, dass du jetzt meine Mama bist, und sie ist meine Oma«, kam es von Pauline.

»Ja, das stimmt.« Edith war immer noch völlig durcheinander.

»Aber ich kenn nur Fräuleins«, erklärte das Mädchen verwirrt. »Fräuleins und Schwestern und die Schwester Oberin und Herrn Altmann, der ist Hausmeister in Siebenschön, und du warst doch auch ein Fräulein, oder?« Mit großen dunklen Augen sah Pauline Edith an, und die musste schlucken.

»Das ist doch schön, dass du so viele Fräuleins kennst«, sagte sie. »Und jetzt hast du dazu auch noch eine Mutter.«

»Ist das so was wie eine Frau Oberin?«

»Nein, es ist ... anders. Ich glaube, es ist besser«, sagte Edith leise und musste sich beherrschen, um die Tränen zurückzuhalten. Nun kniete auch Robert neben ihr. »Eine Mutter ist die Frau, die einen zur Welt gebracht hat, wegen der man überhaupt da ist«, erklärte er. »Eine Mama also. Und ein Papa ist bei der Mama und passt auf die Familie auf.«

Nun wurde er von Pauline gemustert. »Bist du denn ein Papa?«, fragte sie zögerlich.

»Ja, das bin ich. Wenn du es willst, bin ich dein Papa.«

Pauline dachte nach, dann zuckte sie mit den Schultern. »Wir können es ja mal versuchen«, sagte sie und lächelte.

###

»Mein Gott, Robert!« Für einen kurzen Moment waren Edith und Robert alleine. Edith hatte sich entschuldigt und eines der Badezimmer aufgesucht, um einen Augenblick durchzuatmen, und Robert war ihr gefolgt. Edith ließ sich kaltes Wasser über die Handgelenke laufen, sie hatte Angst, gleich umzukippen.

»Edith, du bist ja ganz blass«, sagte Robert besorgt und zog einen samtbezogenen Hocker heran, auf den sich Edith in ihrem Hochzeitskleid sinken ließ. Sie fächerte sich nun Luft zu.

»Liebster Robert, wie hast du das nur geschafft?«, fragte sie völlig atemlos. »Weißt du, was ich alles angestellt habe, um meine Tochter zurückzubekommen, kannst du dir das vorstellen?«

»Du hast mir ja ansatzweise davon erzählt«, lächelte er und streichelte ihre kalte Hand. »Nun atme mal durch. Ich habe eben meine Beziehungen spielen lassen, nachdem Mama mich ganz verrückt gemacht hat.«

»Deine Mutter?«

»Ja. Seitdem sie wusste, dass es Pauline gibt, lag sie mir in den Ohren und …«

»Moment mal.« Edith dachte kurz nach. »Ich kann mich nicht im Geringsten daran erinnern, dass ich deiner Mutter von Pauline erzählt habe. Sie weiß nur, dass meine Eltern verschollen sind. Also, angeblich. Davon abgesehen wusste ich wirklich nicht, wo sie waren. Wie hast du das bloß alles geschafft, Robert?«

»Mama hat ein Gespräch zwischen uns bei ihnen in der Bibliothek belauscht. Wir waren alleine und haben über Pauline gesprochen.«

An diesen Abend erinnerte sich Edith. Sie waren bei Roberts Eltern zum Essen gewesen und sind danach in die Bibliothek vorgegangen, während Roberts Vater im Keller war, um mal wieder einen guten Tropfen zu holen. Und ganz offenbar war Victoria wohl doch nicht wie vermutet in der Küche gewesen.

»Aha«, sagte Edith. »Deine Mutter ist ja eine! Und dann?«

»Dann ist sie zu Papa, und die beiden haben anscheinend, als wir weg waren, lange darüber geredet, auch, wie man deine verschollenen Eltern wiederfinden würde. Daraufhin haben sie mich am nächsten Tag angeläutet, ich bin nachmittags aus der Fabrik zu ihnen gefahren und habe mir ihre Pläne angehört. Papa kennt ja viele Leute und ich auch, und Mama hat ein paar Telefonate mit ihren Damen vom Bridge- und vom Golfclub geführt, die Männer in hohen Positionen haben. Kurzum, alles fügte sich zu etwas Gutem. Man wird dir deine Tochter wieder zusprechen, und deine Mutter ist auch wieder da.«

»Meine Güte, wo war sie denn? Und wo ist mein Vater?«

»Gudrun hat ihn schon vor einiger Zeit verlassen. Sie hat seine gewalttätige Art einfach nicht mehr ausgehalten. Aber das kann sie dir alles gleich selbst erzählen.« Robert sah sie aufmerksam an. »Geht es dir besser?«

Edith nickte. »Ja, danke.« Sie stand auf und holte aus einem kleinen, weißen Seidenbeutel ihren Puder. »Ich mach mich nur etwas frisch, dann gehen wir zu unseren Gästen. Und zu meiner Mutter. Und … zu Pauline.«

Beim Gedanken an ihre Tochter kamen ihr nun doch die Tränen – die ganze Anspannung, die Sorge, ob es klappen würde mit dem Sorgerecht, alles war auf einmal gelöst. Ihre Mutter und ihre Tochter wieder bei ihr, und das an ihrem Hochzeitstag.

»Das ist der schönste Tag in meinem Leben, Robert«, schluchzte Edith. »Der allerschönste.«

»Nun, nun, beruhig dich, mein Engel. Komm lieber wieder mit. Deine Tochter wartet auf dich!«

Er reichte ihr die Hand, sie ergriff sie und ließ sich von ihm hochziehen.

»Ach, Robert«, seufzte Edith glücklich. »Ich danke dir so sehr. Ich bin gerade die glücklichste Braut der ganzen Welt.«

»Und ich der glücklichste Bräutigam. Wir werden eine gute Ehe führen und später tolle Eltern sein.«

»Ich hab dich sehr lieb«, sagte sie zu ihm und drückte seine Hand.

»Ich dich auch, mein Engel, ich dich auch.«

♦♦♦♦ KAPITEL 11
Hamburg

»Und, Deern, wie löpt dat?« Mutti hatte sich bis eben tatsächlich zurückhalten können, aber nun siegte die Neugierde. Sie war aus ihrer kleinen Wohnung, die sich im Nebenhaus befand, rübergekommen, um bei Annis erster Schicht an der Bar nach dem Rechten zu sehen.

Anni war guter Dinge. »Es läuft sehr gut«, meinte sie, während sie Zitronenscheiben für einen Gin Tonic schnitt. »Um ehrlich zu sein könnte es nicht besser laufen. Ich glaube, ich bin die geborene Bardame.«

Mutti klatschte vor Freude in die Hände. »Dann ist ja gut! Sind auch alle nett zu dir?«

Anni holte Tonic Water aus dem Kühlschrank. »Ja, schon. Viele fragen eben, ob ich ... na, du weißt schon. Und dann sind sie ganz enttäuscht, dass ich nicht ... na ... Du weißt sicher schon ...«

»Ja, ich weiß schon«, lachte Mutti. »Dass du noch nicht mal die Worte aussprechen kannst, du anständiges Ding! Immerhin befindest du dich in einem Bordell. Hier kann man ruhig Tacheles reden, weißt du?«

»Nun, ich werde ja nicht ewig hier aushelfen, also muss ich mich auch gar nicht dran gewöhnen«, rechtfertigte sich Anni und schob dem Gast seinen Drink rüber, um dann die Summe auf seine Rechnung zu schreiben.

»Es wird erst am Schluss kassiert«, hatte Mutti ihr erklärt. »Wenn ein Gast nur einmal zahlen muss, muss er sich auch nur einmal mit dem Zahlvorgang beschäftigen. Wenn er ständig das Portemonnaie zücken muss, trinkt er vielleicht weniger, weil er sofort merkt, dass es immer teurer wird.«

Also schrieb Anni gewissenhaft alles auf.

»Sind Sie denn noch frei?«, fragte der Gast mit dem Gin Tonic.

Anni schüttelte den Kopf. »Ich bin nur für die Bar zuständig«, erklärte sie dann freundlich.

»Zu schade«, meinte der Mann, ein ausgesprochen gut aussehender Blonder Mitte dreißig, wie Anni schätzte. »Ich würde wirklich gern eine Flasche Champagner mit Ihnen trinken.« Er drehte an seinem Ehering herum.

»Aber Sie trinken doch schon Gin Tonic«, lächelte Anni.

»Ja, weil ich alleine hier sitze«, bekam sie erklärt. »Was muss ich tun, um Ihr Herz zu erweichen, holde Dame?«

»Da ist leider nichts zu machen.« Anni stellte frisch gezapfte Biere auf ein silbernes Tablett und balancierte es zu einer Herrenrunde, die gerade angekommen war. Anni nahm noch zwei Bestellungen an anderen Tischen auf und ging dann zurück zum Tresen. Der Blonde lächelte sie hoffnungsvoll an, und sie blieb kurz stehen.

»Oh, haben Sie doch Erbarmen mit mir?«, fragte er. »Es soll Ihr Schaden nicht sein, ich bin nicht knauserig.« Er holte seine Geldbörse heraus und zeigte ihr ein Bündel große Scheine.

Aber Anni schüttelte den Kopf. »Leider nichts zu machen«, wiederholte sie. »Aber trinken Sie doch Champagner mit einer unserer Damen. Die freuen sich.«

Er seufzte so traurig, dass Anni glatt lachen musste. Dann klopfte sie ihm freundlich auf die Schulter. »Sie werden sicher fündig werden, glauben Sie mir.« Mit diesen Worten begab sie sich hinter die Bar und spülte einige Gläser. Mutti hatte es sich währenddessen auf einem der Barhocker bequem gemacht.

»Du machst das richtig, Anni. Immer höflich sein, aber bestimmt. Nicht vergessen, dass der Kunde König ist, sich aber nicht alles erlauben kann. Distanz da, wo Distanz nötig ist – als hättest du nie was anderes gemacht. Die Mädels sagen auch alle, dass du ganz fix bist und nichts vergisst. Schön ist das.«

»Ach, ich komme schon zurecht, danke«, meinte Anni. »Und es sind ja wirklich alle nett.«

»Wenn nicht, gibt unser Bubi ihnen Saures«, bekam sie von Mutti erklärt, während die sich eine Zigarette anzündete.

Anni sah sie mit hochgezogenen Augenbrauen an. »Du wolltest doch nicht mehr rauchen«, sagte sie tadelnd.

»Nein, nein, ich sagte, nicht mehr *so viel*«, stellte Mutti klar und hustete prompt. »Wenn unser Wonneproppen bei mir ist, unser Lieselchen, dann rauche ich selbstverständlich nicht. Aber jetzt darf ich wohl. Morgen geh ich mit einer Freundin und der Lütten zu Hagenbeck. Da ist das Fernsehen, die machen da eine neue Fernsehserie: ›Was weiß ich schon von Tieren, geh'n wir mal zu Hagenbeck‹ oder so heißt das, jedenfalls will ich mir das mal anschauen, was da so passiert. Das wird die Kleine sicher freuen, ein Tag mit den ganzen Tieren im Zoo.«

»Lisbeth versteht das doch alles noch gar nicht«, sagte Anni, die nun die Gläser polierte.

»Wenn *ich* ihr das erkläre, versteht sie das wohl!« Mutti spielte beleidigt. »Oder willst du nicht, dass ich mit der Kleinen unterwegs bin?«

»Doch, natürlich, Mutti«, gab Anni lächelnd nach. »Du bist die Beste, und genau das willst du doch gerade hören.«

»Tscha, das stimmt wohl.« Mutti rutschte von ihrem Barhocker. »Ich seh, dass du alles im Griff hast, dann kann ich meine alten Knochen mal ins Bett legen. Sehen wir uns morgen?«

»Na sicher, die Rechnungen warten nicht!«

»Hätte ja sein können, dass du morgen erst mal ausschlafen willst«, erklärte Mutti und gähnte.

»Ich habe eine kleine Tochter, so etwas kann ich vergessen«, sagte Anni, die sich schon jetzt darauf freute, Lisbeth später oder morgen früh in den Arm nehmen zu können.

»Ja, ich erinnere mich.« Mutti seufzte. »Ach, die Abläufe …«

»Irgendwann musst du das alles wieder selbst in die Hand nehmen, Mutti. Allein was du für Verzugszinsen wegen nicht abgegebener Steuererklärungen hättest zahlen müssen, wenn ich nicht mit Engelszungen auf den netten Sachbearbeiter eingeredet hätte!«

»Ja, ich weiß, der Herr Elster. Pff!« Mutti winkte resigniert ab. »Zu mir war der nie nett.«

»Weil du nie auf seine Briefe reagiert hast! Bei mir ist er lammfromm. Ich glaube, er ist sogar dankbar, dass er endlich wieder eine richtige Ansprechpartnerin hat.«

»Mag ja sein«, sagte Mutti. »Trotzdem, ich will mit dem ganzen Tüddelkram da nix am Hut haben. Ach, wenn wir doch wüssten, wann mein Fridtjof wieder zurück nach Haus kommt.« Sie sah plötzlich sehr traurig und auch sehr müde aus.

»Nun geh mal lieber schlafen, Mutti, ich hab das hier im Griff, und Bubi ist ja auch noch da.«

Der nickte ihr aus einer Ecke zu. »Jo«, machte er dann, was für ihn so etwas wie ein Satz war.

»Na schön.« Mutti drückte ihre Zigarette aus. »Dann gute Nacht, und vergesst nicht, nachher abzuschließen.«

Da kam Rena, die gerade einen Gast verabschiedet hatte, und setzte sich. Anni hatte sie seit dem Nachmittag nicht gesehen, weil sie noch Besorgungen machen musste. »Annikind, wie siehst du denn aus?«, rief Rena nun überrascht. »Hui, du bist ja eine richtige Frau! Ich bin begeistert, wirklich!«

»Danke, Renachen«, lächelte Anni.

»Wir haben noch nie vergessen abzuschließen«, sagte Rena dann zu Mutti.

»Ich weiß, ich weiß, aber das ist so in mir drin. Seitdem wir hier mal Mäuse hatten, bin ich übervorsichtig.«

»Mäuse?«, fragte Anni.

»Ja, zwei kleine, harmlose Mäuse«, sagte Rena und verdrehte die Augen. »Die kamen einfach so hereinspaziert, als gehörten sie zu uns, und Mutti hat beinahe einen Herzinfarkt bekommen.«

»Wenn ich Mäuse sehe, ist es bei mir vorbei«, sagte Mutti. »Und die beiden damals, die kamen durch die Eingangstür. Nicht mit mir. Bubi, achte darauf, dass abgeschlossen wird.«

Bubi sagte nichts, nickte aber.

»Gibst du mir vielleicht ein Glas Wasser?«, bat Rena. Sie trank es in einem Zug leer.

»Puh, erst Mitternacht«, stöhnte sie dann. »Wie ich mich auf mein Bett freue. Ich bin so müde!«

»Kannst du nicht mal früher Schluss machen?«, fragte Anni.

»Wenn nichts los ist, sicher, aber heute definitiv nicht … Außerdem kommt gleich noch ein netter Stammkunde.«

»Na dann«, sagte Anni und füllte Renas Glas erneut. Sie wunderte sich über sich selbst, wie schnell das alles so normal für sie

geworden war. Der Blonde saß immer noch da und schmach-
tete sie an.

Weder Anni noch Rena bemerkten den Mann, der alleine an
einem Tisch ziemlich weit abseits saß und sich Notizen machte.

|||| KAPITEL 12
Schloss Friedrichshof

»Ich tanze mit dir in den Himmel hinein, in den siebenten Himmel der Liebe … Die Erde versinkt, und wir zwei sind allein, in den siebenten Himmel der Liebe …«, sangen Lilian Harvey und Willy Fritsch zum langsamen Walzer. Die Festlichkeiten hatten ihren Höhepunkt erreicht, zum Takt der Musik bewegten Robert und Helena sich gerade über die Tanzfläche.

»Hab ich dir eigentlich schon gesagt, wie sehr ich mich für euch freue?«, fragte Helena, die heute ganz bezaubernd aussah in einem langen, fließenden altrosa Kleid mit weißen Blüten am Kragen. Das zarte Rosa passte zu ihrem dunklen, vollen Haar, sie war nur ganz dezent geschminkt, was auch nur mithilfe von Roberts Schwester funktioniert hatte, weil Helena noch nie Make-up aufgetragen hatte. Aber sie gefiel sich, als sie sich im Spiegel betrachtete, und hatte sogar etwas Schmuck angelegt.

»Helena!«, hatte Edith vor der Trauung gestaunt. »So kenne ich dich ja gar nicht!«

»Das ist mein Verdienst«, war es stolz von Nora gekommen. »An deinem großen Tag soll doch alles perfekt sein.«

»Ach, Helena sieht ja immer schön aus«, hatte Edith gesagt. »Aber heute ist es noch mal besonders auffällig.«

»Aber nicht schöner als du«, war die vehemente Antwort von Helena gewesen, und die beiden Freundinnen hatten sich zugelächelt.

Nun tanzte Helena also einen langsamen Walzer mit Robert, der sie gekonnt führte.

»Es bedeutet Edith sehr viel, dass du heute hier bist und ihre Trauzeugin warst«, sagte Robert. »Sie ist sehr traurig, dass eure Anni nicht dabei sein kann. Wisst ihr denn, wo sie ist?«

»Ja, in Hamburg. Aber wir haben weder eine Adresse, noch wissen wir, ob sie immer noch dort ist. Ich hoffe so sehr, dass es ihr gut geht.«

»Das glaube ich schon«, sagte Robert. »Ich war ja lange Jahre Gast in der *Seeperle*, ich kenne sie noch als junges Mädchen. Sie ist zu einer patenten jungen Frau herangewachsen, ich denke, sie wird auf jeden Fall ihren Weg finden.«

Helena seufzte. »Ich muss dauernd an sie denken. Hoffentlich hast du recht.«

»Heute ist kein Tag zum Traurigsein, Helena«, versuchte Robert, ihre Stimmung zu heben, »sondern ein Tag der Freude.«

»Das ist er auf jeden Fall.« Helena blickte lächelnd zu ihm auf. »Dass ihr die Sache mit Ediths Tochter geklärt und ihre Mutter gefunden habt, das ist so großartig.«

»Ja, wenn meine Mutter sich was in den Kopf gesetzt hat, ist sie schwer davon abzubringen. Davon mal ganz abgesehen, ist sie ganz vernarrt in Edith.«

Helena lachte. »Das geht ja auch nicht anders, bei unserer Edith«, sagte sie dann. »Sie ist einfach wunderbar, und ich bin so froh, dass ich sie in St. Peter kennengelernt habe.«

»Ich verrate dir jetzt ein Geheimnis«, sagte Robert, während sie nun zu Percy Faiths *Song from Moulin Rouge* tanzten.

»Aha, da bin ich aber gespannt!«

»Ich werde ein Haus kaufen«, offenbarte Robert ihr leise.

»Ach, ihr wollt umziehen? Edith hat so von dem Haus geschwärmt, es soll so ...«

»Nein, nicht unser Haus. Ein anderes – ein Ferienhaus. Und kannst du dir vorstellen, wo?«

Sie überlegte kurz. »Nein, wirklich?«

Robert strahlte wie ein kleiner Junge.

»Du willst ein Haus in St. Peter kaufen! Robert, das ist ja wundervoll. Dann sind wir ja vielleicht bald alle wieder zusammen – wenn Anni dann auch irgendwann zurückkommt.«

»Das ist zumindest mein Plan gewesen. Ich weiß nicht, ob Edith dir erzählt hat, dass wir noch Kinder wollen.«

Helena nickte. »Hat sie, ja. Und das halte ich wirklich für eine ganz großartige Idee.«

»Ich möchte, dass sie die Schwangerschaft nicht in einem Städtemief verbringt, sondern an der See. Und so habe ich zwei Fliegen mit einer Klappe geschlagen: Einmal die gute Luft, und dann seid auch noch ihr drei wieder zusammen, oder zumindest du und Edith. Wollen wir hoffen, dass Anni auch zurückkommt.«

»Allein schon wegen der *Seeperle*«, murmelte Helena, während das Orchester nun einen Foxtrott spielte. »Hinnerk wird das Hotel verkommen lassen, es sind kaum mehr Gäste da, und jetzt hat er so einen windigen Mann aufgegabelt, über einen seiner falschen Freunde, der es kaufen will, aber zu einem Spottpreis. Wer weiß, was dann daraus wird ...«

»Hm«, machte Robert und dachte nach. »Vielleicht könnte ich mal mit Hinnerk reden.«

»Dieser Kerl hört nur auf seine angeblichen Freunde, die ihm alles wollen, nur nichts Gutes. Ach, Anni hätte ihn nie heiraten dürfen!«

»Nun, was hätte sie denn tun sollen?«, fragte Robert. »Edith hat mir die Geschichte erzählt. Ihr ist doch gar keine andere Wahl geblieben.«

»Nein, sicher nicht, sonst hätte man ihr als ledige Mutter Lisbeth weggenommen. Der Kindsvater, der weiß ja gar nichts von seinem Glück – oder Unglück. Wenigstens haben wir damals zusammengehalten. Wir sind doch Freundinnen!«

»Und die erkennt man oft erst in brenzligen Situationen«, meinte Robert. »Ich bin sehr froh, dass Edith euch hat. Und Anni, die bekommen wir irgendwie auch wieder nach St. Peter.«

»Dein Wort in Gottes Ohr.«

»Sieht Edith nicht wundervoll aus, schau doch mal!« Robert nickte zu seiner Braut hinüber, die mit ihrem Schwiegervater tanzte. Die beiden unterhielten sich angeregt, und sein Vater lachte Edith an. Die schaute immer wieder zu Pauline hinüber und winkte ihrer Tochter zu, die mit ihrer Großmutter und Nora an einem Tisch ein Eis aß.

»Ja.« Helena nickte. »Ich hab sie nie schöner gesehen. Das macht bestimmt die Liebe zu dir.« Sie grinste ihn wissend an.

»Ja, ja, Liebe ist was Wunderbares«, deklamierte Robert theatralisch. »Ich gönne sie jedem Einzelnen von uns. Was ist eigentlich mit dir, schöne Helena? Gibt es da auch eine Liebe?«

»Im Moment ist alles gut so, wie es ist«, erklärte Helena. »Ich habe genug mit der Praxis zu tun, das füllt mich wirklich aus. Außerdem glaube ich, so einen Mann wie meinen verstorbenen finde ich nie mehr. Er war alles für mich.«

»Das glaube ich dir, aber ich bin der Meinung, der Mensch ist nicht unbedingt fürs Alleinsein gemacht«, mutmaßte Robert. »Vielleicht kommt doch noch mal einer, der dir gut gefällt.«

»Ja, vielleicht, aber ich bin nicht auf der Suche. In St. Peter bin ich zufrieden, ich habe einen großen Patientenstamm und einige gute Bekannte, und natürlich auch Freundinnen. Dafür bin ich dankbar. Im Moment brauche ich nicht mehr.« Es klang abschließend, und Robert bohrte nicht weiter nach.

▐▐▐▐ KAPITEL 13
Hamburg

Um kurz vor halb zwei war der letzte Gast gegangen und alle Gläser waren gespült. Auch die Mädels waren schon weg, die Geldkassette lag sicher im Bürotresor – Anni nahm ihren Mantel und verließ gemeinsam mit Bubi das *Chérie*.

Sorgfältig schloss er die Tür ab, und Anni lächelte ihm zum Abschied zu. »Gute Nacht, Bubi.«

Doch er schüttelte den Kopf: »Ich bring dich heim.«

»Ach, Unfug«, wehrte Anni ab. »Es ist schon spät, du brauchst auch deinen Schlaf.«

Bubi zuckte nur mit den Schultern. Anni seufzte und ergab sich ihrem Schicksal. »Also gut, vielen Dank.«

Schweigend gingen sie die Reeperbahn entlang. Hier und da waren die Kneipen noch geöffnet, Musik und Stimmen klangen bis zur Straße, die Leute lachten und hatten offensichtlich Spaß.

Als er bemerkte, dass Anni fröstelnd die Arme um den Oberkörper schlang, zog Bubi seine Jacke aus und reichte sie ihr.

»Oh, das ist wirklich lieb, danke. Mein Mantel ist in der Tat nicht der wärmste.« Sie schlüpfte in die viel zu große Lederjacke, und sofort wurde ihr wärmer. Nun verließen sie den Kiez und liefen Richtung Eppendorf. Hier wirkten die Straßen wie ausgestorben, und Anni war nun doch froh, nicht alleine unterwegs zu sein. Sie fühlte sich sicher an Bubis Seite und stellte fest, dass er ein Mensch war, mit dem man gut schweigen konnte. Das tat ihr nach dem langen Abend und den unzähligen Gesprächen wirklich gut.

Nach einer Weile ergriff Bubi überraschend das Wort. »Wir bewundern dich alle«, sagte er, und beinahe bekam Anni einen Schreck. So viel sagte der freundliche Riese ja nie!

»Warum das denn?«

»Wie du das alles so machst mit dem Kind und dass du heimlich für Mutti arbeitest und aus St. Peter weg bist, weil du Angst hattest, Lisbeth zu verlieren«, erklärte er ihr, und sie stellte fest, dass er eine sehr schöne ruhige und tiefe Stimme hatte. »Außerdem lieben wir alle die Kleine«, sagte er. »Gerade Mutti ist ja hin und weg. Aber das weißt du ja.« Er machte eine kurze Pause. »Du, Anni«, sagte er dann.

»Hm?«

»Also, ich will dir ja nicht zu nahetreten, wirklich nicht, und es ist auch völlig in Ordnung, wenn du Nein sagst, also versteh mich nicht falsch, das sollst du nicht, die Sache ist nur die, also …«

»Was ist denn die Sache?« Anni blieb lächelnd stehen, und Bubi nun auch.

»Möchtest du mal auf ein Bier mit mir gehen?«

»Du lädst mich auf ein Bier ein?«

»Ja, also nein, also doch, im Prinzip schon, es ist halt so …«

»Ach Bubi, ich hab das schon verstanden«, sagte Anni sanft. Sie hakte sich bei ihm unter, und gemeinsam gingen sie weiter.

»Also, die Sache ist die, dass ich dich sehr, sehr gernhabe, Anni, und die Kleine auch. Ich würde mich wirklich freuen,

wenn wir uns auch mal außerhalb vom Club sehen könnten, also wir können auch mit Lisbeth spazieren gehen. Es ist
eben so, dass ich dich wirklich, wirklich mag. Mehr als das,
Anni.«

Nun schwieg er wieder, für seine Verhältnisse hatte er geradezu unmenschlich viel geredet.

Anni drückte seinen Arm. »Ach Bubi«, sagte sie dann. »Du
bist wirklich ein lieber Mensch. Und ein toller Mann! Aber
weißt du, es gibt da jemanden, den ich nicht vergessen kann …«

»Aha«, sagte Bubi. »Wenn du den nicht vergessen kannst, ist
das dann Liebe zu dem?« Vorsichtig schaute er sie an.

»So ähnlich. Es ist so, dass er eine andere geheiratet hat. Aber
mein Herz ist nicht offen für was Neues. Ach, Bubi, ich mag
dich so. Du guter Kerl! An dich kann man sich anlehnen und
man fühlt sich geborgen, und du hast ein feines Herz. Aber
mehr kann ich dir nicht geben.«

Bubi dachte kurz nach, dann nickte er.

»Gut«, sagte er jetzt. »Aber versprich mir eins: Wenn du mal
Hilfe brauchst, egal bei was, dann lass es mich wissen. Ich werde
für dich da sein, dass das klar ist. Versprichst du mir das?«

»Ach, Bubi, nur zu gern. Ich bin froh, dass du nicht gekränkt
bist.«

»Was kann man denn gegen die Liebe tun?« Dieser Satz passte
so gar nicht zu dem Raubein, aber er rührte Anni, und ein warmes Gefühl durchströmte sie.

»Danke, Bubi«, sagte sie dann nur, und sie gingen wieder
schweigend durch Hamburgs stille, kalte Nacht.

Gegen halb drei morgens steckte Anni leise den Schlüssel ins Schloss von Hedwig Sterzels Eingangstür. Auf leisen Sohlen schlich sie in den ersten Stock, um dort verwundert festzustellen, dass trotz der späten Stunde in Hedwigs Wohnung noch Licht brannte. O Himmel, hoffentlich war nichts mit Lisbeth passiert! Mit klopfendem Herzen öffnete Anni die Wohnungstür und trat ein, aber alles blieb ruhig, kein Kindergeschrei war zu hören. Auf Zehenspitzen ging sie in ihr Zimmer und stellte erleichtert fest, dass ihre Tochter in der Holzwiege, die Hedwig vom Dachboden geholt hatte, tief und fest schlief. Ein Glück! Anni betrachtete Lisbeth ein Weilchen voller Liebe und zog sich dann leise aus. Morgen musste sie unbedingt ihre Haare waschen, alles an ihr roch nach Zigarettenrauch. Auch ihre Augen brannten vom ungewohnt langen Aufenthalt in einer Bar, in der der Qualm wie ein dicker, dichter Nebel waberte – da half auch die eingebaute Belüftungsanlage nicht mehr viel.

Anni schlüpfte in ihren weichen Pyjama und ging dann leise über den Flur ins Badezimmer. Im Wohnzimmer brannte noch Licht, und sie konnte hören, dass nicht nur Hedwig da war, den Stimmen nach zu urteilen musste noch jemand anderes anwesend sein.

»Hab keine Angst, Hilde«, hörte sie Hedwigs beruhigende Stimme. »Ursel nimmt dich jetzt mit, und keiner außer uns weiß, wo du bist.«

»So ist es.« Das schien Ursel zu sein. »Du musst dich jetzt nicht mehr fürchten.«

Anni konnte nicht anders, sie musste stehen bleiben und weiter zuhören.

»Wenn er mich findet, schlägt er mich tot«, hörte man die aufgeregte Stimme einer weiteren Frau. »Dabei hat er mir schon so oft versprochen, dass er es nicht mehr tut. Aber kaum ist Freitag und er hat die Lohntüte in der Hand, geht es in die Hafenkneipen, und er versäuft das Geld. Deswegen bin ich letztens hingegangen, als er von der Werft kam, um ihm die Lohntüte abzunehmen, und hatte die Kinder dabei, das machen ja einige Frauen, damit eben nicht alles versoffen wird.« Sie schluchzte. »Aber kaum waren wir daheim, hat er die Kinder auf die Straße geschickt und dann seinen Gürtel aus den Schlaufen gezogen. Zur Arbeit konnte ich nicht gehen, weil ich Angst hatte, dass er auch noch die Kinder schlägt. Was soll nun bloß werden? Ach je, ach je …«

»Wo sind denn die Kinder jetzt, Hilde?«, ertönte Hedwig Sterzels Stimme.

»Bei meiner Schwester in St. Georg. Aber da können sie nicht bleiben. Dörte hat doch selbst sechs Kinder, sie wohnen schon so beengt in anderthalb Räumen und haben nur ein Bett für alle, ich muss sie da wieder wegholen.«

Das war ja furchtbar. Diese Hilde tat Anni unglaublich leid, und sie war entsetzlich neugierig, wohin Frau Sterzel und diese Ursel sie bringen wollten.

»Das Haus kennt keiner, das ist geheim. Da kommt uns kein Mann rein«, sagte Hedwig. »Du kannst dich sicher fühlen. Ursel fährt dich mit meinem Wagen hin. Es liegt ziemlich außerhalb, und auch du wirst nicht wissen, wo es ist. Das dient zu deiner eigenen Sicherheit und natürlich zu unserer. Du bekommst eine Augenbinde von mir.«

»Aber meine Kinder, meine Kinder!« Hilde schien völlig durcheinander.

»Die hole ich gleich morgen bei deiner Schwester ab, ganz früh. Am besten schreibst du mir die Adresse hier auf.«

»Ich kann nicht schreiben«, sagte Hilde ermattet.

»Ah, das macht nichts, dann sag mir die Straße«, sagte Hedwig Sterzel.

»Was mach ich, wenn er mich findet?«, fragte Hilde verzweifelt. »Der schlägt mich tot!«

»Er wird dich nicht finden. Außerdem ist das Haus gut bewacht«, sagte Hedwig. »Es sind immer zwei Männer draußen, die drauf aufpassen.«

»Männer?« Das schien der verzweifelten Hilde gar nicht recht zu sein.

»Sie kommen nicht ins Haus. Sie wohnen in einem kleinen Pförtnerhäuschen nebenan. Keine Angst, Hilde.«

»Meint ihr wirklich, ich soll da hingehen?«, fragte Hilde. »Vielleicht ändert er sich ja noch. Er hat ja früher nicht getrunken.«

»Wie oft hat er dich schon geschlagen?«, wollte Hedwig wissen.

»Weiß ich nicht, vielleicht hundertmal«, sagte Hilde zögerlich.

»Wenn du sagst, hundertmal, dann waren es bestimmt zweihundertmal«, mahnte Ursel. »Misshandelte Frauen neigen dazu, ihre Männer zu schützen, damit den Kindern der Versorger bleibt, aber glaub mir, Hilde, er wird sich nicht ändern, das tun solche Kerle nie. Das hat die Vergangenheit gezeigt, das wird die Zukunft auch zeigen. Verlass dich auf uns. Vertrau uns. Hast du Hunger? Soll ich dir was zu essen machen?«

»Ach, Hedwig, ja, das wär wirklich nett, ich hatte nur Frühstück und auch nich viel, mir ist's immer am wichtigsten, dass die Kinder was kriegen.«

Schnell rannte Anni auf Zehenspitzen ins Bad, schloss leise die Tür, und da hörte sie auch schon Hedwig in den Flur laufen.

Dann waren eine aufgehende Schublade, Besteckgerassel und der aufklappende Brotschrank zu hören.

Anni, die sich mit Renas Hilfe vorhin noch im *Chérie* abgeschminkt hatte, trug etwas Creme auf ihr Gesicht auf und putzte sich die Zähne. Dann ging sie leise in ihr Zimmer zurück, wo Lisbeth immer noch schlief, legte sich ins Bett, stellte ihren Wecker und schaute dann noch lange Zeit von dort aus dem Fenster. Die Gaslaternen verbreiteten ein schales Licht, hin und wieder hörte man eine Stimme auf der Straße. Sie dachte über die arme Hilde nach und darüber, wie gut es war, dass Frau Sterzel sich solcher Frauen annahm. Darüber schlief Anni endlich ein, und als Lisbeth um fünf Uhr wach wurde und nach ihrer Flasche krähte, fühlte sie sich wie gerädert.

KAPITEL 14

St. Peter

»Nein, Helena, wir haben nichts mehr von ihm gehört, nicht, seitdem wir bei dir in St. Peter waren«, sagte Ruth Wetzstein am anderen Ende der Leitung in Berlin. Sie und ihre Schwester Rachel waren mittlerweile aus dem Schwarzwald zurückgekehrt, und Ruth hatte sich über Helenas Anruf gefreut.

»Was ist denn los?«, fragte sie nun. »Ist was passiert?«

»Ich wollte es euch eigentlich nicht sagen, um euch nicht zu beunruhigen«, sagte Helena nervös und drehte die Telefonschnur zwischen den Fingern. »Aber nun ist schon der dritte Brief gekommen und …«

»Halt, was denn für ein dritter Brief? Ich weiß nicht mal etwas von einem ersten«, hakte Ruth nach.

»Das weiß ich eben nicht, also ich weiß schon, dass es ein Brief ist, aber ich … ich weiß nicht, was …«

»Stop, stop, stop!«, unterbrach Ruth sie. »Du erzählst ja völlig durcheinander. Jetzt mal der Reihe nach und ganz langsam.«

Helena atmete tief durch, dann erzählte sie Ruth von den Briefen. Im zweiten, der einige Tage später kam, lagen eine Stricknadel und ein Blatt Papier, auf dem *Mörderin* stand. »Und heute kam also der dritte Brief«, sagte Helena. »Mit einer ausgeschnittenen Todesanzeige ohne Namen, der wurde mit einer Schere entfernt. Da steht nur: Wir trauern um ...« Helena merkte, dass ihr immer kälter wurde.

»Was soll das denn bedeuten?«, fragte Ruth beunruhigt.

»Entweder ist das ein Zeichen für die Kinder, die nun dank mir nicht auf die Welt kommen, oder aber es ist meine eigene Beerdigung gemeint.«

Ruth atmete zischend ein. »Also sag mal, das wäre ja eine Morddrohung!«

»Ja, genau. Und ich habe das Gefühl, ich weiß nicht, wie ich es beschreiben kann, aber ich bin mir sicher, der Schuler steckt dahinter.« Dem ehemaligen KZ-Arzt, der heute unter dem Namen Dr. Jasper Bruckmann lebte, traute Helena alles zu. Er hatte Helena bedroht und erpresst und die Zwillingsschwestern damals verstümmelt.

»Ich habe nie wieder etwas von ihm gehört, Rachel auch nicht«, sagte Ruth. »Darüber sind wir auch ziemlich froh. Je mehr Abstand zwischen uns und diesem Verbrecher ist, desto besser.«

»Trotzdem frage ich mich, ob er hinter den Briefen und Drohungen steckt.«

»Zutrauen würde ich's ihm«, sagte Ruth. »Andererseits, was hätte er davon?«

»Er will mich wieder erpressen, genau wie früher«, sagte Helena. »Damit seine Taten nicht ans Licht kommen. Ich wünschte so sehr, wir hätten ihm ein für alle Mal das Handwerk legen können.«

Zu viel war damals im Konzentrationslager Buchenwald passiert. Die Erinnerungen hatten sie gelähmt, als sie den Lagerarzt vor einigen Monaten konfrontiert hatten, deshalb war er davongekommen.

Helena erinnerte sich noch gut daran, wie Doktor Schuler sie in der Praxis aufgesucht hatte …

»Mir ist ein Gerücht zu Ohren gekommen«, hatte er gesagt und dabei dünn gelächelt. »Eine Frauenheilkundlerin soll hier in der Gegend heimlich Schwangerschaftsabbrüche vornehmen. Interessant, findest du nicht auch?«

Helena war noch blasser geworden – soweit das überhaupt noch möglich gewesen war.

»Ich warne dich«, hatte er gesagt, Helena erinnerte sich noch an jedes Wort. »Noch sage ich es freundlich – aber ich kann nicht nur den Juden, sondern auch dir das Leben zur Hölle machen. Und noch eins: Wage es nicht, meine Frau zu informieren. Wage überhaupt gar nichts!«

Und sie war still geblieben. Dafür schämte sie sich in Grund und Boden, aber sie hatte nicht den Mut aufgebracht, die ganze Geschichte aufs Neue aufzurollen. Sie war froh, als er endlich weg war. Doktor Schuler war einer dieser Menschen, in deren Anwesenheit einem eiskalt wurde.

»… ein für alle Mal abschließen«, hörte sie Ruth sagen.

»Entschuldige, Ruth«, sagte Helena, deren Kehle nun ganz ausgetrocknet war. »Ich war gerade in Gedanken, was hattest du gesagt?«

»Dass ich mir nicht vorstellen kann, dass er dahintersteckt. Rachel meint, das sei viel zu gefährlich. Immerhin läuft er Gefahr, dass du zum Gegenschlag ausholst. Er will mit der Nazizeit abschließen, sonst hätte er sich wohl kaum einen anderen Namen zugelegt.«

»Meint ihr wirklich?« Helena atmete auf. »Aber wer sonst könnte mir denn Böses wollen? Es weiß doch keiner, was ich mache.«

»Da kannst du dir nicht sicher sein«, sagte Ruth Wetzstein. »Es wäre doch auch möglich, dass eine der Frauen ihrem Mann alles gebeichtet hat, oder?«

»Nein, das glaube ich nicht.« Helena schüttelte den Kopf, obwohl das keiner sehen konnte. »Dann hätte sie mir das gesagt. Alle Frauen, denen ich geholfen habe, waren so erleichtert und dankbar …«

»Nun«, sagte Ruth. »Immerhin wissen wir, zu was Menschen fähig sein können.«

»Das stimmt allerdings«, musste Helena aus bitterer Erfahrung zugeben. »Trotzdem mag ich es nicht glauben.«

Diese Theorie erschien ihr völlig absurd. Andererseits hatte Ruth recht – sie konnte in die Menschen nicht hineinsehen.

»Vielleicht solltest du einfach mal eine Weile pausieren«, schlug Ruth da vor.

»Daran habe ich auch schon gedacht.« Helena überlegte. »Oder es einfach ganz lassen.«

»Ach, Helena, das schaffst du doch nicht. Du willst den Frauen nur helfen, und ich bin sicher, du tust das nur, wenn du dich vorher eingehend mit dem jeweiligen Fall befasst hast. Du nimmst doch nicht einfach so einen derartig schwerwiegenden Eingriff vor, sondern denkst genau darüber nach und sprichst ausführlich mit der jeweiligen Frau.«

»Das ist richtig«, gab Helena zu. »Vielleicht … vielleicht ist alles nur ein dummer Scherz von irgendjemandem, dem mal ein Gerücht zu Ohren gekommen ist.«

»Bestimmt. Wir wollen jetzt mal nicht das Schlimmste vermuten. Es kann ja auch sein, dass der Absender gar nicht die Schwangerschaftsunterbrechungen meint, sondern etwas ganz anderes.«

»Aber was denn? Wieso sonst sollte mich jemand als Mörderin bezeichnen und mir eine Stricknadel mitschicken? Das ist doch ein typisches Instrument der Pfuscherinnen.«

»Ja, das stimmt schon, trotzdem würde ich jetzt erst mal abwarten. Was sollst du auch sonst tun? Du kannst ja schlecht zur Polizei gehen.«

Da hatte Ruth recht.

»Halte uns bitte auf dem Laufenden«, bat sie.

»Das mache ich. Lasst es euch gut gehen, grüß Rachel.«

Damit legten sie auf. Helena massierte ihre Schläfen. Das alles machte ihr Kopfschmerzen. Sie beschloss, eine halbe Stunde spazieren zu gehen. Jetzt brauchte sie einfach frische Luft. Zum Glück konnte sie die Praxis bald für zwei Wochen schließen – es würde ihr erster Urlaub, seitdem sie hierher nach St. Peter gekommen war, werden. Sie freute sich auf die Weihnachtstage mit Edith, Robert und der ganzen Familie Nielsen, die vollständig versammelt sein würde.

Den Rest der freien Tage wollte sie sich einfach nur ausruhen, viel lesen, essen und schlafen.

Kurze Zeit später stand Helena am Strand und schaute auf die brechenden Wellen und die Pfahlbauten. Noch vor wenigen Monaten hatte sie mit Anni und Edith dort drüben gesessen und gelacht. Es war eine herrliche Zeit gewesen.

Helena seufzte. Zu gern hätte sie sich jetzt mit den beiden Freundinnen beratschlagt, aber Anni war wohl noch in Hamburg, und Edith richtete in Frankfurt das schicke Haus ein, in dem sie nun mit ihrem Mann Robert wohnte. Helena lächelte beim Gedanken an die beiden und ihr perfektes Arrangement – und dass er auch noch Ediths Tochter und Mutter gefunden hatte, das war ja fast nicht zu glauben gewesen.

Langsam ging Helena Richtung Praxis zurück und kam an der *Seeperle* vorbei. Die schwere, reich verzierte Eingangstür aus Eiche, die sonst immer offen stand, war nun geschlossen. Die Vorhänge drinnen waren vor allen Fenstern zugezogen, es kamen fast keine Gäste mehr hierher. Vor einigen Tagen hatte Hinnerk hier mit einem fremden Mann gestanden, der einen Aktenkoffer trug und so weltmännisch tat, als würde ihm der ganze Ort gehören. Mit weit ausladenden Armbewegungen hatte er herumgestikuliert, und Hinnerk hatte nur stumm genickt. Er hatte furchtbar ausgesehen, so als habe er eine Woche nicht geduscht und sich noch länger nicht rasiert. Helena und auch viele andere wussten, dass er mehr trank, als ihm guttat, und dass er regelmäßig mit angeblichen Freunden seiner Spielsucht frönte.

Helena blieb stehen. Ihr schien, als sei die *Seeperle* nach Annis Abreise in einen Dornröschenschlaf gesunken – jetzt wirkte das Haus fast traurig auf sie. Was für ein Leben hier vor Kurzem noch gewesen war! Mit frohen, erholten Gästen, frischem Kaffee und dem Duft nach selbst gebackenem Brot. Es war zu schade.

Beim Schlachter hatte Helena dann Isa getroffen. »Ach Frau Doktor, alles verlottert und verkommt langsam, nich mehr lang und es sieht wieder so schlimm aus wie nach dem Krieg«, hatte Isa gesagt und den Kopf geschüttelt. »Der Hinnerk verschachert das Hotel bestimmt an diesen Anzugträger. Wie Graf Koks hat der sich in den Garten gestellt und so getan, als würde ihm schon alles gehören. Der führt nichts Gutes im Schilde, Frau Doktor. Könnte man doch den Hinnerk zur Vernunft bringen! Ich hab es ja sogar schon bei den Eltern versucht, aber man kommt ihm nicht bei, die sind auch ganz besorgt. Er ist nun mal mit Anni verheiratet, und somit gehört ihm alles. Das soll Recht und Gesetz sein, so was!«

Sie hatte geseufzt. »Wenigstens Sie sind noch hier, Frau Doktor, das ist ein wahrer Segen, dass wir Sie haben. Wie geht's denn eigentlich der Frau Müller, ach, heißt sie jetzt nicht Nielsen?«

Helena nickte. »Ja, die Hochzeit war sehr schön, und sie wohnt jetzt in Frankfurt. Sie wird uns aber sicher bald besuchen kommen!«

»Das freut mich ja«, lächelte Isa, und dann war sie beim Schlachter an der Reihe.

Nun grüßte Helena die junge Inken Henningsen, die hinter ihr ebenfalls anstand und wartete. Inken wirkte in sich eingesunken und sah müde aus. Sie grüßte scheu zurück, aber wandte dann den Blick ab. Helena wusste, warum sie so blass war – heute Abend würden sie sich bei Asta Tröger treffen. Die gelernte Krankenschwester stellte ihre Wohnung für die Abbrüche zur Verfügung und half, wo sie konnte.

Aber sie mussten noch vorsichtiger sein …

⦀ KAPITEL 15
Hamburg

»Ob du wohl heute noch mal aushelfen könntest an der Bar, Kindchen?«, fragte Mutti. »Wir haben so viele Reservierungen, der Laden wird brummen, und einer an der Bar schafft das nicht allein.«

»Aber Mutti, wir hatten doch gesagt, nur das eine Mal!«, sagte Anni und heftete die Belege der bezahlten Rechnungen ab. »Ich bin nicht gemacht für die Bar. Außerdem war ich letztes Mal so müde morgens, dass ich kaum aus dem Bett gekommen bin.«

»Ich weiß, ich weiß, und ich nehm das Lieselchen dann morgen früh, wenn du nur Ja sagst! Ich wollte mich ja eigentlich selbst hinter den Tresen stellen, aber meine Schwägerin feiert runden Geburtstag, das hab ich völlig vergessen, weil ich so tüdelig bin. Hilf der alten Mutti aus der Patsche, ich bitte dich.«

Anni klappte den Ordner zu und begann, das Wechselgeld für den Abend zu überprüfen. »Du machst es einem aber wirklich nicht leicht, Mutti«, seufzte sie und verstaute Geldscheine und Münzen in einer großen, grünen Ledermappe, deren Reißverschluss sie dann sorgfältig zuzog.

»Ich weiß, Kind, aber dafür bekommst du morgen frei, was sagst du? Ich hol ganz früh das Lieselchen ab und geh mit ihr wieder in den Zoo. Die war ja so begeistert, die Lütte, und gelacht hat sie, so lacht sie sonst nie. Nur bei mir!«

Anni musste nun doch schmunzeln. »Ja, ist ja schon gut, ich mach es ja.« Sie dachte kurz darüber nach, ob die Möglichkeit bestand, dass ihre Vermieterin wusste, wer Mutti war, wenn sie klingelte und Lisbeth abholen wollte, sie verwarf diesen Gedanken aber schnell wieder. Warum sollte eine Eppendorfer Hausfrau eine Bordellbesitzerin vom Kiez kennen?

»Wir gucken gleich mal, ob wir wieder was Schönes für dich zum Anziehen finden. Adrienne schminkt dich, und von Celine bekommst du schöne Pumps.«

»Ach, ihr habt das also schon ausgemacht?«, sagte Anni kopfschüttelnd.

Mutti wurde ein klein wenig rot. »Nur ein bisschen«, gab sie dann zu. Sie war wirklich eine Marke!

Nachdem Mutti weg war, um die Vorbereitungen für den heutigen Abend anzugehen, blickte Anni sich im Büro um. Ach, es war so schön ordentlich, hoffentlich blieb das auch so, wenn sie irgendwann mal nicht mehr hier arbeiten würde. Wenn Muttis Mann doch nur endlich nach Hause käme – sie würde sich so sehr für die mütterliche Freundin freuen.

Sorgfältig schloss sie die Schubladen des Schreibtischs ab, bevor sie sich in die kleine Garderobe begab, wo sämtliche Kleidung für die Mädels hing. Das würde bestimmt wieder ein langer Abend werden, aber es machte zumindest auch Spaß, Cocktails zu mixen und sich zu unterhalten.

IIII KAPITEL 16
Frankfurt am Main

Pauline war eigentlich nur noch am Staunen – das komplette Leben des kleinen Mädchens hatte sich geändert. War bis vor Kurzem das Kinderheim ihre Heimat gewesen, hatte sie nun plötzlich Mutter und Vater, und anstelle eines zugigen Schlafsaals, in dem zwanzig Mädchen schliefen, war jetzt ein großes, lichtdurchflutetes Zimmer in einem großen Haus mit Garten und Schwimmbecken mit einem kleinen Sprungbrett ihr Zuhause. Der Gärtner, Herr Hauschild, hatte ihr sogar ein Baumhaus gebaut. Und alle waren so nett zu ihr! Mama und Papa hatten mehrere Angestellte, es gab ein Hausmädchen und eine Zugehfrau, auch einen Chauffeur, der immer kam, wenn Papa in eine andere Stadt musste, und eben Herrn Hauschild, der sich um den Garten und die Autoreparaturen kümmerte.

Als Pauline zum ersten Mal ihr Zimmer gesehen hatte, das rosa gestrichen war und in dem weiße Schleiflackmöbel und ein ovales Bett standen, da hatte sie vor Überwältigung glatt angefangen zu weinen. Zum ersten Mal, seit sie denken konnte, lag sie abends in weicher Bettwäsche, nicht mehr in der kratzigen, mit der die Heimdecken überzogen waren.

Sie war ein hübsches, süßes Mädchen mit den rotbraunen Haaren und den Augen ihrer Mutter, und sie wusste trotz ihrer jungen Jahre zu schätzen, wie gut es ihr auf einmal ging. Sie bedankte sich stets artig, und am wichtigsten war sowieso, dass sie jetzt Eltern hatte.

❚❚❚

Nun waren Robert, Edith und Pauline in der Firma, und Letztere zappelte an der Hand ihrer Mutter herum. Hier war so viel zu entdecken, und überall gab es was zu naschen. Sie war schon mal mit in Papas Firma gewesen, aber da waren sie in seinem Büro gewesen und nicht hier in der Werbeabteilung – nebenan war gleich eine Versuchsküche, wo eine kleine Belegschaft ständig neue Rezepte austüftelte. Ganz besonders liebte Pauline die neue Zitronencreme, die von einem riesigen, elektrischen Schneebesen in einer enormen metallenen Rührschüssel zubereitet wurde. Einmal wollte sie hineinlangen und sich dann die Finger ablecken, und beinahe wäre sie in den großen Topf gefallen. Der Lehrling hatte sie in letzter Sekunde an ihrem Bein erwischt, und Pauline musste sich von Papa eine Standpauke anhören, die sich gewaschen hatte.

Aber das machte nichts, sie hatte ihren Vater trotzdem lieb und ihre Mutter sowieso.

»Schön, dass Sie mitgekommen sind, Frau Nielsen!«, lächelte Bernd, Roberts Angestellter und Freund. Er wirkte ganz aufgeregt, denn heute war der große Tag: Mit seinen Kollegen würde er die neuen Werbemaßnahmen der Firma für Zeitungen, Radio und Fernsehen vorstellen.

»Das ist ja wohl klar, dass ich mitkomme, Herr Wolter!«, sagte Edith nun. »Wir sind doch schon so gespannt auf Ihre Ideen! Pauline, jetzt hör bitte kurz auf zu zappeln.«

Bernd Wolter wirkte immer noch ziemlich nervös. »Es ist schon, nun ja … anders als die anderen Werbefilme, die sonst am Vorabend laufen.«

»So lautete ja auch der Auftrag, darüber hatten wir ausführlich gesprochen«, bekräftigte Robert Nielsen, der wie immer aussah wie aus dem Ei gepellt: Er trug einen sandfarbenen Anzug und ein weißes Hemd mit dunkler Krawatte, die farblich perfekt auf seine Budapester abgestimmt war. Nun kam eine Mitarbeiterin und nahm ihnen die Garderobe ab, um sie dann in den Vorführraum zu bringen, in dem gleich die Probebänder der Werbespots abgespult werden würden.

Nachdem alle ihren Platz gefunden hatten, ging Bernd Wolter nach vorne und alle schauten ihn an.

»Überall in der Werbung sieht man heute Frauen«, begann er. »Sie kochen Kaffee, bereiten das Abendessen zu, backen Kuchen. Diese Frauen putzen auch die ganze Wohnung, sind nie müde, haben wohlgeratene Kinder und einen Ehemann, den sie gleichzeitig auch zu hundert Prozent zufriedenstellen wollen. Nebenbei arbeiten diese ganzen Frauen noch als Sekretärinnen oder in Bäckereien, oder sie sind in einer Bank angestellt. Dann hechten sie zum Kindergarten oder in die Betreuung, sammeln die zahlreichen Kinder ein, rasen zu den Geschäften, kaufen ein, der Nachwuchs quengelt, dann sind sie endlich zu Hause, und anstatt die Füße hochlegen zu können, wie sie es verdient hätten, geht es erst richtig los mit dem Haushalt.« An diesem Punkt nickte Edith zustimmend – dieser Ansatz schien in eine sehr gute Richtung zu führen.

Bernd lächelte ihr zu und fuhr fort: »Jede berufstätige Frau, und wir haben für unser Konzept sehr viele befragt, wird durch diese doppelte Belastung permanent überfordert, dabei jedoch noch schlechter bezahlt als ein Mann. Und dann bekommt sie durch entsprechende Werbung vorgegaukelt, dass sie immer perfekt sein muss. Nehmen wir beispielsweise mal diese Werbung hier von Dr. Oetker. Christoph, bitte.«

Ein Kollege ging an einen Filmprojektor und stellte etwas ein, dann löschte er das Licht, und ein Werbefilm begann: Eine Frau, die wie aus dem Ei gepellt aussah, war zu sehen. »Ein Mann will täglich aufs Neue gewonnen werden – das sind wir so gewohnt, und das wollen wir auch so haben!«, sprach eine Männerstimme, während die Frau strahlend kochte. »Das Allerwichtigste für ihn ist der Pudding«, sagte sie wissend. Eine Frau habe sowieso nur zwei Lebensfragen: »Was soll ich anziehen und was soll ich kochen?« So ging das weiter, und am Ende der Werbung freute sich der Mann, der selbstverständlich gar nichts gemacht hatte.

Edith schüttelte den Kopf – dass es so etwas überhaupt gab! So war das leider heutzutage, überall sah man diese Art von Reklame. Immer musste der Mann bedient und von vorne bis hinten betüdelt werden, kein Wunder, dass sich manche Männer für geradezu allmächtig fühlen wollten, wenn sie ständig mit solchen Abbildungen konfrontiert wurden. Edith hatte lange als Frauenrechtlerin in Kassel mitgewirkt und versucht, etwas zu bewegen, diese Dinge lagen ihr sehr am Herzen. Aber leider waren die meisten ihrer Mitstreiterinnen nicht so ehrgeizig und engagiert wie sie gewesen. Dazu kam, dass sie ja jetzt gar nicht mehr in Kassel wohnte und nun eine Tochter hatte, um die sie sich endlich kümmern konnte. Pauline war ihr weggenommen worden, weil sie keinen Vater vorweisen konnte. Ein uneheliches Kind und sie ein Soldatenflittchen – sie hatte sich damals mit einem Franzosen eingelassen, der jedoch verheiratet war … Eine Schande, so was! Man hatte ihr Pauline förmlich aus den

Armen gerissen. Edith hatte damals gedacht, ihr Herz würde zerreißen, und nun, nachdem sie Pauline wiederhatte, wollte sie ganz für ihr Kind da sein, und natürlich für Robert, ihren besten Freund. Wenn alles klappte, würde sie sogar noch einmal schwanger werden und Robert das ersehnte Kind schenken. Oder mehrere. Sie würden sich mal anhören, was dieser Doktor Wiesner aus England zu sagen hatte, schaden würde es nicht.

»Wir schauen uns nun noch eine Werbung an, bei der die Frau als hysterisch hingestellt wird, und dann soll das Tonikum ›Frauengold‹ ihr helfen. Und bitte.«

Der Film wurde abgespult: Eine Frau in einem Delikatessenladen war völlig empört, weil Kapern ausverkauft waren. »Und Sie wollen ein Delikatessengeschäft sein!«, blaffte sie die Verkäuferin an. Dann ertönte eine beruhigende Frauenstimme aus dem Hintergrund, die sagte: »Hallo … Frauengold nehmen!«, und ein Mann sagte: »Es geht auch anders. Nach einer Kur mit Frauengold würde das so aussehen …« Die Frau, die eben noch so ungehalten reagiert hatte, lächelte nun in der gleichen Situation bloß freundlich.

»Helena hat mir erzählt, Frauengold mache deswegen so ruhig, weil es sehr viel Alkohol enthält«, flüsterte Edith Robert zu. »Ich meine, mich zu erinnern, dass es knapp siebzehn Prozent sind.«

»So viel? Ach du meine Güte!« Robert wollte es gar nicht glauben.

»Doch, Helena hält Frauengold geradezu für gefährlich.«

»Zum Glück stellen wir nur leckere Sachen her und nicht so etwas«, meinte Robert. »Habe ich dir eigentlich heute schon gesagt, dass du ganz bezaubernd aussiehst, meine liebe Gattin?«

Edith lächelte. »Danke schön. Du aber auch. Dieses Beige steht dir ganz hervorragend.«

»Und dir dieses Blau. Das ganze Kleid sieht aus, als wäre es eigens für dich gemacht worden.«

»Ich verrate dir ein Geheimnis«, sagte Edith leise. »Das wurde es tatsächlich. Madame Fontenay hat einen Narren an mir gefressen.«

Madame Fontenay war Ediths Schneiderin – sie war Pariserin und der Liebe wegen nach Deutschland gekommen. Hier hatte sie ihren Reinhard geheiratet und hieß nun eigentlich Schmidt, aber das war ihr für ihre Kunst – so betrachtete sie das Schneidern – dann doch zu profan. Deshalb benutzte sie für den Beruf noch ihren Mädchennamen.

»Ja, sie ist großartig«, sagte Robert. »Und ich weiß, dass sie von Dior schwärmt. Dieses Kleid könnte von ihm sein. Ist das nicht dieser New Look, der vor ein paar Jahren auf den Markt kam?«

»1947 war das, ja, das hat sich durchgesetzt. Obenherum eng, dann fließend weich. Ich liebe das. Übrigens plane ich, sie zu unterstützen. Sie engagiert sich nämlich für Bedürftige, näht für Kinder Hosen und Mäntel für die Frauen. So viele Frauen leben in Armut und sind ohne Rechte, da sollen sie wenigstens warme Sachen für sich und ihre Kinder haben.«

Robert nickte. »Das ist eine sehr gute Idee, ihr dabei zu helfen – wir reden am besten heute Abend genauer darüber. Nun müssen wir Bernd zuhören, sonst bekomme ich später Ärger.«

Edith schmunzelte. Sie wusste, wo ihr Mann viele seiner Abende und teilweise auch die Nächte verbrachte. Er und Bernd führten schon seit einigen Jahren eine Beziehung, doch wenn ihre Liebe an die Öffentlichkeit käme, würden beide gesellschaftlich und beruflich geächtet werden. Man nannte die Homosexuellen ganz verächtlich »die 175er«, nach dem Paragraphen, der besagte, dass sexuelle Handlungen zwischen Männern verboten waren.

Edith hatte nie verstanden, was daran schlimm sein sollte, wenn ein Mann einen Mann und eine Frau eben eine andere Frau liebte. Sollte doch jeder leben, wie er wollte, solange er niemandem damit schadete. So sah sie es zumindest, aber offenbar gab es doch viele Menschen, die das verurteilten. Edith hatte auch von Elektroschock-Therapien gelesen, die die »Krankheit« besiegen sollten, glaubte aber einfach nicht, dass das funktionieren könnte. Veranlagung war nun mal Veranlagung.

»Ich bin ganz besonders froh, dass Edith Nielsen heute auch anwesend ist, denn sie soll ja das neue Gesicht der Firma werden«, erklärte Bernd nun. »Gemeinsam mit ihrer kleinen Tochter – schön, dass du hier bist, Pauline!«

Die Kleine wurde rot und schmiegte sich an ihre Mutter. Seit sie aus der Schule zu Hause war, hatte sie gefragt, wann sie denn endlich in die Firma fahren würden. Sie konnte nur noch an die Süßigkeiten denken.

Nun endlich stand ein üppig bestückter Teller mit verschiedenen salzigen und süßen Snacks vor ihr.

»Wir haben natürlich überlegt, wie wir uns gegen die Konkurrenz durchsetzen können«, erklärte Bernd weiter. »Noch eine Werbung mit einer arbeitenden Frau, die Beruf und Familie ganz locker-leicht unter einen Hut bringt, immer strahlend aussieht und nie müde ist? Nein, wir wollen die Realität abbilden. Außerdem wollen wir zeigen, dass man auch zusammen, also Mann und Frau gemeinsam, den Alltag stemmen kann. Und dafür stehen die Nielsen-Produkte. Anhand eines

Pilotfilms mit Schauspielern haben wir zwei Spots erstellt, die wir Ihnen nun präsentieren möchten. Christoph, bitte.« Wieder ging das Licht aus, und der erste Film wurde abgespult.

Gespannt sahen Edith, Robert und alle anderen Anwesenden hin.

▐▐▐▐ KAPITEL 17
Hamburg, Heiligabend 1953

Hedwig Sterzel hatte einen schönen Tannenbaum gekauft und
ihn mit dem alten Christbaumschmuck ihrer Familie behängt.
Silberne Vögel mit blauen Federschwänzen waren dabei, gol-
dene Weihnachtsmänner mit weißem Rauschebart, rote und silberne Kugeln, Zuckerstangen und von Hedwig selbst gebackenes Spritzgebäck hingen ebenfalls in den Zweigen. Sie hatte den
Radioapparat eingeschaltet, es erklang ein Weihnachtskonzert.
Hedwig hatte sogar die kleine Bar geöffnet, die ihr Franz früher
immer reichlich bestückt hatte. Sie mixte sich und Anni zwei
Cocktails, dann stießen sie an. Das Licht der Bienenwachsker-
zen erfüllte den Raum mit strahlendem Glanz, und Anni freute
sich auf das Weihnachtsessen – mit Äpfeln und Kastanien gefüllte Gans mit Klößen und einer Kirschsoße, dazu Rosenkohl
und zum Dessert eine selbst gemachte Schokoladencreme. Es
war ein beschaulicher, ruhiger Abend, auch Lisbeth war ausneh-
mend lieb und bewunderte zunächst den großen, schillernden
Tannenbaum, dann schlief sie schon bald ein.

Hedwig und Anni gedachten ihrer Lieben und auch derer,
die schon fort waren und nie mehr wiederkommen würden.
Hedwig betete für ihren Mann Franz, und Anni dachte an
Edith und Helena. Sie hoffte, dass es ihnen gut ging, und war

dankbar dafür, Rena wiedergetroffen zu haben, die den heutigen Abend mit Mutti, Bubi und den Mädels verbrachte. Sie würden alle zusammen kochen, und morgen, am ersten Weihnachtstag, würde Anni sich mit Lisbeth dazugesellen, mit ihnen Kaffee trinken und Christstollen mit saftigen Rosinen verdrücken. Mutti hatte auch Zimtsterne, Vanilleplätzchen, Marzipankugeln und Orangenstangen gebacken, und wenn sie nicht aufpassten, würden alle kugelrund werden.

Doch auch das wäre nicht so schlimm. Nach diesen ganzen entbehrungsreichen Jahren konnte man ruhig mal ein paar Kilo zu viel auf den Rippen haben.

Silvester würde Anni mit Rena und natürlich Lisbeth allein feiern. Sie hatten sich schon eine Flasche Sekt besorgt und würden gar nichts unternehmen, sondern einfach zusammen sein.

▌▌▌▌ KAPITEL 18
Hamburg, 1954

Anni hatte sich so gut in Hamburg eingelebt und war so froh, Rena an ihrer Seite zu haben, dass sie manchmal sogar für einige Tage am Stück nicht an St. Peter dachte. Lisbeth hatte im Kreis aller vom *Chérie* ihren ersten Geburtstag gefeiert und war vor allem von Mutti reich beschenkt worden. Die Gute hatte sogar einen Mantel für Lisbeth nähen lassen und ihr ein Matrosenkleidchen gekauft, in dem Lisbeth entzückend aussah. Die »Mädels« hatten zusammengelegt, ihr ein Bilderbuch und eine Mütze gekauft und noch eine große Geburtstagstorte mit einer rosa Kerze spendiert. Bubi hatte Kasperle-Handpuppen geschnitzt, und so musste er nun ständig für Lisbeth den Kasper und den Seppel nachmachen. Lisbeth konnte stundenlang zuschauen und klatschte dann vor Freude in die Hände.

Anni betreute neben Muttis Büro nun auch noch die Buchführung in zwei weiteren Häusern, einmal im *Silbersack*, einer Kneipe, die von Muttis Freundin Erna Thomsen und deren Mann betrieben wurde und in der sich überwiegend Seefahrer aufhielten, und außerdem im *Elbschlosskeller*. Beide Kneipen faszinierten sie. Der *Silbersack* war an den Wänden holzgetäfelt, überall waren Hafen- und Schiffsszenen aus Hamburg gemalt. Am Tresen und an den Tischen saßen Jung und Alt, Arm und

Reich, und auch Hans Albers war schon hier gewesen. Seine Lieder dudelten aus der Musikbox, in die man Münzen werfen musste, dann startete ein Schallplattenspieler. Im *Elbschlosskeller* auf dem Hamburger Berg wiederum landete man, wenn man sonst nirgendwo mehr hinkonnte, denn die Kneipe hatte rund um die Uhr geöffnet.

»Wir sind Wirte und keine Büroheinis«, sagte man hier und da und war froh, dass Anni kam und alles richtete.

Anni sparte jede Mark und bewahrte ihre Einnahmen in Muttis Tresor auf, denn die wollte keinesfalls, dass Anni so viel Bargeld in ihrem Eppendorfer Zimmer bunkerte.

»Wenn es da mal brennt oder eingebrochen wird, dann ist alles weg, Kindchen, nee, nee, das kommt hier in den Otto.« So nannte sie den Tresor. »Der ist sogar feuerbeständig, da kann nix passieren. Und wenn du was brauchst, du hast ja die Zahlenkombination.«

»Ach Mutti, du hast wirklich ein Vertrauen zu mir, das ist unbezahlbar«, hatte Anni gesagt und Mutti fest umarmt.

»Deern, bei dir geht das doch gar nicht anders«, hatte Mutti gesagt und Annis Wange gestreichelt.

In der Finanzbehörde kannte man schon die »Frau Jahn«, so nannte sich Anni, die ihren Namen nicht öffentlich preisgeben wollte. Zu groß war ihre Angst – denn wenn die falschen Leute erfuhren, dass Anni in einem Etablissement von zweifelhaftem Ruf arbeitete, würde eventuell ein Stein ins Rollen kommen, der nicht rollen durfte. Zum Glück war sie überall die Frau Jahn, die noch auf ihren Mann wartete, wie so viele andere Frauen auch. Und die meisten Leute hatten ohnehin genug mit sich selbst und dem Wiederaufbau von Geschäft oder Fabrik zu tun, so dass niemand sich wirklich für Anni interessierte.

Frau Sterzel hatte Anni übrigens eines Abends in ihr eigenes Geheimnis eingeweiht, als sie bei einem Glas Wein zusammensaßen und Lisbeth nebenan endlich eingeschlafen war.

Anni hatte genickt und von dem Gespräch zwischen Hedwig, einer Ursel und einer Hilde erzählt, das sie mitbekommen hatte.

»Ach, ach«, hatte Hedwig geseufzt. »Man glaubt ja gar nicht, wie viele Männer gewalttätig sind. Gegenüber Frauen und Kindern! Auch viele, die aus dem Krieg heimgekehrt sind oder aus der Gefangenschaft. Die sehen, dass die Frauen ohne sie fast besser zurechtgekommen sind, das können viele nicht verknusen. Dann wohnt man mit den Kindern auf beengtem Raum, muss eine Arbeit annehmen, die man eigentlich nicht will, aber die Familie muss ja ernährt werden. Natürlich ist dann auch meistens noch Alkohol im Spiel, die Kerle fühlen sich unnütz oder nicht ernst genommen, das kommt daher, weil die Frauen ja jahrelang alleine waren und alles selbst stemmen mussten. Dann kam der Mann plötzlich wieder heim, wollte bemuttert und versorgt werden, und man hatte zusätzlich einen Esser mehr im Haus. Und alles sollte wieder genau so sein wie vorher. Die Frauen, die eben noch die Trümmer weggeräumt haben und drei Stunden für ein paar Kartoffeln anstanden, die Tag und Nacht geschuftet hatten, die waren plötzlich wieder völlig in die hinteren Reihen gedrängt. Dann kommt noch hinzu, dass in vielen Familien die Wohnverhältnisse beengt sind, dann gibt ein Wort das andere, und schon hebt einer die Hand. Noch Wein?«

»Gern«, sagte Anni, die heute den ganzen Tag im *Silbersack* gewesen war und mit Erna, der Besitzerin, karierten Stoff für Gardinen zugeschnitten hatte. Mit Erna konnte man herrlich tratschen, sie wusste über alles Bescheid – natürlich auch über Anni.

»Na, so was spricht sich eben schnell rum«, hatte sie gesagt, während sie zwei gekühlte Bierflaschen öffnete.

»Aber wir hier auf dem Kiez, wir halten zusammen, wenn jemand fragt.«

»Ist das denn schon mal passiert?«, wollte Anni ängstlich wissen.

»Jo.« Erna nahm einen Schluck.

»Und?« Annis Herz raste nun.

»Der fragt halt nicht noch mal.« Mehr hatte Erna dazu nicht zu sagen. »Wenn die Mutti sagt, du brauchst Schutz und dein Name spielt keine Rolle, dann ist das so, da fragt keiner nach. Glaub mir, Kindchen, jeder hier auf dem Kiez kennt dich, und überall haben wir unsere Jungs stehen. Wenn die sehen, dass dir einer krumm kommen will, dann sind die ruckzuck zur Stelle.«

»O Himmel.« Anni wollte keinesfalls, dass jemand wegen ihr zusammengeschlagen wurde. »Aber die werden nicht handgreiflich, oder?«

»Nö, meistens reicht es schon, wenn sie auftauchen und sich kurz mit demjenigen unterhalten«, bekam sie erklärt. »So, nun kommt gleich 'ne Runde Kerls, Skat kloppen, ich muss hintern Tresen, und wir sind hier ja auch fertig. Dank dir, Deern, für deine Hilfe!«

»Aber gern«, meinte Anni und nahm ihren Mantel. Draußen dämmerte es schon, und sie ging zum ersten Mal richtig bewusst durch den Kiez. Sah sich die Männer an, die ihr entgegenkamen, beobachtete die, die als Koberer vor den Bordellen und Striptease-Bars standen. Alle nickten ihr freundlich zu. Sie sah sie nun mit anderen Augen – da war nicht nur Freundlichkeit, sondern auch ein Abtasten ihrer Umgebung. Sie hatten den Auftrag, auf Anni zu achten und einzuschreiten, wenn es nötig war. »Tach, Deern«, sagte der ein oder andere, wenn sie vorbeiging.

»Na, Kalle, heut schon wieder Dienst?«, fragte sie dann und blieb kurz stehen.

»Jo, kann man nix machen, tscha«, der Angesprochene zuckte die Schultern. »Der Rubel muss ja rollen!«

Anni lachte. »Da hast du recht. Aber du brauchst eine dickere Jacke, es wird ja nicht wärmer nachts.«

»Jo, liegt schon drin, und Hannelore hat auch heißen Tee.«

»Sag ihr einen Gruß«, rief Anni im Weitergehen, und Kalle tippte sich an den Elbsegler.

»Pass du auf, dass du mir gut nach Haus kommst«, sagte er.

Auf dem weiteren Weg nach Hause dachte Anni darüber nach, dass sie wohl nie damit gerechnet hatte, mal auf dem Hamburger Kiez herumzulaufen und die Leute mit Namen zu kennen. Sie kam sich plötzlich dazugehörig und gut behütet vor. An den Menschen, die hier arbeiteten, war nichts Verruchtes, nichts Böses oder Verwerfliches. Es konnte so viele Gründe geben, hier zu arbeiten, und Anni war es zuwider, dass es Leute gab, die über »die da« die Nase rümpften. Man hielt zusammen auf dem Kiez. So war das wohl schon immer gewesen, und jetzt gehörte sie selbst zur Kiez-Familie.

Und nun saß sie mit Hedwig hier in ihrer Wohnung. Ach, war das gemütlich, so zu plauschen. Hedwig hatte die schweren Samtvorhänge zugezogen, die Heizung strahlte wohlige Wärme aus, das blanke Parkett spiegelte sich im Schein der Stehlampe, und der Wein glitzerte in den Gläsern. Anni saß auf dem gemütlichen, tiefen Sofa, während Hedwig in ihrem Lieblingssessel eine Häkeldecke über sich gebreitet hatte.

»Ursel hat dieses Haus geerbt, in das wir die Frauen bringen«, erzählte sie nun. »Ursel und ich, wir kennen uns schon so lange, ach, ich darf gar nicht drüber nachdenken, wie alt ich schon bin. Jedenfalls ist es ein Haus am Meer, sehr abgeschieden liegt es, und zwei gute Freunde von Ursel passen auf alles auf. Glücklicherweise liegt es mitten in einem großen, eingezäunten Grundstück, und Ursel hat zwei riesige Hunde angeschafft, die es auch noch bewachen. Denen möchte man nicht im Dunkeln begegnen, aber es ist gut, dass sie da sind.«

»Und wie viele Frauen wohnen da?«, wollte Anni wissen, die vom Wein langsam angenehm müde wurde.

»Meistens zwischen acht und zehn«, erzählte Hedwig. »Wir versuchen gemeinsam mit den Frauen, ihre Rechte durchzusetzen, haben zum Beispiel einen befreundeten Arzt, der die Wunden, blauen Flecken und Rippenbrüche dokumentiert, wir gehen für sie auf die Ämter, kümmern uns auf Wunsch um Scheidungsangelegenheiten und sonst alles. Viele gehen aber auch wieder zu ihren Männern zurück.«

Anni konnte das gar nicht glauben – wobei, wenn sie an den Vater von Sigrun Broders, dem jungen Zimmermädchen der *Seeperle*, dachte … Knut hatte seine Familie und gerade seinen geistig etwas langsameren Sohn Arne grün und blau geschlagen, wenn er aggressiv wurde, weil er zu viel gesoffen hatte. Helena hatte seiner Frau Hedda geholfen, als die von einem anderen schwanger geworden war … Hätte Hedda das Kind behalten, würde sie wahrscheinlich jetzt nicht mehr leben, denn mit ihrem eigenen Mann war sie zu lange nicht zusammen gewesen. Auch wenn der nicht der Hellste war, eins und eins zusammenzählen hätte er wohl doch gekonnt.

»Denen ist die Verantwortung für alles alleine zu viel«, erzählte Hedwig weiter. »Obwohl sie zu Haus auch alles selbst machen. Viele denken, sie können ihren Kindern nicht den Vater wegnehmen oder würden die Familie zerstören. Solche Sachen halt. Und wieder andere haben Angst, dass der Mann sie finden und dann totschlagen würde. Das ist schon vorgekommen, zwar nicht bei uns, wir sind wirklich sehr vorsichtig, aber ich habe davon gehört. Das ist keine Seltenheit, wirklich nicht. Für uns Frauen sind ja die Kinder am wichtigsten, das ist in uns drinnen. Leider glauben viele nicht, dass kein Vater immer noch besser ist als ein ständig gewalttätiger.«

»Ich kenne selbst einen solchen Fall, bei mir zu Hause gibt's so eine Familie«, nickte Anni und dachte an die liebe Sigrun und ihre Familie, die Broders.

»Das gibt es überall«, sagte Hedwig aus leidvoller Erfahrung. »Wir lassen die Frauen natürlich ziehen, wissen aber schon vorher, dass sie dasselbe wieder erleben werden. Und einige kommen auch zurück, meistens noch schlimmer misshandelt.« Sie seufzte. »Arme Dinger. Aber wir können nicht mehr tun, als unsere Hilfe anzubieten. Viele von ihnen wohnen jetzt in anderen Städten, damit die Männer sie nicht finden. Und alles, wirklich alles muss geheim bleiben. Deswegen bitte ich Sie, wirklich mit niemandem darüber zu sprechen.«

Anni schüttelte mit Nachdruck den Kopf und reichte dann Frau Sterzel die Hand. »Mein Wort drauf!« Hedwig lächelte, dann nahm sie Annis Hand. »Danke. Und nehmen Sie es mir nicht übel, wenn ich Ihnen nicht sage, wo genau das Haus ist. Etwas nicht zu wissen ist manchmal besser!«

»Natürlich, das verstehe ich.« Sie setzte sich auf. »Sie können stolz auf sich sein, Frau Sterzel. Und Ihre Freundin auch und alle, die da noch mithelfen.«

»Ja, bin ich auch«, sagte Hedwig. »Gesetz hin oder her, ein Mann hat die Hand nicht gegen seine Frau zu erheben. Punktum.« Sie legte ihr Strickzeug zur Seite und stand auf. »Im Radio kommt jetzt gleich ein Bach-Konzert, wollen wir uns das anhören?«

»Sehr gern«, sagte Anni, die gern noch ein bisschen in dieser gemütlichen, wohligen Wärme sitzen bleiben würde.

Hedwig stellte an dem großen Radio den Sender ein. »Ich höre auch jeden Tag um zehn vor sieben die Morgenandacht«, erzählte sie. »Dann bete ich, dass mein Franz bald zurückkommt.«

»Sie dürfen die Hoffnung nicht aufgeben«, sagte Anni mitfühlend.

»Das tu ich auch nicht. Aber manchmal hab ich das Gefühl, es keine Minute mehr ohne ihn aushalten zu können. Diese schreckliche Ungewissheit macht mich so mürbe, Kind.«

Das Orchester fing an zu spielen, und sie schwiegen einige Minuten, während Hedwig weiter strickte und Anni ihren Gedanken nachhing. Wann würde sie zurück nach St. Peter können? Wie ging es allen? Bei niemandem dort hatte sie sich gemeldet, nur ihren guten Freund Hans im Bergischen Land hatte sie angerufen. Der war ganz aus dem Häuschen gewesen.

»Eure Isa hat mich angeläutet und wollte wissen, wo du bist, und sogar dein Hinnerk hat sich gemeldet! Er faselte was von Scheidung und dass du weggelaufen wärst, und Isa hat geweint und gesagt, du seist verschollen!«

»So ein Unfug, Hans«, hatte Anni gesagt. »Man ist doch nicht verschollen, nur weil man einen Ort verlässt. Ich wollte nicht, dass Isa etwas weiß, weil sie so gern mit ihren ganzen Frauen im Ort tratscht, aber sie sollte wenigstens wissen, dass mit mir alles in Ordnung ist, das hat Helena wohl ausgerichtet. Und ich wollte, dass du weißt, dass es mir gut geht.«

»Himmel, Anni, du hättest dich wirklich mal früher melden können, ich habe mir solche Sorgen gemacht! Warum bist du überhaupt weggelaufen?«

In knappen Sätzen erzählte ihm Anni die ganze Geschichte und sah Hans vor sich, wie er in seinem Rollstuhl saß und nickte.

»Ich verstehe«, meinte er dann, als sie mit ihrer Erklärung fertig war. »Ich hätte an deiner Stelle wohl genauso gehandelt. Aber wie soll es nun weitergehen?«

»Ich weiß es nicht, Hans, ich habe keine Ahnung. Erst einmal bleibe ich hier. Hier sind Menschen, die mich mögen und denen ich vertrauen kann, aber ich habe immer noch schreckliche Angst, dass man mir Lisbeth wegnehmen könnte.«

»O ja, das kann ich sehr gut nachvollziehen«, sagte Hans. »Kann ich irgendwas für dich tun?«

»Leider nicht, Hans, leider nicht. Aber ich komme gut zurecht und verdiene auch Geld, das ich spare. Mach dir keine Sorgen.«

»Jetzt nicht mehr, Maikäferchen. Darf ich dich überhaupt noch so nennen? Immerhin bist du verheiratet und hast ein Kind, auch wenn dein Mann nicht meine erste Wahl war.«

»Du darfst mich immer Maikäferchen nennen«, sagte Anni. Dieser Kosename erinnerte sie an früher, vor so vielen Jahren, als sie ihm immer abends, wenn er nicht schlafen konnte, das Lied »Maikäferchen flieg« vorgesungen hatte, um ihn zu beruhigen. Seitdem war sie das Maikäferchen für Hans und würde das wahrscheinlich auch für immer bleiben.

»Pass auf dich auf, hörst du?«

»Natürlich tu ich das. Und du auf dich.«

»In Solingen ist das überhaupt kein Problem«, hatte Hans gemeint. »Hier passiert nicht sonderlich viel. Und gib dem Liesel-chen einen Kuss von mir.«

»Wird gemacht. Wenn bessere Zeiten kommen, dann holen wir die Taufe nach. Du willst hoffentlich immer noch Lisbeths Patenonkel werden?«

»Aber hallo! Natürlich. Tschüs, Anni. Bis irgendwann, bis bald hoffentlich.«

Dann hatten sie aufgelegt, und Anni war froh gewesen, ihn angerufen zu haben.

Das Konzert von Bach war wunderschön, und Anni genoss die Behaglichkeit des Raums, der von der klassischen Musik er-füllt wurde. Fast wäre sie eingeschlafen, doch da klingelte es an der Wohnungstür.

Hedwig sah auf.

»Wer kann das sein, um diese Uhrzeit? Es ist beinahe neun.«

»Vielleicht Ihre Freundin? Möglicherweise mit einer Frau, die Hilfe braucht«, mutmaßte Anni, deren Herz nun schneller schlug.

Himmel, wenn es jemand von einem Amt wäre, um ihr Lis-beth wegzunehmen! Wenn irgendjemand herausbekommen hatte, wer sie war?

»Vielleicht sollten wir gar nicht öffnen«, meinte Hedwig nun. »Ursel hätte mir Bescheid gesagt, wenn jemand Hilfe braucht. Die steht nicht einfach so mit einer Frau vor der Tür.«

Anni stand auf. »Ich schaue mal durch den Spion.«

Es klingelte wieder, diesmal zweimal kurz hintereinander, dann lang, dann wieder kurz.

Da wurde Hedwig ganz weiß im Gesicht und stand zitternd auf. »Nein, das kann nicht sein, das ist nicht wahr, nein …« Sie schlug die Hände vors Gesicht.

Wieder klingelte es, zweimal kurz, lang, wieder kurz.

»Was ist denn?« Hedwig sah so aus, als ob sie gleich ohnmächtig werden würde.

»Ich kann nicht zur Tür, gehen Sie, bitte, gehen Sie und öffnen Sie …« Nun fing Hedwig an zu weinen. »Ich schaffe das nicht. Aber das Klingelzeichen, das Klingelzeichen …«

Anni ging durch den Flur zur Wohnungstür und sah durch das Oberlicht, dass im Hausflur Licht brannte. Sie schaute durch den Spion. Da stand ein Mann, den sie nicht kannte. Einer, der Zeitungen verkaufen wollte oder Schuhcreme? Aber um diese Zeit doch nicht. Und was meinte denn Hedwig Sterzel mit dem Klingelzeichen?

Jedenfalls sah der Mann nicht aus wie jemand vom Amt, er trug einen zerknautschten Hut und eine ziemlich zerschlissene Jacke. Hedwig war hinter Anni getreten und weinte immer noch.

Wieder klingelte der Mann.

»Öffnen Sie bitte die Tür, Kind«, schluchzte sie, und Anni atmete einmal tief durch. Nein, der sah nicht gefährlich aus. Sie nahm die Kette ab und zog die Tür langsam auf.

Vor ihr stand ein hagerer Mann, dessen Alter sie schwer schätzen konnte; seine Kleidung, die schon bessere Tage gesehen hatte, war ihm viel zu groß, und neben ihm stand ein Seesack. Mit wachen Augen blickte er an Anni vorbei. Die verstand nun und trat zur Seite.

»Hedy!«, rief der Mann aus und betrat die Wohnung, ließ alles, was er trug, fallen, und Hedwig schrie »Franz, Franz, Franz!« und stürzte in seine Arme, woraufhin er nun auch anfing zu weinen.

Anni schloss die Tür und ging dann in die Küche. Sie wusste einfach, dass Franz jetzt ein kühles Bier brauchte. Das wollte sie ihm bringen und die beiden dann alleine lassen. Nun begriff sie auch die Sache mit dem Klingelzeichen – zum ersten Mal seit Jahren hatte Hedwig das wohl wieder gehört. Sie freute sich unbändig für ihre Vermieterin, während sie den kleinen Saba-Kühlschrank öffnete und ein Bier herausholte. Da kamen Hedwig und ihr Mann auch schon herein und blieben eng umschlungen stehen. »Anni, darf ich Ihnen meinen Mann vorstellen, Franz Sterzel. Franz, Liebster, das ist meine Untermieterin Anni. Sie wohnt hier mit ihrer kleinen Tochter Lisbeth. Ich …«

»Ach Hedy, das kannst du mir doch alles später noch erzählen. Ich bin so froh, hier zu sein! Hallo, Anni, oh, Sie haben ein Bier, ach, ich bin so aufgeregt, ich bin in einem Auto mit zwölf anderen gekommen, nicht mit der Bahn, ach je, ich bin so durcheinander!«, rief Franz aus. »Hier hat sich ja gar nichts verändert, und Hedy, du riechst noch genauso gut wie früher, ach, was hab ich dich vermisst, ich habe jeden Tag an dich gedacht, Briefe konnten wir nicht schreiben, ich war in Russland, in Morschansk im Lager 64, da gab es strenge Auflagen, aber ich habe es geschafft, ich habe es geschafft, Hedy.«

»Haben Sie Hunger, soll ich Ihnen etwas zu essen machen?«, fragte Anni, die irgendetwas Sinnvolles für den Heimkehrer tun wollte.

»Ja, nein, ach, Hedy, ich will nur meine Hedy halten. Sag, Hedy, wie geht es Wolfgang und Manfred, sind die beiden gut zurückgekommen? Jahrelang hab ich nichts gehört, sind sie denn zu Haus, ich …«

»Franz«, unterbrach Hedwig ihren Mann und strich ihm über die Wange. »Nun setz dich erst mal, Franz. Es gibt einiges, das ich dir erzählen muss …«

Sie sah Anni an. Die verstand und verließ leise die Küche, um in ihr Zimmer zu gehen. Zum Glück war Lisbeth von der Türklingel nicht wach geworden. Während Anni sich auszog und dann ihren Pyjama überstreifte, hörte sie ein lautes Weinen aus der Küche. Es war herzzerreißend und hörte nicht auf.

Dieser Krieg. Für viele würde er nie vorbeigehen.

◖◗◖◗ KAPITEL 19
St. Peter

»Ach, Frau Doktor, ich weiß nicht, wie das weitergehen soll mit meinem Rücken«, jammerte Isa.

»Der Franzbranntwein hilft auch nichts mehr. Nicht dass das was Schlimmes ist.«

Isa stand vor Helena Barding, und die tastete ihren Rücken ab. »Sie sind ja völlig verspannt«, stellte sie fest. »Weil Sie so krumm gehen, Isa. Außerdem ist Ihre Wirbelsäule ein wenig schief. Vielleicht helfen Einlagen. In jedem Fall bekommen Sie von mir eine gut wirkende Salbe mit, da habe ich noch Muster hier vom Vertreter. Wie geht es Ihnen denn sonst?«

»Ach, Frau Doktor, ist ja alles nicht mehr so, als wenn unsere Anni hier wär. Und der Herr Schwenck, der ist entweder betrunken und macht Mist, oder er ist nüchtern, da macht er auch Mist. Jetzt will er die *Seeperle* an diesen Kerl verkaufen, das ist doch ein Lump, ein Verbrecher, das sieht man dem doch an. Und wir sollen irgendwann alles ausräumen, weil dieser Everding das alles neu und ganz modern haben will. Feudal, hat er gesagt, mondän. Ich kenn die Worte gar nicht. Bestimmt so neumodischer Kram. Der führt nichts Gutes im Schilde, das kann ich Ihnen flüstern!«, regte Isa sich auf, während sie sich wieder anzog. »Ach, ich mach mir solche Sorgen um unsre Anni und die Kleine. Wie konnte sie nur bei Nacht und Nebel davonlaufen? Ohne ein Wort. Ihre Eltern, Gott hab sie selig, würden sich im Grab umdrehen, wenn die wüssten, was hier so passiert. Wissen Sie denn nicht, wo sie ist, die Anni, Frau Doktor?«

»Nein, Isa, ich habe keine Ahnung. Ich habe nur von ihr gehört, dass es ihr gut geht.« Helena holte die Salbe aus einem Schrank und reichte sie Isa. »Bitte gehen Sie zu einem Facharzt für Orthopädie, der verschreibt Ihnen dann Einlagen.«

»Erst schau ich mal, ob die Salbe wirkt«, meinte Isa. »Ich hab keine Zeit, dauernd zum Arzt zu rennen. Ich muss ja auch in der *Seeperle* sein und nach dem Rechten sehen.«

»Es sind doch gar keine Gäste mehr da«, bemerkte Helena, aber Isa presste trotzig die Lippen zusammen.

»Trotzdem, ich geh da nicht weg!«

»Ach, Sie Gute, Isa«, sagte Helena und lächelte. »So, dann sind wir fertig. Sie waren meine letzte Patientin für heute, ich bring Sie raus und schließ ab.«

Isa drehte sich zu ihr um. »Falls Sie mal mit Anni sprechen, dann sagen Sie ihr einen lieben Gruß von mir, Frau Doktor. Sagen Sie ihr aber nicht, dass der Hinnerk alles verkommen lässt. Ach, ach, ach, was soll nur werden ...«

Helena schaute auf die Uhr – es war schon fast sieben. Sorgfältig schloss sie die Tür hinter Isa und stieg dann die Treppe hoch in ihre Wohnung. Glücklicherweise war heute nichts Schlimmes in der Post gewesen; Helena hatte es sich angewöhnt, die Umschläge nicht erst abends, sondern sofort zu öffnen. Noch zwei Briefe hatte sie bekommen, und diesmal, das machte ihr Angst, waren auf den Umschlägen keine Briefmarken aufgeklebt gewesen. Jemand musste sie persönlich eingeworfen haben – oder es war der Postbote selbst gewesen, der den Auftrag hatte. In dem ersten der neuen Schreiben war ein blutiges Tuch gewesen – und ein Zettel, auf dem stand: *Ruhe sanft*. Das zweite war ein Bogen Papier, auf das jemand in Druckbuchstaben WIR WERDEN UNS BALD SEHEN geschrieben hatte. Helena hatte immer noch nicht die geringste Ahnung, von wem die Briefe sein könnten. Sie hatte sogar über Ruth und Rachel Wetzstein Erkundigungen über Dr. Schuler eingeholt, aber der konnte eigentlich nichts damit zu tun haben, denn er wohnte mittlerweile in Heidelberg, hatte dort eine gut gehende Praxis und war sogar noch einmal Vater geworden. Warum sollte er sich noch mit Helena abgeben? Aber er hatte ihr damals gedroht …

Sie zog ihren Kittel aus und legte sich dann für fünf Minuten aufs Sofa. Gleich würde sie noch mal losmüssen. Bei Asta Tröger warteten zwei Frauen auf sie.

KAPITEL 20

Frankfurt am Main

Robert Nielsen half seiner Frau aus dem Mercedes, der sie gerade zum Hotel Frankfurter Hof am Kaiserplatz gebracht hatte. Hier hatte heute Dr. Berthold P. Wiesner aus London einen Vortrag gehalten, und abends hatten die diversen Ärzte ausgewählte Leute zum Empfang mit anschließendem Dinner und Tanz geladen. Sie hatten sich nachmittags schon kurz mit Wiesner getroffen, um über die Möglichkeit der künstlichen Befruchtung zu sprechen. In zwei Tagen sollten Edith und Robert nun zum Termin in die Klinik eines befreundeten Gynäkologen nach Darmstadt kommen, dort würde man die Einzelheiten und den möglichen Ablauf besprechen.

Heute Abend war die Créme de la Créme aus Frankfurt und dem Taunus hier anwesend: Bankiers, Hoteliers, Großgrundbesitzer, Stahlerben, Fürsten, Barone und Prinzen mit den dazugehörigen Frauen, die tief in ihre Schatzkästlein gegriffen hatten.

Edith stieg aus und strich ihr Kleid glatt, dann hakte sie sich bei Robert unter, und gemeinsam betraten sie den Frankfurter Hof, dessen Eingangssäulen herrlich beleuchtet waren. Portiers in Livrée öffneten ihnen die Tür und hießen sie herzlichst willkommen. Sie gingen unter einem großen Kronleuchter durch die Empfangshalle und begaben sich dann in einen der Bankettsäle, der schon gut mit Besuchern gefüllt war. Es schien, als ging ein leises Raunen durch die Menge an Menschen, die an hohen Tischen standen und Champagner oder einen Cocktail genossen. Diademe, Colliers, Broschen und Kristallprismen blitzten und blinkten im Licht der Kerzen, die zu Hunderten hier angezündet worden waren. Man konnte die schönsten und raffiniertesten Kleider bewundern, hier und da gar eine Pelzstola. Die Luft war geschwängert von teuren Parfümgerüchen. Dennoch schienen alle den Atem anzuhalten, als Edith und Robert den Saal betraten. Robert war schon zu Hause ganz angetan gewesen. »Du wirst mal wieder die Schönste der Nacht sein«, hatte er gesagt, als er ins Ankleidezimmer gekommen war.

»Glaubst du mir, dass ich das gar nicht will?«, hatte Edith entgegnet und ihn durch den Spiegel angelächelt. »Mir macht es einfach nur Spaß, mich hübsch zurechtzumachen.«

»Es ist dir mal wieder gelungen«, hatte Robert lächelnd gesagt. »Die Männer werden Stielaugen machen und ihre Frauen böse gucken.«

»Ach, diese Neidhammel, ich verstehe so was gar nicht.« Edith hatte ihre Ohrringe angelegt und Robert das Collier hingehalten. »Bist du so lieb? Ich habe Angst, dass mein Nagellack vom Verschluss Kratzer bekommt.«

»Das wäre ja nicht auszudenken.« Robert nahm das Collier und legte es um den Hals seiner Frau. Er hatte es ihr zum Geburtstag geschenkt, es passte genau zu den langen Ohrgehängen: ein leuchtendes, sattes Rot von Rubinen, die von Diamanten umringt waren, und alles war in Gold gefasst. Ediths dichtes, rotbraunes Haar war in ein unsichtbares Netzgewirk gelegt worden, auch hier funkelten kleine Rubine. Ihre Schneiderin war bei diesem Kleid über sich selbst hinausgewachsen. Inspiriert von ihrem Lieblings-Designer Christian Dior hatte sie einen anthrazitfarbenen Seidentraum erschaffen. Eine enge Corsage betonte Ediths schlanken Oberkörper und hob das Dekolleté an, zeigte aber nicht zu viel. Und dann der Rock – weiche Stoffbahnen umschmeichelten Edith, die reine dunkelgraue Seide schien nirgendwo anzufangen oder aufzuhören. Ediths Lider waren grau betont, ein wenig Rouge in der Farbe der Edelsteine war perfekt verteilt, und der rote, sorgfältig aufgetragene Lippenstift ließ Edith gleichzeitig verführerisch und unerreichbar wirken. Sie sah aus wie eine Königin. Robert hatte sich ebenfalls für die Farbe Grau entschieden – sein Anzug saß wie angegossen, Krawatte und Innenfutter seines Jacketts waren so rot wie die Rubine seiner Frau. Sie waren ein wunderschönes, selbstverständlich glamouröses und scheinbar mühelos beeindruckendes Paar, so wie sie Hand in Hand den Saal betraten, Leute begrüßten und Smalltalk hielten.

Natürlich gab es auch Anwesende, die die Nase rümpften. »Die müssen's ja nötig haben, so aufzutreten«, hörte man die Gattin eines Industriellen sagen, die selbst so viel Schmuck trug, dass sie kaum gerade stehen konnte.

»Sie ist ja Frauenrechtlerin, hab ich gehört, war früher in Kassel aktiv und ist ganz *emanzipiert*, wie das jetzt so schön heißt. Da hat Robert wohl nichts zu sagen in der Ehe«, meinte eine Bankiersfrau hämisch und klappte ihren Fächer zu. »Wahrscheinlich muss er sogar die Kartoffeln aus dem Keller holen, während sie auf der Chaiselongue liegt und ihre Nägel maniküren lässt.« Dass sie selbst nachmittags bei der Nagelpflege gewesen war, hatte sie offenbar vergessen.

»Ja, genau, das sähe ihnen ähnlich«, nickte eine andere, verhärmte Frau mit taubeneigroßen Diamanten in den Ohrläppchen. Mit zusammengekniffenen Lippen beobachtete sie Edith und Robert, die so selbstverständlich schön wirkten und so gelöst und liebevoll miteinander umgingen. Die beiden schienen füreinander gemacht zu sein. Sie selbst und ihr Mann redeten nur das Nötigste miteinander.

»Sie hat eine uneheliche Tochter mit eingebracht«, sagte wieder eine andere, die beinahe vor Mitteilungsbedürfnis platzte. »Es hieß, sie sei ein Soldatenflittchen gewesen, hab ich von einer vom Amt gehört. Dann hat man ihr das Kind weggenommen, erst jetzt, nachdem die Verhältnisse geordnet sind, hat sie die Tochter wieder. Und nun schröpft sie Robert, und der Arme merkt noch nicht mal, dass sie nur wegen seines Geldes bei ihm ist. Na ja, irgendwann wird es den großen Knall geben, wartet es nur ab.« Ihre Stimme bebte förmlich, so sehr hoffte sie, dass sie das noch miterleben würde.

»Sie ist ja jetzt auch das neue Werbegesicht von Nielsen.« Eine weitere Dame der Gesellschaft rümpfte die Nase. »Angeblich zusammen mit ihrer Tochter, und in manchen Werbefilmen soll Robert auch mitwirken. Ich frage mich, was das soll. Das ist doch merkwürdig, so was. Was für eine Zurschaustellung!«

»Wenn ihr mich fragt, das geht nicht gut mit der Ehe«, schaltete sich Ulla Mangold, die Frau eines Maschinenherstellers, ein. »Sie wird ihn ausnehmen wie eine Weihnachtsgans und sich dann einen anderen suchen. Die sieht doch aus, als würde sie vor nichts haltmachen. Wie konnte Robert nur so dumm sein?«

»Liebe macht eben blind«, sagte die Gattin eines angesehenen Bauunternehmers. »Aber das Billige kriegt man bei solchen Frauen nicht raus, da nützt auch keine eigene Schneiderin.«

Edith und Robert bekamen Gesprächsfetzen mit, aber das tat ihrer guten Laune keinen Abbruch. Ganz im Gegenteil: Edith genoss es sogar, zu den missgünstigen Hyänen hinüberzugehen, sich zu ihnen an die runden Tische zu gesellen, eine Sektflöte vom Tablett eines dienstbeflissenen Kellners zu nehmen und zu fragen, »wie es denn so gehe«.

Und natürlich waren alle unendlich freundlich.

»Dieses Kleid, Frau Nielsen, also wirklich, ein Traum«, hieß es da. »Sie können ja alles tragen mit Ihrer Figur, meine Beste, aber kommen Sie erst mal in mein Alter, ach, keine Diät hilft da. Wie machen Sie das nur?«

»Danke, das Kleid liebe ich auch. Und was meine Figur betrifft, liebe Frau Mangold, ich achte immer darauf, was ich esse, und ich bewege mich auch ausreichend.« Das stimmte. Edith legte viel Wert auf gesunde Ernährung, und der Speiseplan im Hause Nielsen war entsprechend angepasst worden. Robert hatte zwar gemosert und gebettelt, weil er nun mal Zigeunerschnitzel mit Bratkartoffeln über alles liebte, aber er hatte Edith letztendlich gewähren lassen. Außerdem spielten sie Tennis und fuhren an den Wochenenden oft mit den Rädern am Main entlang, manchmal bis in den Taunus hinein, wo sie dann in einer Gaststätte einkehrten, die unter dem Großen Feldberg lag. Der *Fuchstanz* war seit langer Zeit ein beliebtes Ausflugsziel, und das zu jeder Jahreszeit. Man konnte ihn im Winter mit Skiern oder dem Schlitten erreichen und dann heißen Apfelwein trinken, und im Sommer kamen die Wanderer und Radfahrer hierher und aßen Frankfurter Grüne Soße mit gekochtem Tafelspitz oder Rippchen mit Kraut und Kartoffelbrei. Pauline war ganz begeistert, weil es hier ihr heiß geliebtes Eis gab, das Papa natürlich immer spendierte.

Frau Mangold sah Edith nun mit hochgezogenen Augenbrauen an. »Ach, wollen Sie damit etwa sagen, dass ich zu dick bin?«

Das himmelblaue Kleid, das Ulla Mangold trug, war mit Sicherheit sechs Kleidergrößen größer als das von Edith. Und trotzdem schien es ihr noch zu eng zu sein, denn Ulla schnaufte bei jedem Wort.

»Keineswegs, Frau Mangold. Ich habe nur auf Ihre Frage geantwortet«, meinte Edith zuckersüß und nippte an ihrem Champagner.

»Ein bisschen Bewegung würde dir aber wirklich guttun, Ulla«, schaltete sich jetzt Esther von Hertenheim ein, eine blonde, gut aussehende Mittfünfzigerin, die sich gerade dazugesellt hatte. Sie trug ein schlichtes grünes Kleid aus schimmerndem Samt, dazu eine hübsche Kette mit grünen Steinen. »Du hockst ja den ganzen Tag zu Hause und isst Torte oder Leberwurstbrote. Kein Wunder, dass man da aus dem Leim geht. Von nichts kommt nichts.«

»Eine Un-ver-schämt-heit!«, giftete Ulla Mangold los. »Das muss ich mir nicht sagen lassen. Ich esse gar nicht viel, das ist mein Stoffwechsel! Und Doktor Ankelbach hat gesagt, ich hätte schwere Knochen.«

»Ach, Doktor Ankelbach redet doch uns allen nach dem Mund«, erklärte Esther und reichte Edith die Hand. »Wie schön, dass ich Sie endlich kennenlerne, Frau Nielsen. Man hat ja schon so viel gehört.«

»Ja, das glaube ich gerne.« Edith lächelte Esther an, und die zwinkerte ihr wissend zu. Beide dachten dasselbe: ›Wie gut, dass ich eine Verbündete habe.‹

»Ich lebe ja nun schon eine Weile hier«, erzählte Edith, während sie sich mit Esther langsam von den Hyänen wegbewegte. »Aber ich habe Sie noch auf keinem einzigen Empfang gesehen.«

»Ich war mit meinem Mann in unserem Haus auf Barbados«, erzählte Esther. »Gunther ist jetzt neunundfünfzig, da darf er wohl mal Urlaub machen. Aber immer geht die Firma vor, die ist sein Leben. Und ich lebe nun mal gern richtig. Die Kinder sind schon lange aus dem Haus, unsere drei Enkelkinder kriegen wir kaum zu Gesicht. Also habe ich gesagt, Gunther, wozu haben wir ein Haus auf Barbados, eine Berghütte in der Schweiz, ein Segelboot vor Korsika und eine Wohnung in London? Dafür, dass ich alleine losfahre? Nichts da. Wir waren gerade drei Monate unterwegs – so stelle ich mir das Leben vor!«

»Da haben Sie recht«, sagte Edith, die überlegte, wie viel Geld man wohl verdienen musste, um so viele Ferienhäuser und dann auch noch ein Boot zu haben. Sie genoss dieses Leben zwar, aber sie würde nie vergessen, wo sie herkam und wie es da aussah. Edith hatte einen großen Vorteil den anderen gegenüber: Wenn sie fiel, wusste sie, was sie erwartete. Diese ganzen übersättigten Weiber, die sich das Maul über sie zerrissen, die hatten von so etwas keine Ahnung.

Esther schien auch so eine Frau zu sein, die das wusste – jedenfalls machte sie auf Edith den Eindruck.

»Wir sollten uns besser kennenlernen«, schlug Esther vor. »Was meinen Sie, Edith, wollen wir nächste Woche im *Kranzler* einen Kaffee trinken?«

»Sehr gern!«, freute sich Edith.

»Wunderbar. Ich läute Sie an, und dann machen wir Tag und Uhrzeit aus. Ach, und wann kommen denn die ersten Werbefilme mit Ihnen im Fernsehen?«

»Nächste Woche abends fängt es an. Ich bin schon ganz aufgeregt«, gestand Edith.

»Ach, wissen Sie was, dann kommen Sie doch mit Robert zu Gunther und mir nach Hause, wir essen gemeinsam zu Abend und schalten dann den Fernsehapparat an. Wir haben erst seit Kurzem einen, ich muss mich noch daran gewöhnen. Wenn er angeschaltet ist, bekomme ich manchmal einen Schreck, wenn ich in einem anderen Raum bin, weil ich denke, da ist jemand im Zimmer.«

»Das ist eine großartige Idee«, sagte Edith, die sich wirklich freute. Auch darüber, dass Esther so normal zu sein schien. Diese Reichen machten sie ratlos. Wie konnten die meisten nur so unzufrieden, verhärmt und neidisch sein – konnte man es denn nicht einfach schätzen, dass es einem gut ging?

Ein Gong erklang. »Das ist das Zeichen zum Essenfassen«, sagte Esther. »Wie dumm, dass es eine Tischordnung gibt, ich hätte zu gern mit Gunther bei Ihnen und Robert gesessen.« Das wäre Edith auch lieb gewesen, aber leider war sie bei Ulla Mangold und ihrem Mann platziert und neben einem weiteren Ehepaar, das sie nicht kannte. Offenbar Geschäftsfreunde von Robert, und deswegen unterhielt sie sich ganz reizend mit ihnen. Die Suppe kam, eine Vichyssoise aus Kartoffeln, Sahne und Lauch, verfeinert mit Flusskrebsen. Dazu frisches Baguette. Ulla Mangold langte kräftig zu, während Edith nur zwei Löffel von der Suppe nahm und das Brot liegen ließ, was Ulla überhaupt nicht recht war. Also legte auch sie ihren Löffel zur Seite und tötete Edith mit Blicken. Die lächelte Ulla freundlich an und beschloss, aufs Dessert ganz zu verzichten.

Anni schaute auf die Uhr. Es war nach Mitternacht und das *Chérie* immer noch zum Bersten voll. Sie lächelte die Gäste an, mixte Getränke und gab Erdnüsse in kleine Glasschalen. Es war Wochenende, und sie war froh, wenn der Trubel heut vorbei war. Immer mal wieder half sie mittlerweile in der Bar aus, es hatte sich einfach so ergeben. Mutti war froh, dass sie da war, und sie kümmerte sich nach wie vor um Lisbeth, die zu einem Wonneproppen herangewachsen war. Das ganze *Chérie* liebte die Kleine, und alle rissen sich darum, mit ihr zu spielen. Lisbeth wurde vom ganzen Kiez verhätschelt, und sogar einer, Ronny, der hinter vorgehaltener Hand nur der Rächer-Ronny genannt wurde und von dem man angeblich nichts Gutes erwarten konnte, war hin und weg von Lisbeth. Er hatte ihr eine sogenannte Käthe-Kruse-Puppe geschenkt, die es erst seit Kurzem gab: Sie hatte blondes Haar, trug ein rosa Kleidchen und blaue Schühchen. Lisbeth war verliebt in sie und konnte ohne »Puppa« nicht einschlafen. Außerdem begleitete Puppa sie überallhin. Immer wenn sie Ronny traf, hielt sie Puppa hoch, und der große, breitschultrige Mann, der stets im schwarzen Ledermantel auftrat, freute sich wie ein kleines Kind darüber, dass Lisbeth so glücklich war.

Einmal waren Bubi und Ronny sogar mal mit Lisbeth im Kinderwagen unterwegs gewesen, was ein Bild für die Götter war: Ronny schob gewissenhaft den Wagen, und Bubi holte immer ein Glasfläschlein aus einem Netz, wenn Lisbeth Durst hatte. Mutti hatte ein Foto von den dreien geknipst, es sah zu lustig aus, wie diese beiden Bären fürsorglich dastanden und Ronny Lisbeth gerade übers Haar strich, während Bubi Puppa hielt. Anni nahm sich vor, das Bild rahmen zu lassen. So etwas gab es nicht noch einmal.

Anni und Rena waren nach wie vor in jeder freien Minute beieinander und holten all das auf, was es aufzuholen gab.

»Bei euch beiden«, sagte Mutti mal, »warte ich nur darauf, dass ihr beim Schwatzen mal einschlaft, dann wieder aufwacht und einfach weiterschwatzt. Wie kann man nur so viel an einem Stück reden?«

»Also wirklich, Mutti, du redest ja auch nicht gerade wenig«, lachte Rena. »Wenn Erna aus dem *Silbersack* bei dir hockt, geht es doch auch hoch her!«

»Das ist ja ganz was anderes, wir tauschen uns über unsere Kundschaft aus«, sagte Mutti hoheitsvoll. »Das ist wichtig und gut fürs Geschäft.«

»Ja ja«, lachte Rena.

Anni wohnte immer noch bei Sterzels. Eigentlich hatte sie ausziehen wollen, weil ja nun Franz wieder da war, aber Franz und Hedwig hatten sie so inständig gebeten, zu bleiben, dass sie nicht Nein sagen konnte.

»Was wird denn dann aus uns?«, fragte Franz fassungslos. »Sie sind doch wie eine Tochter für mich und Hedy! Und Lisbeth könnte unser Enkelchen sein. Nein, nein, tun Sie uns das nicht an.« Er hatte sie fast furchtsam angeschaut, dann konnte Anni natürlich nicht anders – also war sie geblieben. Franz hatte in einer Erholungszeit, in der er von seiner Frau mit Butter, Sahne und Zucker gefüttert worden war, sechs Kilo zugenommen und sich prompt darangemacht, seine ehemalige Zahnarztpraxis wieder zu eröffnen. Das Haus war zum Glück vom Krieg verschont geblieben, und so tat er sich mit einem anderen Zahnarzt zusammen. Gemeinsam beantragten sie nun Gelder für die Renovierung der Praxis in Harvestehude. Hedy hatte zwar die Gelegenheit gehabt, einen anderen Zahnarzt in die Räume zu lassen, der immerhin Miete zahlte, die sie gut gebrauchen konnte, aber der zog nun nach Berlin, und so wurden die Räume wieder frei, ohne dass es Ärger gegeben hätte.

Anni machte mittlerweile nicht nur die Buchführung und die Organisation von *Chérie*, *Silbersack* und *Elbschlosskeller*, sondern noch für einige andere Läden. So viele gab es, die von Buchhaltung keine Ahnung hatten oder aber sich einfach nicht damit befassen wollten, so dass sie froh und dankbar waren, wenn Anni bei ihnen Ordnung in das mehrfach vorhandene Chaos brachten. Bezahlt wurde sie stets unter der Hand, ihr Sparstrumpf wurde immer größer.

Und der Kiez hielt dicht. Zwei- oder dreimal in der ganzen Zeit wurden ihr sehr persönliche Fragen gestellt, von einem Gast oder von jemandem auf der Straße. Wo sie denn herkäme, was das denn solle, mit einem Kind auf der anrüchigen Reeperbahn herumzuspazieren, und überhaupt. Aber entweder war Bubi zur Stelle gewesen oder einer ihrer Aufpasser auf dem Kiez stand wie aus dem Boden gestampft neben ihr. Dann ließ man Anni in Ruhe. Es sprach sich wohl rum, dass man ihr besser keine Fragen stellte.

Annis Leben verlief in überschaubaren Bahnen. Sie hatte alles, was sie brauchte, und musste sich keine Sorgen um ihr Kind machen. Sie hatte eine gute Freundin und eine Ersatzmutter, und die Mädels vom *Chérie* waren zwar keine Freundinnen, aber trotzdem konnte man mit ihnen lachen und sich unterhalten, und wenn sie freihatte und Rena arbeiten musste, saß sie gemütlich mit Sterzels in deren Wohnküche, man erzählte sich vom Tag und wie das Wetter würde und – wenn Lisbeth zu Haus geblieben war und Sterzels mit ihr spazieren gegangen waren – vom Wunderkind Lieselchen, das in der Sandkiste herumgekrabbelt war und ja schon die ersten Schritte tat. Sie brabbelte immer fröhlich vor sich hin, die zwei Worte, die sie schon konnte, waren Mama und Puppa. Hedwig und Franz Sterzel hofften natürlich auf Oma und Opa. Anni war sicher, dass das Lisbeths nächste Worte werden würden, denn die beiden taten beinahe nichts anderes, als zu Lisbeth »Kommst du zum Opa?«, »Nein, zur Oma«, »Gehen Oma und Opa jetzt mit dir spazieren?« oder »Na, was hat denn die Oma da versteckt? Einen Lutscher!« zu sagen. Anni ließ sie gewähren. Sie wohnte nun mit Lisbeth auch in einem größeren Zimmer, und wenn es an der Zeit war, dann würden sie eben noch ein Zimmer dazubekommen, das Lieselchen brauchte ja auch ein Spielzimmer, die Wohnung war groß genug.

Für die Nachbarn blieb Anni die Untermieterin, die ihre Schwester suchte und auf ihren Mann wartete.

Anni schaute wieder auf die Uhr. Ach, verging die Zeit heute langsam. Und da kam schon wieder ihr Verehrer der ersten Stunde als Bardame: Der Blonde, der sie angeschmachtet hatte, war fast an jedem Wochenende da, trank Gin Tonic oder Bier, und er ließ nicht locker bei Anni. Letztendlich gab sich Volkmar, wie er hieß, aber doch immer mit einem anderen Mädel zufrieden.

Wo war eigentlich Rena, fragte sich Anni. Die Freundin war vor über einer Stunde auf ein Zimmer gegangen, ein Privatgast hatte sich angemeldet, also ein Kunde, der nicht vorher an die Bar ging, um nicht gesehen zu werden. Diese Herren wurden durch einen hinteren Eingang hereingelassen, alles lief diskret ab, und Bubi wusste, was er zu tun hatte.

»Weißt du, wo Rena ist? Noch oben?«, fragte sie Bubi, und er nickte. Anni wunderte sich. Es war selten, dass das so lange dauerte, aber Sorgen machte sie sich nun auch nicht. Außerdem, wenn was war: Jedes Mädchen hatte einen Notfallknopf im Zimmer, und wenn der gedrückt wurde, ließ Bubi alles stehen und liegen und hechtete die Treppen nach oben. Glücklicherweise war noch nie etwas Schlimmeres passiert außer der Tatsache, dass ein Gast nicht zahlen wollte oder zu betrunken war, um geradeaus zu gehen.

Zehn Minuten später wurde Anni doch nervös. »Bubi, geh mal gucken bitte, ich hab ein komisches Gefühl«, sagte sie. Bubi nickte und verließ die Bar, um oben nach dem Rechten zu sehen.

Zwei Minuten später klingelte in der Bar das Haustelefon.

»Carmen ist fort … also Rena«, hörte Anni Bubi keuchen.

»Wie, fort, was meinst du?« Sie umkrallte den Hörer.

»Sie ist weg!«, rief Bubi entsetzt. »Und im Zimmer sieht es aus, als hätte es einen Kampf gegeben.«

Anni ließ den Telefonhörer sinken. O Gott! Zum Glück kam da gerade Roswitha, eins der Mädels, an die Bar.

»Du musst hier weitermachen, Rosa«, bat Anni hektisch. »Ich muss nach oben, schnell, komm rum.«

»Meine Güte, Anni, was ist denn los?«, fragte Rosa. »Du bist ja ganz blass!«

»Carmen. Es ist was mit Carmen«, sagte Anni und rannte aus der Bar. Rosa starrte ihr erschrocken hinterher.

»Bubi!«, rief Anni noch auf der Treppe.

»Hier!« Bubi kam aus einem der Zimmer und ging dann mit Anni wieder hinein. Die schlug die Hand vor den Mund. Ganz offenbar hatte hier ein Kampf stattgefunden: Die Stehlampe und ein kleiner Tisch sowie die beiden Stühle waren umgestoßen, der Kühler mitsamt dem schon geöffneten Champagner lag ebenfalls auf dem Boden, die Flasche war ausgelaufen, Eiswürfel lagen auf dem Teppich. Bilder waren von den Wänden gerissen worden, und im angrenzenden kleinen Badezimmer war der Spiegel gesprungen.

Anni fing an zu weinen. »Um Gottes willen, jemand hat Rena entführt!«, rief sie verzweifelt, und Bubi nahm sie in den Arm. »Bleib jetzt mal ganz ruhig«, sagte er. »Pscht, pscht.«

Da kam Mutti ins Zimmer. »Rosa hat gesagt, es sei was mit Rena – um Himmels willen!«, rief sie aus. »Wo ist Carmen, wo ist sie denn? Also Rena, also Carmen …«

»Das wissen wir nicht«, erklärte Bubi.

»Wer war denn bei ihr?«, fragte Mutti entsetzt.

»Ein Privatkunde«, sagte Bubi. »Er war vorher noch nie da.«

»Wir müssen die Polizei verständigen. Mutti, ruf bitte auf der Davidwache an.«

»Natürlich, natürlich!« Mutti flog aus dem Zimmer in den Flur.

»So eine Scheiße!« Bubi schlug gegen den Türrahmen. »Ich hab doch sonst alles im Auge. Aber da hat mich unten am Haupteingang ein Kerl eine Viertelstunde in ein Gespräch verwickelt. Er hatte sich verlaufen und hatte überhaupt keine Ahnung, wo er war, verdammt nochmal.«

Plötzlich beschlich Anni eine diffuse Angst. »Bubi, wer hat denn die Buchung für Rena heut Abend vorgenommen?«

»Ich glaube, Mutti selbst«, sagte Bubi.

Anni ging in den Flur, wo Mutti gerade auflegte. »Die Beamten kommen gleich«, sagte sie. »Meine Güte, hoffentlich ist dem Kind nichts passiert.«

»Mutti«, sagte Anni, »Bubi sagt, du hättest die Reservierung für Rena angenommen. Wer hat denn da reserviert? Ist dir irgendwas aufgefallen, war etwas ungewöhnlich, hat er etwas gesagt, was dir komisch vorkam?«

»Nein, er hat nur gebucht. Und wollte unter allen Umständen Carmen, keine andere. Ich weiß noch, dass ich sagte, sie hätte kurz vorher noch einen Kunden und ich könne nicht garantieren, dass sie ganz pünktlich zur Verfügung stehen wird, aber dann hat er gesagt, er legt noch was drauf, damit das gewährleistet ist.«

»Das ist doch komisch«, sagte Anni.

»Warum denn?«, fragte Mutti verwirrt.

»Man kann doch mal fünf Minuten warten«, meinte Anni. »Da legt man doch nicht gleich noch was drauf. Bubi, wie hat denn der Mann ausgesehen, dem du hinten aufgemacht hast?«

»Groß, gut gekleidet, seriös.«

»Hat er was gesagt?«

»Nein. Er hat mir nur zugenickt und mir das Geld gegeben«, antwortete Bubi.

»Ach, mir fällt gerade noch was ein!«, rief Mutti. »Der Kerl hatte einen österreichischen Akzent, so wie die in Wien reden, also so wie der Hans Moser.«

»So, dann machen wir es uns mal gemütlich«, sagte Esther von Hertenheim und goss für alle Wein nach.

Ihr Mann Gunther hatte den Fernsehapparat angeschaltet. »Ich bin gespannt, ob sich das durchsetzt«, sagte er. »Ich persönlich halte nicht viel von dieser fremden Berieselung. Ein gutes Buch und die Tageszeitung tun es doch auch, außerdem gibt es das Radio. Aber meine Frau musste unbedingt einen haben. Wenigstens ist er nicht so groß – und tagsüber kann man ja ein Tuch drüberlegen.«

Das Gemeinschaftsprogramm der ARD war erst seit November diesen Jahres auf Sendung, und lange nicht jeder hatte einen Fernsehapparat, deswegen traf man sich gerne in Wirtshäusern und privat in geselliger Runde, um fernzusehen. Auch heute waren bei den von Hertenheims noch einige Leute dazugekommen. Man hatte wunderbar gegessen, eine Wildschweinkeule, vom Hausherren selbst im Spessart erlegt, dazu Kroketten, Rotkraut und davor eine Schildkrötensuppe. Als Nachspeise hatte das Hausmädchen eine Fürst-Pückler-Eisbombe serviert, die aus Vanille-, Erdbeer- und Schokoladeneis bestand und mit in Amaretto getränkten Maronen und jeder Menge Sahne gegessen wurde. Der Wein zum Dessert war schwer und süß, und

Edith war froh, dass es einen trockenen und leichten zum Fernsehen gab. Von zu viel Alkohol wurde ihr übel, außerdem musste sie sich sowieso zurückhalten damit, denn sie und Robert waren ja in Darmstadt gemeinsam mit Dr. Wiesner bei dessen Freund gewesen, und nun hatte Edith schon einige Male eine Insemination erhalten, bislang ohne Erfolg. Sie wollten es nun noch zwei- bis dreimal versuchen und dann über andere Möglichkeiten nachdenken. Edith goss sich aus einer Karaffe Wasser ein und lehnte sich in dem bequemen Sessel zurück. Auf dem Fernsehapparat vor ihr lief die Sendung »Was bin ich?« mit Robert Lembke. Der hatte ein Rateteam, das den Beruf eines Gastes erraten musste, der wiederum musste mit einer Handbewegung einen entsprechenden Hinweis zu seinem Beruf geben, und dann legte das Rateteam los und stellte Fragen, die durften aber nur mit Ja oder Nein beantwortet werden. Sagte der Gast Nein, bekam der Kandidat 5 Mark in ein kleines Sparschwein geworfen, nach zehnmal Nein löste man auf und nannte den Beruf. Ganz zum Schluss kam dann noch ein prominenter Gast, und das Rateteam musste sich Augenbinden aufsetzen und dann erraten, um wen es sich handelte.

Nun setzten sich auch die anderen Gäste, denn bald ging es los. Auf einmal war Edith so müde, am liebsten hätte sie sich gleich hier hingelegt und wäre eingeschlafen. Außerdem taten ihr seit einigen Tagen ihre Brüste weh, und insgesamt fühlte sie sich nicht wohl. Hatte sie zu viel gegessen? Nein, das tat sie nie, auch beim Eis hatte sie sich zurückgehalten.

Wahrscheinlich wurde es besser, wenn ihre Monatsblutung eingesetzt hatte, oft fühlte sie sich vorher träge und schwer. Dann diese Kopfschmerzen, die plötzlich auftraten …

Nun servierte Esther Mokka und Gebäck, und als der Kaffeeduft zu Edith hinüberzog, wurde ihr so übel wie lange nicht mehr. Sie sprang auf und rannte zur Toilette, wo sie sich übergab.

Zum Glück hatte sie ihre kleine Tasche mit ins Bad genommen, sie holte ein Mundspray daraus hervor und zog sich dann die Lippen nach.

Edith betrachtete sich im Spiegel.

Sie dachte nach. Rechnete.

Dann lächelte sie ihrem Spiegelbild zu.

Rechnete wieder.

Und kam zu dem Ergebnis, dass sie ihre Regel längst hätte bekommen müssen.

|||| KAPITEL 23
Hamburg

Anni ließ sich auf den Boden sinken.

»Österreichischer Akzent? Das war bestimmt Gerhard«, sagte sie dann tonlos und ganz ruhig. »Das muss er gewesen sein. Er hat alles geplant. Es war klar, dass er Rena suchen würde, aber dass er so brutal dabei vorgehen könnte, das hätten wir alle nicht gedacht.«

»Meinst du etwa ihren Mann?« Mutti schlug die Hände vors Gesicht.

Anni nickte. »Er muss herausbekommen haben, dass Rena hier ist. Und dann hat er das eingefädelt, um sie zurückzuholen.«

Anni wollte sich überhaupt nicht vorstellen, was Rena jetzt bei Gerhard erwartete. Sie musste sich sehr gewehrt haben, so wie es hier in diesem Zimmer aussah. Anni hatte entsetzliche Angst um die Freundin, doch sie versuchte trotzdem, die Nerven zu behalten.

Bubi stand immer noch im Türrahmen und war verzweifelt. »Wie konnte das passieren? Direkt unter meiner Nase«, wiederholte er immer wieder und hatte die Hände zu Fäusten geballt.

»Ich bin sicher, dass der Mann, der dich unten aufgehalten hat, von Gerhard bestellt worden ist«, versuchte Anni ihn zu beruhigen. »Damit der genug Zeit hatte, um mit Rena durch den

Hintereingang zu verschwinden. Du hast keine Schuld, Bubi, denk das nicht, du …«

»Da kommt die Polizei«, sagte Mutti dankbar und winkte den Beamten zu, die die Treppe hochkamen. Mutti war völlig durcheinander. »Wenn dem Kind nur nichts ganz Schlimmes passiert ist, warum hat sie denn den Knopf nicht gedrückt, meine Güte, wir passen doch so gut auf. Ach, Eike, Sven, ihr seid's, wie gut!« Sie war froh, dass sie die beiden jungen Beamten kannte. Die nah gelegene Davidwache, in der das Polizeikommissariat 15 untergebracht war, wurde von Mutti oft mit Kuchen und auch ein paar Scheinen versorgt, damit sie nicht zu sehr auf die Öffnungszeiten achteten. Und Eike und Sven hatten sich nicht nur einmal bei Mutti »was wünschen« dürfen, da drückte man dann auch mal gern ein Auge zu. Anni riss sich nun zusammen und erzählte den Beamten, was passiert war. Die machten sich Notizen und bestellten dann die Spurensicherung der Kripo.

»Habt ihr was angefasst?«, wollte Eike wissen.

»Ich hab einen Stuhl aufgehoben«, sagte Anni, Bubi hatte die Tür zum Bad weiter geöffnet.

»Dann muss ich euch bitten, das Zimmer jetzt zu verlassen«, sagte Sven höflich. »Es muss alles untersucht werden.«

»Ich glaube, ich weiß, wer das getan hat«, sagte Anni nun.

»Aha.« Interessiert schaute Sven sie an.

»Ein Gerhard Stöberl aus Wien«, sagte Anni. »Er leitet dort eine Bank. Ich kenne ihn. Er ist früher schon gewalttätig geworden.«

»Aha.« Eike schrieb das auf. »Was heißt das genau?«

»Er hat Rena geschlagen und vergewaltigt«, sagte Anni bitter. »Sie hat ihn verlassen und ist hier gut untergekommen.«

Sven grinste etwas süffisant. »Na ja«, murmelte er und schrieb weiter.

»Haben Sie das gesehen?«, fragte Eike Anni.

»Nein, aber Rena hat es mir erzählt und geschrieben. Sogar auf der Hochzeitsreise hat er sie geschlagen und missbraucht.«

»Vielleicht hat er ja einen Grund gehabt«, meinte Sven.

»Was rechtfertigt es denn, eine Frau so zu misshandeln, dass sie zum Arzt muss?«, fragte Anni mit messerscharfer Stimme.

»Na ja«, sagte Sven wieder. »Da haben wir aber keine Beweise, außerdem ist es Privatsache, was in der Ehe passiert. Und ein Mann kann seine Frau gar nicht vergewaltigen, ihm steht der eheliche Beischlaf schließlich zu.«

Anni schloss kurz die Augen. Das war alles so ungerecht.

»Wenn die Dame wirklich die Ehefrau von diesem Herrn Stöberl ist«, sagte Eike, »dann hat er wohl jedes Recht der Welt, sie von hier wegzuholen und nach Hause zu bringen.«

»Das heißt, es wird überhaupt nicht ermittelt?« Anni wollte es nicht glauben.

»Wir warten ab, was die Spurensicherung sagt. Und möglicherweise meldet sich Ihre Freundin ja auch bei Ihnen. Es ist natürlich für einen Ehemann nicht ohne, seine Frau in einem Bordell arbeitend zu finden.« Eike zuckte mit den Schultern.

Anni wollte schon gehen, aber er rief sie noch einmal zurück. Sie zuckte zusammen und drehte sich zu ihm um.

»Ich muss Sie bitten, gleich morgen früh auf die Wache zu kommen. Gegen Sie ist Anzeige erstattet worden, wegen Unzucht und Gefährdung des Kindeswohls. Sie haben eine Tochter, Frau Schwenck?«

Anni wurde schwarz vor Augen, dann nickte sie mechanisch. Mutti riss erschrocken die Augen auf.

»Wer hat denn gegen mich Anzeige erstattet?«, wollte Anni dann mit trockener Kehle wissen.

»Das dürfen wir Ihnen nicht sagen, Frau Schwenck«, sagte Sven und räusperte sich. »Ich weiß, dass sich hier alle kennen, und auch, dass Sie Ihre Tochter oft mit hierhernehmen. Das ist nicht gerade die beste Umgebung für ein kleines Mädchen, finden Sie nicht auch?«

»Unserem Lieselchen geht es hier gut!«, lamentierte Mutti. »Die nimmt hier ganz sicher keinen Schaden. Hier ist nix Verwerfliches. Mit dem, was ich hier für ein Haus hab, hat sie nichts zu tun. Und Anni hat auch nichts Unrechtes getan.«

Eike wandte sich ihr zu. »Das wissen wir, Johanna. Trotzdem. Die Anzeige liegt nun mal vor, und Frau Schwenck muss bitte morgen um neun Uhr bei uns sein. Falls Sie nicht kommen, muss ich eine Fahndung ausschreiben und Sie dann verhaften. Bitte ersparen Sie sich und uns das.«

Anni nickte wieder stumm. Und in diesem Moment kam die Spurensicherung.

»Ihre Tochter bringen Sie bitte auch mit, Frau Schwenck«, sagte Sven. »Damit wir uns einen Eindruck über ihr Wohlergehen machen können.«

Gemeinsam mit Mutti und Bubi ging Anni die Treppe hinunter. Sie war völlig verzweifelt.

»Man wird mir Lisbeth wegnehmen«, sagte sie immer wieder vor sich hin.

»Kind, nun mal doch den Teufel nicht an die Wand«, bat Mutti sie. »Da ist das letzte Wort doch noch nicht gesprochen. Rosa, mach uns mal drei Jubi, wir brauchen jetzt was Starkes.«

»Was ist denn los? Und warum ist die Polizei da?«, fragte Rosa irritiert. »Mutti, du sollst doch nichts trinken!«

»Heute schon«, sagte Mutti und informierte Rosa in kurzen Worten. »Und unsere Anni muss morgen früh mit der Lütten aufs Revier, es wurde Anzeige erstattet.«

»O Gott!« Auch Rosa konnte ihren Schreck nicht verbergen. »Können wir was tun, Anni, sollen wir das Lieselein verstecken und dich, oder euch beide?«

»Nein, Rosa, das ist lieb, aber das würde es nur noch schlimmer machen«, sagte Anni müde. Sie kippte den Jubiläumsaquavit in einem Zug herunter und verlangte gleich noch einen.

»O nein.« Mutti winkte Rosa mit der Flasche fort. »Einer genügt. Das fehlt noch, dass du morgen mit einer Fahne auf der Wache sitzt. Da sagen die doch gleich, wir haben's doch gewusst.«

»Das war auch Gerhard«, sagte Anni. »Er muss einen Spion gehabt haben, einen Detektiv. Woher sonst hätte er wissen sollen, dass Rena und ich hier arbeiten? Ich hätte ihn doch erkannt und Rena sowieso.«

»Der ist nicht blöd«, sagte Bubi, der heute so viel sprach wie sonst in vier Wochen nicht. »Der weiß, dass wir hier alle zusammenhalten, und er hatte keine Lust, von uns Jungs einen übergebraten zu bekommen.«

Das erschien Anni plausibel. Auf einmal wurde ihr alles zu viel. Sie stützte ihren Kopf auf ihre Arme und begann zu weinen.

   St. Peter

»Ach, Edith, ich freue mich ja so für euch!«, sagte Helena froh. »Ihr habt es euch so gewünscht, und endlich hat es geklappt.«

»Aber es kommt noch besser!«, entgegnete Edith. »Du wirst demnächst meine Frauenärztin sein.«

»Willst du immer von Frankfurt herkommen? Also nicht dass ich was dagegen hätte, und wohnen kannst du bei mir auch, aber … Halt! Moment mal! Er hat es getan!«

»Was?«

»Robert! Er hat ein Haus gekauft. Hier, in St. Peter. Stimmt's? Er hat mir auf eurer Hochzeit von seinen Plänen erzählt.«

Edith nickte glücklich. »Wir müssen unbedingt zusammen hinfahren. Er hat es mir an dem Abend gesagt, an dem er erfahren hat, dass ich schwanger bin.«

»Der gute Robert«, sagte Helena. »Ist bei dir alles in Ordnung?«

»Alles bestens.« Edith strich über ihren Bauch. »Es ist ja noch ganz früh. Aber natürlich bilde ich mir ein, dass schon was zu sehen ist. Und bei den Büstenhaltern brauche ich eine Nummer größer! Ansonsten geht's mir gut. Nur der Geruch von Kaffee, das geht gar nicht. Wie sieht es aus, kommst du mit, und wir gucken uns das Haus an?«

»Na klar, ich bin für heute durch mit den Hausbesuchen«, lachte Helena und löschte das Licht in der Praxis. »Heißt das denn, dass du jetzt öfter hier bist?«

»Aber ja, immer in den Ferien und an vielen Wochenenden. Unter der Woche muss Pauline ja in die Schule, und ich habe mit ihr auch neue Werbefilmaufnahmen, aber ich werde trotzdem oft hier sein.«

»Das ist wirklich wunderbar«, sagte Helena, während sie zu Ediths Mercedes gingen. »Oh, wie schick!«

»Ja, du glaubst es nicht, ich habe den Führerschein gemacht!«, bekannte Edith. »Robert meinte, eine emanzipierte Frau wie ich bräuchte das und auch ein eigenes Auto. Es hätte auch ein kleineres getan, aber natürlich hab ich mich gefreut, weil ich so schneller bin.«

»Arbeitest du immer noch für die Frauenrechte?«

»Na klar, ich bin alle zwei Wochen in Kassel bei meiner alten Truppe. Wir sitzen gerade an einer Klageschrift, weil wir gleiches Recht für alle wollen. Ein Mann soll seiner Frau nicht mehr verbieten können, ein Konto zu eröffnen oder zu arbeiten. Er soll ihr auch nicht mehr den Schlüssel wegnehmen dürfen und sie nicht mehr zum ehelichen Vollzug zwingen. Das ist unsere Sache! Und gemeinsam mit meiner Schneiderin helfe ich armen Frauen und Kindern. Sie näht ehrenamtlich Kleider, ich zahle die Stoffe.«

»Und was denkt die Frankfurter Hautevolee darüber?«, wollte Helena grinsend wissen.

»Einige finden es gut und sagen das auch, aber die meisten reichen Weiber rümpfen die Nase und wollen, dass man mir das Handwerk legt. Die sind so festgefahren in ihren Ansichten und Meinungen, die finden es ja sogar anstößig, wenn man als

Frau mal laut lacht. Weißt du, das sind die, die froh sind, wenn ihr Mann ins Freudenhaus geht, damit er sie in Ruhe lässt, aber die Damen in den Freudenhäusern sind natürlich gesellschaftlicher Abschaum. Ich hasse diese Verlogenheit.« Edith schäumte vor Wut, doch dann atmete sie tief durch. »Ach, Helena, es ist so schön, dich zu sehen und mal wieder hier in St. Peter zu sein. So, steig ein. Sag, hast du was von Anni gehört? Und was ist mit den bösen Briefen? Hat das aufgehört?«

»Bislang ist kein neuer gekommen. Ich hoffe so sehr, dass es doch nur ein schlechter Scherz war«, erzählte Helena, während sie zu dem Ferienhaus fuhren, das im ruhigen Ortsteil Böhl lag.

»Von Anni habe ich nichts mehr gehört«, sagte Helena nun. »Ich hoffe so sehr, dass es ihr gut geht.«

»Ich auch. Aber wenn ihr was passiert wäre, hätten wir das doch irgendwie erfahren«, mutmaßte Edith. »Wollen wir das Beste hoffen.«

KAPITEL 25

Hamburg, am nächsten Morgen

Sterzels waren außer sich gewesen, als Anni ihnen am frühen Morgen erzählte, dass sie gleich zur Davidwache fahren und auch Lisbeth mitbringen musste.

»Der Lütten geht's doch prächtig!«, rief Hedwig empört. »Gefährdung des Kindeswohls, das darf doch nicht wahr sein. Man wird ja wohl noch in einer Bar arbeiten dürfen.«

»Na ja, es ist immerhin ein Bordell mit einer Bar«, gab Anni zu, die keine Sekunde geschlafen hatte. »Am liebsten würde ich mich wie eine Maus in ein Loch verkriechen.« Sie hatte Hedy und Franz schon vor einiger Zeit erzählt, wo sie viele Tage und auch manchmal Abende verbrachte.

»Seit dem Krieg scheint mir nichts mehr verwerflich oder anstößig«, hatte Hedy gesagt, und ihr Mann hatte genickt. Damit war die Sache vom Tisch, und keiner der beiden stellte im Nachhinein noch Fragen. Sie kümmerten sich so rührend um Lisbeth, dass Anni manchmal Angst hatte, dass die beiden seelischen Schaden nehmen könnten, wenn sie und Lisbeth irgendwann mal hier ausziehen würden. Die Kleine schien der Lebensinhalt der beiden geworden zu sein. Anni gönnte ihnen das Großelternglück, versuchte aber, in ihrer freien Zeit möglichst auch viel mit ihrer Tochter zu unternehmen.

Gebadet, frisiert und mit ihrer unscheinbarsten Kleidung, einem dunkelgrauen Rock und einer schwefelgelben Bluse, stand sie um kurz vor neun in der Davidwache.

»Guten Morgen, mein Name ist Anneke Schwenck. Ich sollte um neun Uhr hier sein«, sagte sie zu dem Beamten auf der anderen Seite des Tresens.

»Jo«, sagte der. »Der Herr Wingert kommt gleich.«

»Puppa«, krähte Lisbeth und schaute ihre Mutter mit großen Augen an.

»Wir haben die Puppa zu Hause gelassen, die schläft noch«, erklärte Anni leise und schuckelte den Kinderwagen. Lisbeth wollte aussteigen. Sie konnte auf ihren wackligen Beinchen schon ein wenig laufen und wollte das nun immer tun.

»Nein, bleib mal sitzen, mein Schätzchen, da kommt gleich ein Onkel, mit dem muss Mami sprechen.«

Lisbeth sah reizend aus in einem cremeweißen Jäckchen und der von Hedy gestrickten Wollmütze. Ihre Haare wurden immer blonder und lockiger, sie war einfach zum Anbeißen. Kein Wunder, dass jeder sie lieb hatte. Annis Herz zog sich zusammen. Wenn man ihr Lisbeth wegnehmen würde, sie wüsste nicht, was sie täte.

»Frau Schwenck?« Sie zuckte zusammen – sie war so in Gedanken gewesen, dass sie gar nicht gehört hatte, dass jemand näher gekommen war.

»Ja, guten Morgen. Ich nehme an, Sie sind Herr Wingert?«

»So ist es. Kommen Sie bitte mit.«

Anni schob den Kinderwagen hinter ihm her. Sie hatte das Gefühl, zu einem Schafott zu gehen.

‖‖ KAPITEL 26
St. Peter

»Ach du liebe Zeit, Edith, das ist ja wunderschön.« Helena war restlos begeistert. »Und uralt, oder?«

»Ja, von siebzehnhundertnochwas«, sagte Edith glücklich. »Ist der Garten nicht herrlich? Da werde ich Obst und Gemüse anbauen, eine Schaukel kommt hin für Pauline und für sie oder ihn.« Sie deutete auf ihren Bauch.

»Einen Sandkasten braucht ihr jedenfalls nicht, das Meer ist ja direkt vor euch. Also wirklich, so was Süßes. Wenn das von außen schon so großartig ist, dann ist es drinnen bestimmt noch viel schöner.«

»Da Robert einen sehr guten Geschmack hat, glaube ich das auch«, nickte Edith und drehte den Schlüssel im Schloss. »Lass uns nachsehen!«

Das Häuschen war ein Traum. Im Erdgeschoss gab es eine große Wohnküche mit einer kleinen Vorratskammer und einer Tür, die über ausgetretene Steinstufen direkt in den Garten führte. Dann waren hier ein relativ geräumiges Badezimmer, eine Wohnstube und noch zwei weitere Zimmer.

»Eins davon nimmt Robert als Arbeitszimmer, wenn wir mal länger hier sind«, erklärte Edith. »Wie wir das andere einrichten, weiß ich noch nicht. Vielleicht als Esszimmer.«

Eine Flügeltür mit Sprossenfenstern führte vom Wohnzimmer auf eine kopfsteingepflasterte Terrasse und dann in den Garten.

»Robert will hier auch ein Baumhaus für die Kinder bauen«, sagte Edith glücklich. »In Frankfurt haben wir im Garten auch schon eines, obwohl das unser Gärtner gezimmert hat.«

Sie gingen eine knarzende Holztreppe nach oben, wo sich vier kleine Zimmer und noch ein kleines Duschbad befanden.

»Passt perfekt«, freute sich Edith. »Zwei Schlafzimmer für Robert und mich und zwei Zimmer für die Kinder. Was will man mehr. Natürlich werden wir eins der Zimmer als Gästezimmer deklarieren – in dem wird Bernd schlafen, wenn er mal zu Besuch kommt.«

»Bernd?«, fragte Helena.

»Roberts Mitarbeiter und sein Lebensgefährte – wobei ich ja auch irgendwie Roberts Lebensgefährtin bin. Wir verbringen sehr viel Zeit zusammen und stehen zueinander. Auch als es diese Aufregung gab wegen der Werbefilme war das so.«

»Ich finde die Filme klasse«, gab Helena zu. »Aber es war mir auch klar, dass es einen Aufschrei geben würde bei manchen Menschen.«

Sie setzten sich auf die oberen Treppenstufen.

»Das kannst du laut sagen. Wir haben den ersten Werbefilm, der im Fernsehen lief, bei Bekannten in Frankfurt geschaut …«, erinnerte sich Edith zurück.

Als sie damals aus dem Bad gekommen war, nachdem sie sich übergeben hatte, wurde sie von einer aufgeregt durcheinanderplappernden Besucherschar empfangen.

Esther war die Einzige, die ruhig geblieben war. »Nun kriegt euch mal ein«, sagte sie. »Es ist ein Werbefilm, keine Kriegserklärung.«

Sophie Ellerbrock, eine Dame der Frankfurter Gesellschaft, Anfang vierzig, die ihre Tage damit zubrachte, durch die Frankfurter Innenstadt zu flanieren und Einkäufe zu tätigen, war entsetzt: »Wie werden wir Frauen denn hingestellt! Als könnten wir nicht alleine einen Haushalt führen.«

Edith hatte sich gesetzt und zugehört.

»Es geht doch gar nicht um Frauen wie dich, Sophie«, hatte Esther ruhig entgegnet. »Sondern um Frauen, die um vier Uhr morgens aufstehen, zwei Stunden putzen gehen, nach Haus kommen, Frühstück für Mann und Kinder machen und dann zu ihrer regulären Arbeit gehen. Am Abend kommen sie nach Hause, können putzen, waschen, plätten, kochen und danach noch mal abwaschen. Nebenbei sind da noch die Kinder, die eine Mutter brauchen, und ein Ehemann, der auch Aufmerksamkeit will, aber den Hintern nicht hochkriegt, um mal zu helfen. Frauen, die wie wir leben, Sophie, gibt es nur ganz wenige.«

»Also ich kenne keine Frau, die solch ein Leben führt«, war es von Magdalena Kohrs gekommen, die zeit ihres Lebens in Luxus und Wohlstand gelebt hatte.

»Doch, bestimmt«, widersprach ihr Esther.

»O bitte, wen denn? Da bin ich aber mal gespannt.« Magdalena wartete mit hochgezogenen Augenbrauen auf Esthers Antwort.

»Deine Zugehfrau zum Beispiel, die morgens um fünf, wenn ihr noch alle in euren Federbetten liegt, durch den Dienstboteneingang in eure Villa kommt und zweieinhalb Stunden lang den Putzlappen schwingt«, hatte Esther trocken gesagt, und Magdalena war rot geworden.

»Das ist doch ganz was anderes«, hatte sie gemurmelt.

»Das ist die Realität«, war Esthers Antwort gewesen, und sie hatte Edith kurz angeschaut und ihr zugezwinkert.

Dann hatte Robert das Wort. »Ich finde die Filme äußerst gelungen«, sagte er bestimmt.

»*Filme?*« Sophie war entsetzt. »Gibt es etwa mehrere?«

»Vier, um genau zu sein«, sagte Robert. »Und jeder einzelne ist absolut perfekt und spiegelt das wider, was in unserer Gesellschaft tagtäglich abläuft.«

Er lächelte Edith an, und die nickte zufrieden.

Es war ihnen im Vorfeld, nachdem sie die Probespots gesehen hatten, klar gewesen, dass diese neue Art der Werbung für Aufsehen sorgen würde.

»Wir wollen die Wahrheit zeigen und nicht alles schönreden«, hatte Bernd in seiner Präsentation erklärt. »Die Nielsen-Produkte sind keine Phantasieprodukte, nein, die sind das tägliche, wahre Leben. Wer mit Nielsen backt oder kocht, der steht mitten im Leben, der weiß, wie anstrengend alles sein kann und dass man es leichter zusammen schaffen kann.«

Die Filme zeigten keine perfekt frisierten Frauen in fleckenlosen Schürzen, die ausgeschlafen und gut gelaunt alleine Soßen und Torten fabrizierten, während Mann und Kinder auf dem Sofa lagen, nein, in den Nielsen-Werbungen half die ganze Familie mit. Der Vater stand am Herd, der Sohn wischte den Boden, die Frau schälte Kartoffeln, und die Tochter faltete Wäsche. Eine Männerstimme im Hintergrund sagte: »Keine reine Frauensache. Wer Nielsen liebt, packt mit an!«

Zu sehen waren Robert und Edith, beide in legerer Freizeitkleidung, und Pauline in einem süßen blauen Kleid. Der Junge wurde von Bernds Neffen Klaus gespielt, auch er war nicht sauber und adrett gekleidet, sondern sah so aus, wie Kinder eben aussahen.

In einem anderen Film räumten alle zusammen auf, um dann

gemütlich auf dem Sofa mit Nielsen-Knabberzeug den Abend zu genießen.

»Zusammen – nicht allein« war der Spruch, der über allem stand.

In einem weiteren der Spots war Robert zum Schluss erst alleine zu sehen, er sagte: »Ich bin am liebsten mit meiner Frau zusammen, egal, bei was …«, und dann ging die Kamera nach hinten und zeigte ihn in der Totalen, wie er dastand mit hochgekrempelten Hosenbeinen, neben sich einen Putzeimer, und hinter ihm stand lächelnd seine Frau, die mit ihm zusammen Hausputz machte.

»Eins habt ihr aber vergessen«, sagte nun Magdalenas Mann Lutz Kohrs. »Die Frauen, die das sehen sollen, die haben doch gar keinen Fernseher. Wie sollen sie denn von dieser neuen Werbung erfahren?«

»Ab morgen läuft im Rundfunk Reklame für Nielsen, und in sämtlichen Tageszeitungen sind Anzeigen geschaltet«, erklärte Edith. »Das hat unser Bernd alles durchdacht. Die Botschaft wird schon ankommen. Außerdem gibt es ein Gewinnspiel.« Das war ihre Idee gewesen, und sie war sehr stolz darauf. »Wir verschenken zusammen mit der Firma Grundig fünfzig nagelneue Fernsehapparate. Nur Familien können mitmachen. Alles, was sie machen müssen, ist, uns ein Foto zu schicken, auf dem alle bei der Hausarbeit zu sehen sind. Die fünfzig originellsten und schönsten Bilder werden mit einem Fernsehapparat belohnt.«

»Da kommt wieder die Frauenrechtlerin durch«, meinte Sophie süffisant. »Mal sehen, was als Nächstes kommt.«

»Lassen Sie sich überraschen!« Edith lächelte freundlich, und Sophie sah sie an wie eine Schlange das Kaninchen.

»Nicht, dass du dann auf die Idee kommst, die Putzfrau ein-
zusparen und mich die Toiletten wienern zu lassen«, krähte
Magdalena Kohrs nun in Richtung ihres Mannes.

»Meine Beste, das würde ich doch nie tun«, sagte Lutz. »Noch
nicht mal das kannst du.«

Hamburg

»Verstehen Sie mich bitte nicht falsch«, sagte Arnulf Wingert beruhigend. »Aber wir mussten dieser Anzeige nachgehen.«

»Sieht meine Tochter denn irgendwie kindeswohlgefährdet aus?«, fragte Anni bitter.

»Nein, überhaupt nicht«, erklärte Wingert. »Aber davon müssen wir uns eben überzeugen. Hinzu kommt ja noch die Anzeige wegen Unzucht beziehungsweise Prostitution.«

Nun wurde Anni wütend. »Ich erledige im Club *Chérie* die Buchführung«, sagte sie und zwang sich, ruhig zu bleiben. »Hin und wieder habe ich in der Bar ausgeholfen. Ich hatte niemals auch nur einen einzigen näheren Kontakt zu den anwesenden Besuchern des Clubs, außer dass ich ihnen Getränke gebracht habe. Da können Sie jeden im *Chérie* fragen.«

»Und natürlich wird jeder im *Chérie* sagen, dass das so war, das ist mir schon klar«, antwortete Herr Wingert. »Wenn Sie angeblich die Buchführung dort erledigt haben, dann haben Sie dafür ja sicher Geld bekommen.«

Anni wusste sofort, worauf Herr Wingert hinauswollte. »Ja, habe ich. Auf die Hand.«

»Aha. Also an der Steuer vorbei.«

»Wenn Sie es so wollen«, sagte Anni. »Im Gegenzug habe ich

aber dafür gesorgt, dass sämtliche Steuerzahlungen des Clubs pünktlich geleistet werden, und da lag ja einiges im Argen.«

»Das mag stimmen, aber es spricht Sie von den Vorwürfen nicht frei.« Herr Wingert sah zu Lisbeth hinüber, die ihn strahlend anlächelte.

»Uns ist weiter zu Ohren gekommen, dass einige, ich nenne sie mal Kiez-Größen, mit Ihrer kleinen Tochter spazieren gegangen sind.«

»Ich kenne keine Kiez-Größen«, sagte Anni. »Ich kenne nur einen Bubi.«

»Genau, und dann gibt's noch jemanden, Ronald Wiesental.«

»Kenne ich nicht.« Anni zuckte die Schultern.

»Aha«, sagte Herr Wingert. »Und warum fährt der dann Ihre Tochter spazieren und kauft ihr eine Puppe?«

»Ach, den Ronny meinen Sie! Sagen Sie das doch gleich.« Nun wusste Anni, wen er meinte. »Ein netter Kerl.«

»Ja, sicher. Wenn ich Ihnen mal sein Strafregister zeigen würde, hätten Sie eine andere Meinung von ihm.«

»Ich habe nur gute Erfahrungen mit ihm gemacht«, sagte Anni. »Und zu meiner Tochter war er immer lieb.«

Herr Wingert seufzte in sich hinein. »Also, ich fasse zusammen: Sie arbeiten schwarz in einem Bordell, was genau, konnten wir noch nicht herausfinden, der Mensch, der das zur Anzeige gebracht hat, behauptet jedenfalls, Sie würden da auch Herren bedienen. Dann kannte hier niemand Ihren richtigen Namen, Sie waren nirgendwo gemeldet und überlassen Ihre Tochter gern auch mal den Damen des horizontalen Gewerbes, die sie ausfahren dürfen, sowie zwei gefürchteten Männern vom Kiez. Das sind jetzt keine wirklich guten Voraussetzungen für Sie.«

Anni schaute ihn an. »Sie wissen genauso gut wie ich, dass es auf dem Kiez teilweise ehrlicher zugeht als sonstwo«, sagte sie mit fester Stimme. »Man kennt sich, man hilft sich. So ist das hier, das habe ich gelernt. Niemals hätten Bubi oder Ronny meiner Tochter etwas getan, nie im Leben. Warum kümmert sich die Polizei eigentlich nicht um die wirklich schlimmen Fälle, um wirkliche Kindeswohlgefährdung? Wenn Väter ihre Kinder grün und blau schlagen und die Mutter dazu, das wird totgeschwiegen, da sagt keiner was! Ein Mann darf seine Frau missbrauchen, aber wenn ein Ronny vom Kiez meiner Tochter eine Puppe kauft und mit ihr spazieren fährt, dann ist das mögliche Kindeswohlgefährdung. Das ist doch alles so verlogen!«

»Hören Sie, mein Fräulein«, versuchte Herr Wingert sie zu beschwichtigen. »So kommen wir nicht weiter. Ich werde natürlich noch mit der Wirtin des *Chérie* sprechen und Erkundigungen einholen, aber einfach ist die Sachlage nicht. Sie haben ja keine Gegenbeweise.«

»Und nun?« Anni war entsetzlich auf Krawall gebürstet. »Schicken Sie mich jetzt zum Amtsarzt, damit er einen vaginalen Abstrich bei mir macht, weil ich ja eine Person mit häufig wechselnden Sexualpartnern bin? Ja?«

Herr Wingert sah peinlich berührt und ratlos aus. »Nun beruhigen Sie sich doch bitte.«

»Außerdem bin ich kein Fräulein«, setzte Anni hinterher. »Ich bin verheiratet.«

»Liebes Fräul… Frau Schwenck, das macht die Sache nicht besser. Das heißt, auch noch Ehebruch …«

»Ich lebe von meinem Mann getrennt«, sagte Anni. »Er wollte die Scheidung, und ich hatte Angst, dass ich dann als Alleinerziehende von der Fürsorge meine Tochter weggenommen bekomme. Deswegen bin ich nach Hamburg geflüchtet. Ich kann nichts für diese menschenunwürdigen Gesetze, die eine Frau so hinstellen, als sei sie zu dumm und unfähig, um alleine zurechtzukommen. Ich hoffe sehr, dass sich das bald mal ändern wird. Sind Sie verheiratet, Herr Wingert?«

»Äh, ja …«, sagte der Beamte.

»Dann sehen Sie zu, dass Sie Ihre Frau so gut behandeln, dass sie bei Ihnen bleibt«, sagte Anni, die selbst nicht wusste, woher sie diese Wut und diesen Mut hatte.

Herr Wingert war nun völlig überfordert. Er war es nicht gewohnt, dass ihm Frauen widersprachen – und diese kleine, blonde Dame wuchs gerade über sich selbst hinaus.

»Also, ich gehe allem in Ruhe nach, und Sie werden bitte bei der Fürsorge vorstellig. Ich melde Sie da an.«

»Bei der Fürsorge? Warum?«

»Die zuständigen Damen und Herren müssen überprüfen, ob Ihre Tochter in geordneten Verhältnissen lebt.«

»Dann kann ich Lisbeth auch gleich hierlassen«, sagte Anni. »Wenn Sie der Fürsorge erzählen, was ich mache und wer Lisbeth spazieren fährt, dann ist das Urteil doch schon innerhalb einer Sekunde gefällt.«

»So verstehen Sie mich doch, Frau Schwenck, ich tu doch nur meine Pflicht«, sagte Herr Wingert. »Bitte warten Sie einen Moment draußen, ich läute eben die zuständige Stelle an.«

KAPITEL 28

Hamburg, Amt für Fürsorge, 1955

Nun war Anni tatsächlich bei der zuständigen Stelle angelangt, Herr Wingert hatte alles dafür getan, damit sie schnell einen Termin bekam. Die verbitterte Frau hatte ihr einige Fragen gestellt und sie dann wieder hinausgeschickt. Sie solle warten, bis sie wieder aufgerufen würde.

Lisbeth schlief in ihrem Kinderwagen. Zum Glück, so musste die Kleine nicht diese triste Umgebung mitbekommen.

Die Zeit hier in Hamburg war so schnell vergangen, es war kaum zu glauben.

Anni fühlte sich trotz aller Angst, die sie gerade hatte, gefestigt und gestärkt, wie von innen gestählt. Diese Zeit hatte sie letztendlich erwachsen gemacht, und sie hatte gemerkt, was wahre Freunde ausmachte. Sie musste unbedingt Rena finden – aber erst einmal musste sie ungeschoren aus diesem entsetzlichen Fürsorgeamt kommen. Und die Sachbearbeiterin sah nicht so aus, als ob sie ihr dabei eine große Hilfe wäre …

Anni nahm sich eine der Zeitungen neueren Datums und blätterte sie durch. Eine Firma Nielsen warb für Brühwürfel und Soßenpulver, ach! Und niemand anderes als Edith war auf dem Werbefoto zu sehen. Gemeinsam mit Robert! Anni freute sich. Sie hatte von den Reklameplänen ja gewusst. Wie hübsch

Edith war! Plötzlich vermisste Anni ihre beiden Freundinnen ganz besonders stark, so dass ihr Herz richtig wehtat. Und Rena vermisste sie auch. Wenn dieser Mistkerl Gerhard ihr bloß nichts angetan hatte …

Da ging die Tür wieder auf, und die Mausgraue stand da. »Bitte kommen Sie wieder rein. Der Leiter des Amts möchte sich persönlich einen Eindruck von Ihnen machen.«

Auch das noch. Anni versuchte, freundlich zu nicken. »Natürlich, gern.«

Sie folgte der Frau ins angrenzende Zimmer, wo der Leiter saß.

»Guten Tag«, sagte ein Mann.

Diese Stimme kannte Anni.

»Ach«, machte sie nur.

❙❙❙

»Das glaub ich jetzt nicht«, sagte Mutti und schlug die Hände zusammen. »Das musst du ausführlich erzählen! So ein Filou!«

»Nachdem er mich erkannt hatte, ist ihm alles aus dem Gesicht gefallen«, erzählte Anni und trank den von der Barfrau Sylvia frisch aufgebrühten Kaffee. Alle von Muttis Mädels für die erste Schicht waren schon da und lauschten gebannt Annis Worten.

»Dann ist er aufgestanden, hat irgendwas gestottert und gesagt, ich solle mich setzen, wir müssten reden. Nun, da hab ich mich gesetzt, und diese schreckliche Frau vom Amt auch, und der gute Volkmar Matthies, unser sehr verehrter Stammgast, der mich ja leider nicht verführen konnte, war völlig wirr, so dass die Frau ganz komisch geguckt hat. Ich fragte ihn dann natürlich, wie es ihm denn gehe und ob er bald mal wieder zu uns kommen würde«, sagte Anni, die es genossen hatte, den Stammgast vom *Chérie* so vorzuführen. »Natürlich hatte die Frau merkwürdig geschaut – Volkmar Matthies hat irgendwas von einem Café gefaselt, in das er gern mal geht oder so, und ich hätte am liebsten gefragt, was denn für ein Café, das *Chérie* ist doch kein Café, aber das hab ich dann gelassen. Ich hab ja die Möglichkeit gewittert, halbwegs gut aus der ganzen Sache rauszukommen.«

»Und dann?«, fragten alle gleichzeitig.

»Dann hat er seine Kollegin rausgeschickt«, redete Anni weiter. »Er hat die Tür zugemacht, sich wieder hingesetzt und gesagt: ›Damit habe ich jetzt nicht gerechnet.‹ Ich sagte, dass das ja ein unglücklicher Zufall sei, denn er habe sicher niemandem etwas von seinen Wochenendbesuchen im *Chérie* erzählt. Nein, meinte er, habe er nicht, und er bräuchte jetzt erst mal einen Cognac, ob ich auch einen wolle, aber ich habe abgelehnt. Er kippte also den Cognac, und dann setzte er sich, sah sich die Unterlagen an und fragte, ob ich dazu bereit wäre, zu schweigen, wenn er eine Unbedenklichkeitserklärung aussprechen würde.«

»Wie wunderbar!«, rief Mutti.

Anni nickte.

»Aber du hättest das mit dem Club doch gar nicht beweisen können«, sagte Monique, eins der Mädchen, die Volkmar Matthies regelmäßig bedient hatte.

Anni wurde rot. »Na ja, ich hab vielleicht ein bisschen … hochgestapelt.«

»Wie das denn?«, fragten wieder alle.

»Ich hab natürlich auch gedacht, dass man einem Leiter des Fürsorgeamts bestimmt mehr glaubt als dir, Monique.«

Monique nickte aus leidvoller Erfahrung.

»Deswegen habe ich ihm erzählt, es seien Fotos von ihm gemacht worden, in eindeutigen Situationen, da gäbe es nichts zu deuteln.«

»Ooooh!«, machten alle.

»Das war es dann«, sagte Anni. »Damit hatte er nicht gerechnet, und dann sagte er auch gleich, er würde mir entgegenkommen.«

Mutti schnaubte auf. »Wieso denn er dir? Wohl eher du ihm! Also wirklich, Männer!«

»Ach, Hauptsache ich habe, was ich will!«, sagte Anni froh.

»Es gibt nur eine Sache.«

»Welche?«, fragte Sylvia.

»Er hat gesagt, ich muss zurück nach Haus zu meinem Mann. Sonst könne er die Entscheidung nicht rechtfertigen.«

»Was heißt das?«, fragte Mutti ängstlich.

»Nun, er meinte, wenn er sagen könne, ich sei reumütig zu meinem Mann zurückgekehrt, und er das dann auch bestätigt sieht, würde er diese Bescheinigung ausstellen. Ansonsten gäbe es merkwürdige Fragen, was ja nachvollziehbar ist.«

»Verstehe«, sagte Mutti mit zitternder Stimme. »Heißt das, du verlässt uns?«

»Ja, Mutti, das heißt es. Ich muss fort.« Anni fand es furchtbar, diesen Satz auszusprechen.

Einen Moment lang schwiegen alle, und dann hörte man ein leises Schluchzen. Anni schaute in die Ecke, aus der es kam. Offenbar hatte Bubi die ganze Zeit da gestanden und alles mitangehört. Der große, breitschultrige Bär konnte seine Traurigkeit nicht zurückhalten. Nun kam er nach vorn zu den anderen und strich Lisbeth über den Kopf, die »Bubi, Bubi« krähte und auf seinen Arm wollte, woraufhin Bubi noch lauter schluchzte.

Auch Mutti war außer sich. »Erst verschwindet unsere Carmen, und jetzt gehst auch noch du weg, Kind. Und unser Lieselchen!« Sie fing an zu weinen.

»Mutti, hör sofort auf, sonst werd ich böse«, sagte Anni und nahm Mutti in den Arm.

»Mit wem soll ich denn Weihnachten feiern, hm? Das war doch beide Jahre so schön mit euch, am ersten Feiertag und am zweiten, was hatten wir für einen Spaß, ich hatte so schön gebacken. Wir sind doch alle eine Familie.« Nun konnte Mutti nicht mehr an sich halten. »Meinst du nicht, du kannst bleiben, Anni, gibt's denn da keine Möglichkeit?«

»Ich muss an Lisbeth denken, Mutti. Sie steht für mich an erster Stelle. Ich bin ehrlich gesagt froh, dass ich auf Volkmar Matthies gestoßen bin, sonst wären wir vielleicht nicht so glimpflich davongekommen.«

»Ja, das ist wahr.« Mutti schnäuzte in ein Tuch. »Ich verstehe das ja, ich würde es wahrscheinlich genau so machen.«

»Ich komm euch besuchen«, versprach Anni. »In der ersten Zeit vielleicht nicht gerade, wer weiß, wie lange die einem auf die Finger gucken, aber dann. Versprochen! Außerdem werde ich alle Hebel in Bewegung setzen, um Rena zu finden. Ich nehme an, Gerhard hat sie wieder nach Wien gebracht.«

»Wir kümmern uns auch. Ich gehe morgen noch mal auf die Davidwache. Da müssen doch jetzt langsam irgendwelche Ergebnisse vorliegen.« Mutti steckte ihr Taschentuch ein. »Wann fährst du denn, Kind?«

»Morgen Nachmittag«, sagte Anni.

»Was, so bald schon? Aber die Buchhaltung, und was sag ich denn Erna im *Silbersack* und den anderen allen?«

»Da war ich vorhin schon, sie haben ähnlich reagiert wie du.

Aber weißt du was? Ich glaube, ich habe einen guten Ersatz für mich gefunden!«

»Wen denn?« Mutti war argwöhnisch.

»Sie heißt Hedwig Sterzel und ist meine Zimmervermieterin in Eppendorf. Sie hat sogar eine Ausbildung zur Sekretärin und zur Staatlich geprüften Buchhalterin absolviert und gesagt, wenn ich mit Lisbeth fort wäre, hätte sie ja gar nichts mehr zu tun, nur die Praxis ihres Mannes fülle sie nicht aus.«

»Ach«, sagte Mutti. »Und die ist so wie du?«

»Nein, natürlich nicht. Sie ist älter und noch viel gewissenhafter und hat das wie gesagt alles richtig gelernt.« Anni nahm Mutti noch einmal in den Arm. »Du wirst sie mögen, Mutti, ganz bestimmt. Sie ist so eine liebe Person. Hat beide Söhne im Krieg verloren.«

»Ach je, ach je«, fügte sich Mutti. »Na gut, versuchen wir's.«

Anni war froh, dass dieses Problem gelöst war. In kurzer Zeit hatte sie direkt nach dem Amt alles erledigt.

»Dann kommen wir morgen und sagen Adieu, was, Lieselchen?«

Die lachte und verstand den Ernst der Situation nicht.

Franz und Hedwig Sterzel weinten noch mehr als Mutti. Hedwig konnte überhaupt nicht mehr aufhören, und Franz, der seine Praxis heute extra eher zugemacht hatte, damit er den Nachmittag und den Abend mit Anni und Lisbeth verbringen konnte, war ganz blass.

Mittlerweile duzten sie sich, und Franz wurde nicht müde zu sagen, wie sehr er sie vermissen würde. Er wollte Lisbeth, die auf seinem Schoß saß, nachdem sie sich im Wohnzimmer versammelt hatten, gar nicht mehr loslassen und machte ununterbrochen »Hoppe hoppe Reiter«, was Lisbeth liebte.

Auch zu ihnen sagte Anni: »Ihr könnt mich doch besuchen, jederzeit, nach St. Peter ist es nicht weit, und ihr kauft euch doch bald einen VW Käfer.«

»Aber das ist doch nicht dasselbe, Anni«, sagte Hedy. »So bist du jeden Tag hier gewesen, wie unsere Tochter.« Anni hatte sich schon gedacht, dass es problematisch werden würde, und hatte deswegen bei einem Fotografen ein Foto von Lisbeth und sich machen lassen. Sie hatte einen hübschen verzierten Rahmen gekauft und überreichte den beiden Vermietern nun das kleine Päckchen.

»Ach«, sagte Franz ganz rührselig, »das kriegt aber einen Ehrenplatz. Ach Anni, ach Lisbeth, wie werde ich mich nach euch sehnen.«

»Ich mich auch nach euch.« Anni umarmte beide, und auch Lisbeth schlang ihre kleinen Ärmchen um Hedy und Franz.

»So«, sagte Hedy. »Nun wollen wir essen, Kinder. Ich habe Bratwurst gemacht. Kommt, wir wollen unseren letzten gemeinsamen Abend genießen. Und glaub mal nur, dass wir kommen, Anni. Ich muss doch dein richtiges Zuhause kennenlernen.«

»Ach, Hedwig, hier war auch mein richtiges Zuhause. Ich habe so viele nette und gute Menschen kennengelernt in der Zeit hier, und ich bin so dankbar dafür, das könnt ihr mir glauben.«

»Ich hoffe, du bleibst deiner eigentlichen Bestimmung als Retterin der armen Frauen treu, auch wenn du nun bei Mutti und Konsorten ein wenig arbeitest«, sagte Anni.

»Unbedingt«, bekräftigte Hedwig Sterzel. »Solche Häuser, wie wir sie heimlich führen, gibt's viel zu wenige. Da muss sich noch viel ändern, aber bis dahin wird noch jede Menge Wasser die Elbe runterfließen.« Sie nickte mit Nachdruck. »Was ich tun kann, das tu ich. Aber ich freue mich auch auf die Büroarbeit.

Hab viel zu lange rumgesessen. Und wenn ihr fort seid, hab ich ja nur noch meinen Franz, dann sind wir zwei alleine.«

Franz nickte. »Aber wir wollen dir kein schlechtes Gewissen machen, Anni. Wir kommen schon zurecht. Es ist halt nur so, dass es so schön war mit dir und der Lütten.«

Anni lächelte ihn an. Es war schön, so geliebt zu werden.

Zum letzten Mal abends an dem Küchentisch zu sitzen und zu Abend zu essen, zum letzten Mal in dem Zimmer zu schlafen, zum letzten Mal morgens den dünnen Kaffee zu trinken und zum letzten Mal aus der Tür zu gehen fühlte sich komisch an. Die Sterzels hingen am nächsten Tag oben am Fenster und winkten mit tränennassen Tüchern, bis Anni und Lisbeth nicht mehr zu sehen waren.

Mit der Bahn fuhr Anni zum Kiez, um sich von Mutti, Bubi und den Mädels zu verabschieden.

»Da bin ich«, sagte sie zu Mutti, die immer noch verweint aussah.

Die Mädels kamen nacheinander, verabschiedeten sich mit einer Umarmung von Anni und drückten Lisbeth noch Lutscher oder Bonbons in die kleinen Hände. Ganz zum Schluss kam Bubi. Er drückte Anni so fest, dass sie kaum noch Luft bekam, dann strich er ihr übers Haar und sagte: »Wenn was ist, ich bin da. Schneller als der Wind bin ich in St. Peter. Eine Nachricht genügt.«

»Danke, Bubi, ich weiß das sehr zu schätzen«, meinte Anni gerührt. »Wollen wir hoffen, dass nichts sein wird.«

Sie hatte jedoch überhaupt keine Ahnung, was sie in St. Peter erwartete. Sie hatte extra nicht bei Helena angerufen, weil sie gar nicht vorher wissen wollte, wie die *Seeperle* aussah und was mit Hinnerk oder Isa war. Vielleicht arbeitete Isa ja auch mittlerweile ganz woanders, war weggezogen, oder noch Schlimmeres – nichts von alldem wusste Anni.

Bubi nahm Lisbeth noch mal aus dem Wagen und herzte sie. »Mein Püppchen«, sagte er heiser.

»Bubi, bleib«, machte Lisbeth und patschte ihm ins Gesicht. Bubi setzte sie wieder in den Wagen, drehte sich um und ging, dann gab Mutti Anni einen Umschlag.

»Was ist das? Mein Geld hast du mir doch schon aus dem Tresor gegeben«, wunderte sich Anni. »Sonst ist doch nichts von mir hier.«

»Wir haben gestern noch gesammelt«, sagte Mutti. »Für unser Lieselchen. Das, was hier drin ist, das soll auf ein Sparbuch für sie. Damit sie sich später mal was Schönes kaufen kann.«

»Ach … ihr!« Anni war ganz gerührt. »Danke, danke euch allen!«

»Wir haben auch noch was für dich«, sagte Erika und lachte. Man überreichte ihr ein Päckchen, das Anni gleich öffnete. Darin befand sich das schwarze, eng anliegende Kleid, das sie immer als Bardame getragen hatte, sowie die hochhackigen Pumps, in denen sie früher überhaupt nicht laufen konnte. Und eine gerahmte Fotografie mit Mutti, die vor dem *Chérie* stand und lachte.

»Damit du die Zeit hier nicht vergisst«, erklärte Monique, und sie freuten sich alle, als sie sahen, wie gerührt Anni war.

»Ihr seid wirklich die Besten. Ich werde es in Ehren halten!« Anni packte ihre Geschenke ein.

»Nun mach ich mich aber wirklich auf den Weg. Dann gehen wir jetzt, was, Lisbeth?«

»Du willst schon gehen? Ach, jetzt schon Abschied?«

»Einmal muss es doch sein«, sagte Anni. »Ich hasse dieses Hinauszögern. Letztendlich muss man doch gehen.« Sie drückte Mutti fest an sich. »Danke für alles. Danke, dass du mir in der Zeit hier in Hamburg eine Mutter warst.«

»Ach Kind. Du warst doch auch wie meine Tochter. Und Lieselchen, kommst du mal zu Mutti, ich muss dich drücken …«

Man begleitete sie hinaus, alle standen vor der Bar und winkten ihr nach. Sie winkte zurück, alle warfen Kusshände, und dann schob Anni Lisbeth in ihrem Kinderwagen Richtung Straßenbahn.

Bubi stand in einem Hauseingang wie ein einsamer Wolf und sah ihr wehmütig nach. Musste ja keiner sehen, dass er heulte wie ein kleines Kind.

Sie fuhr mit der Straßenbahn bis zum Hauptbahnhof, wo sie in einen Zug nach Rendsburg stieg. Lisbeth saß auf ihrem Schoß und staunte, als der Zug losfuhr und es dauernd etwas Neues zu sehen gab.

In Rendsburg angekommen, half ein freundlicher Schaffner ihr mit dem Kinderwagen und den beiden Koffern. Dann wollte sich Anni eigentlich eine Taxe nehmen, aber sie hatte Pech, es war weit und breit keine zu sehen.

»Anni!«, schrie da jemand, und Anni drehte sich um. Helena kam mit ausgebreiteten Armen und wehendem Mantel auf sie zugelaufen.

»Meine Güte, Helena!« Anni freute sich sehr, die Freundin wiederzusehen. Minutenlang küssten und herzten sie sich überschwänglich. Dann endlich ließ Helena sie los.

»Woher weißt du denn, dass ich hier bin?«, fragte Anni.

»Ganz einfach, eine Frau Sterzel hat mich vorhin angerufen. Ja, sie hätte gerade beim Aufräumen die eben gewählte Nummer gefunden und hatte die Befürchtung, dass es eine wichtige Nummer für dich sei. Ich sagte, dass ich deine Freundin bin aus St. Peter, und da war sie ganz froh und fragte mich, ob ich denn ein Auto habe. Denn du würdest gleich im Zug nach Rendsburg sitzen und hättest keinem gesagt, dass du kommst. Also hab ich daheim in den Fahrplan geschaut und bin rechtzeitig hergefahren, so einfach ist das. Lass dich anschauen, mein Schatz, du siehst gut aus, so erwachsen!«

»Ich fühle mich auch gut«, lächelte Anni.

»Und Lisbeth, du bist ja schon eine richtige junge Dame geworden«, meinte Helena und nahm Lisbeths Hand. »Hallo du! Du erinnerst dich bestimmt nicht an mich, aber ich hab dir auf diese Welt geholfen.« Lisbeth sah sie mit großen Augen an.

»Nun sag, Anni, warum bist du nun so plötzlich wieder hier?«

»Das ist eine sehr lange Geschichte. Ich werde sie euch allen erzählen, aber jetzt lass uns erst mal fahren. Meine Güte. So eine lange Zeit ist es her, seit ich zum letzten Mal hier war!« Anni lachte. »Wie schön, dich zu sehen, Helena, wie wundervoll!«

Sie verstauten das Unterteil von Lisbeths Kinderwagen im Kofferraum und packten das Sitzteil auf die Rückbank. Lisbeth, die zum ersten Mal in ihrem Leben Auto fuhr, war verwirrt, aber fand es ganz angenehm, dass es wie schon im Zug draußen dauernd was Neues zu sehen gab.

»So«, sagte Anni, nachdem sie losgefahren waren und Lisbeth auf ihrem Schoß nicht mehr herumzappelte. »Nun bereite mich bitte darauf vor, was mich in St. Peter erwartet.«

»Falls du deinen Mann meinst, der verlottert immer mehr«, berichtete Helena bereitwillig. »Im ersten Jahr hat er gar nichts gemacht, sondern die *Seeperle* einfach so weiterlaufen lassen. Aber dann hat er sich um nichts mehr gekümmert und vom Geld seiner Eltern gelebt. Er wollte das Hotel verkaufen, hatte aber so unrealistische Preisvorstellungen, dass das auch nicht geklappt hat. Außerdem ist er zu verabredeten Terminen entweder gar nicht oder unpünktlich erschienen, irgendwann ist alles im Sande verlaufen. Er wohnt immer noch im *Haus Ragnhild*. Seine Eltern betreiben noch die Pension, er lebt allein von deren Geld. Seine Mutter macht nach wie vor alles für ihn, wie für ein kleines Kind. Sie kocht und wäscht und plättet und gibt ihm Geld fürs Saufen. Frederika müsste ihn rausschmeißen, damit er mal auf die Füße fällt, aber das schafft sie nicht.«

»Ich muss mit ihm reden, auch wegen der Sache mit der angedrohten Scheidung damals. Deswegen bin ich auch hier. Ach Helena, kannst du bitte schalten, du fährst die ganze Zeit im zweiten Gang. Mit über fünfzig!«

»Ist ja gut.« Helena und die Gangschaltung waren keine Freunde und würden wahrscheinlich auch nie welche werden. Umso mehr liebte sie das Gaspedal. Flott kurvten sie nach St. Peter hinein.

»Es weiß noch keiner was«, sagte Helena. »Wie auch, ich bin ja gleich losgefahren. Wir müssen so viel besprechen.« Sie warf Anni einen kurzen Seitenblick zu. »Irgendwie siehst du anders aus als das letzte Mal. Ist was mit deinen Haaren?«

»Nein«, sagte Anni. »Die sind wie immer.«

»Dann weiß ich auch nicht«, sagte Helena. »Jedenfalls siehst du gut aus, darüber bin ich sehr froh.«

»Und du siehst aus, als würdest du mal Urlaub brauchen«, war Annis Meinung. »Versteh mich bitte nicht falsch, aber ich glaube, du arbeitest zu viel.«

»Nein, das ist es nicht«, sagte Helena leise. »Es ist etwas anderes, ich erzähle es dir später.«

»Gut.« Anni nickte, und dann fuhren sie in den Ort hinein. Kaum etwas hatte sich verändert, und jetzt, wo Anni alles sah, merkte sie, wie sehr ihr St. Peter gefehlt hatte. Die vertraute Umgebung hatte etwas Tröstliches und strahlte das Gefühl von Sicherheit aus.

Sie würde das alles schon schaffen, am wichtigsten war erst einmal das Gespräch mit Hinnerk. Sie würde sich bemühen müssen, ganz ruhig zu bleiben. Anni hatte keine Ahnung, was sie bei ihrem Mann erwartete. Er konnte sie doch kaum mit der Kleinen wieder wegschicken oder gleich einen Anwalt konsultieren, um das Formelle der Scheidung zu regeln.

»Ich habe übrigens noch eine Überraschung für dich«, sagte Helena. »Sie wartet in meiner Wohnung.«

»Ach.« Anni dachte nach. »Hast du etwa mittlerweile einen Mann? Hast du geheiratet? Wie geht es eigentlich Edith? Ich habe sie in der Zeitung gesehen.«

»Ja, Edith dreht jetzt emanzipierte Werbefilme.« Helena lachte. »Ihr geht es sehr gut.«

»Wir müssen sie unbedingt dazu überreden, herzukommen«, erklärte Anni. »Ich hab Edith genauso vermisst wie dich!«

»Das glaube ich dir. Ich war auf ihrer Hochzeit im Taunus. Es war wundervoll. In einem echten Schloss! Sie und Robert sind ein tolles Paar.«

»Ja, sie passen gut zusammen. Wie zwei Filmstars!«, lachte Anni. »Wir könnten sie ja nachher mal anläuten.«

»Na klar«, sagte Helena, und nun parkte sie vor dem kleinen Haus, in dem sich unten die Praxis und oben die Wohnräume befanden.

Anni stieg aus. »Meine Güte, ist das schön, wieder die Luft der Nordsee zu schnuppern. Ich bin daheim, daheim! Komm, Lisbeth, komm auf meinen Arm. Tante Helena hilft uns, deinen Kinderwagen zusammenzubauen.«

»Sehr gern.« Helena holte das Unterteil aus dem Kofferraum. Anni stand da mit Lisbeth auf dem Arm und atmete tief durch. Die Luft in Hamburg war auch nicht zu verachten, aber hier an der See war sie eben rauer und salziger, mit nichts zu vergleichen. Es war schlicht Heimat, wunderbare, lang entbehrte Heimat. Ein schönes Gefühl durchfloss Anni; es war Glück. Und Dankbarkeit, wieder daheim zu sein.

Helena schloss auf und stellte den Kinderwagen in den Flur, bevor sie nach oben gingen.

»Puppa«, krähte Lisbeth.

»Puppa ist noch im Auto, die holen wir nachher. Jetzt gehen wir erst mal in Tante Helenas Wohnung, da gibt es bestimmt was zu trinken für uns. Ich hab Kaffeedurst«, sagte Anni zu Helena.

»Alles vorbereitet, er muss nur noch aufgegossen werden«, nickte die. In diesem Moment wurde ihre Wohnungstür aufgerissen, und Edith stand da, schön und strahlend. Sie breitete die Arme aus, und Anni ließ sich samt Lisbeth hineinfallen.

»Edith! Was für eine Freude! Ich bin ja schon fast durchgedreht, als ich Helena wiedergesehen habe, aber euch beide nun hier zu haben, das ist das Schönste! Edith, Helena! Ach kommt mal beide her, damit ich euch beide gleichzeitig umarmen kann!«

Die drei standen da und umarmten sich lange. Nun fühlte Anni, dass sie ganz angekommen war.

Bis in den späten Nachmittag saßen sie da und redeten, teilweise alle durcheinander. Lisbeth hatte etwas zu essen bekommen und war dann müde geworden, was den drei Frauen mehr als recht war. Die Kleine wurde aufs Sofa gelegt, mit einer Häkeldecke zugedeckt, und schon war sie innerhalb von einer halben Minute eingeschlafen.

»... und dann hat es geklappt, ich bin schwanger.« Edith sah so glücklich aus. »Robert ist fast verrückt geworden vor Freude und faselt jetzt dauernd davon, dass ich mich schonen muss und nichts mehr heben darf, und Auto soll ich auch nicht mehr fahren, aber das lasse ich mir natürlich nicht nehmen. Ich liebe das Autofahren! Auch wenn manche Männer komisch gucken, wenn sie mich sehen. Von wegen Frau am Steuer, Ungeheuer! Ist mir aber wurscht. Aber jetzt zu dir, Anni, du hast ja wirklich eine turbulente Zeit hinter dir. Und dauernd diese Angst, dass du auffliegen könntest und man dir Lisbeth wegnehmen würde.«

»Einfach war es nicht, aber ich hatte wunderbare Menschen, die zu mir gestanden und mir geholfen haben«, erklärte Anni und griff nach einem Keks. »Angefangen von Hedwig Sterzel und später noch ihrem Mann, dann Mutti und Rena und die Mädels und Bubi und ein angeblich ganz gefährlicher Kiezkönig, Ronny. Ich konnte an ihm nichts Gefährliches entdecken, er war so lieb, ganz besonders zu Lisbeth. Er hat ihr sogar eine Puppe geschenkt, die muss ich nachher noch aus dem Auto holen. Irgendwann hatte ich auch keine Angst mehr, denn der Kiez, das ist eine Welt für sich. Es wurde aufeinander aufgepasst, und wenn einer dumme Fragen gestellt hat, wurde ihm das Passende entgegnet. Ich habe mich immer sicher und gut aufgehoben gefühlt, obwohl die Reeperbahn und die umliegenden Straßen als anrüchig gelten. Da fand ich es anrüchiger, wie dieser Volkmar Matthies bei der Fürsorge zu arbeiten, aber an den Wochenenden ins Freudenhaus zu gehen und seine Frau zu belügen und zu betrügen.«

»Darauf einen Likör!«, rief Edith.

»Kommt nicht infrage, du bekommst hier keinen Alkohol«, sagte Helena mit fester Stimme.

»Och, nur einen winzigen Mandellikör, komm, sei lieb. Oder einen klitzekleinen Advocaat.«

»Nein und nochmals nein«, befand Helena. »Und auch keinen klitzeklitzekleinen Kirschlikör, keinen Napoléon oder Jamaika-Rum. Du bekommst deinen Tee oder einen Fruchtsaft, aber ich könnte es mit meinem Gewissen nicht vereinbaren, dir hier Schnaps zu kredenzen!«

Edith schmollte. »Und du willst eine Freundin sein!«

»Allerdings!« Helena wurde ernst. »Ich bin eine Freundin, und deshalb gebe ich dir nur Dinge, die in deinem Zustand nicht schädlich sind. Alkohol ist nicht gut für ein Ungeborenes, genauso wenig wie Zigaretten, auch wenn das noch nicht offiziell bestätigt ist. Du rauchst wohl nicht etwa heimlich?«

»Meine Güte, ist das ein Verhör? Natürlich nicht!«, sagte Edith. »Robert würde mich einsperren, wenn ich rauchen oder trinken würde, aber ich dachte, zur Feier des Tages so einen klitzekleinen …«

»Falsch gedacht, und jetzt ist Schluss damit!«, befand Helena, und Edith sagte nichts mehr.

»Wie ist es denn überhaupt«, wollte Anni wissen, »jetzt mit Familie und deiner Tochter? War das anfangs nicht sehr ungewohnt?«

»Komischerweise gar nicht«, sagte Edith. »Es fügte sich alles so zusammen, als sei es schon immer so gewesen. Pauline hat sofort zu Robert Papa gesagt, er vergöttert sie und liest ihr jeden

Wunsch von den Augen ab. Er nimmt Pauline manchmal an den Wochenenden mit, wenn er dienstlich unterwegs ist, dann kommt Pauline immer mit neuer Jacke, einem Kleid oder Schuhen nach Hause. Er verwöhnt das Kind viel zu sehr.«

»Ach was«, meinte Anni. »Sieh mal, wie lange war Pauline denn im Heim? Viel zu lange. Da ist so ein bisschen Verwöhnen gar nicht verkehrt. Lass den beiden doch ihre Freude.«

»Tu ich ja auch«, lachte Edith. »Ich würde sowieso nicht gegen sie ankommen, die sind ein eingespieltes Team.«

»Und wie geht es Isa?«, fragte Anni dann. Diese Frage hatte sie schon längst stellen wollen, aber sie hatte Angst vor der Antwort. Sie fühlte sich wie eine Verräterin, weil sie verschwunden war, ohne der alten Haushälterin etwas zu sagen, aber es wäre einfach zu gefährlich gewesen. Isa schwätzte nun mal viel, und Anni wollte unter gar keinen Umständen, dass man sie fand.

»Isa geht es gut, sie war letztens bei mir in der Sprechstunde«, erzählte Helena. »Das Übliche, mal der Rücken, mal die Knie, mal ein steifer Nacken, sie wird ja auch nicht jünger. Sie wohnt noch in der *Seeperle*, Hinnerk lässt sie wohl. Der ist ja sowieso jenseits von Gut und Böse, die ganze Zeit kommt so ein unsympathischer Mann hierher und will ihn überreden, das Hotel zu verkaufen. Ein paar andere Interessenten hatte er auch schon, aber die sind wieder abgesprungen. Wer will schon von einem ein Haus kaufen, der dauernd betrunken ist und aussieht wie ein Landstreicher? Das Hotel selbst sieht zwar noch gut aus, aber es wird eben nichts repariert. Zwei Fenster wurden von Jugendlichen eingeschlagen, die kamen auf Motorrollern von auswärts und dachten wohl, das Haus steht leer. Dann hat es reingeregnet und -geschneit, Heizöl wurde schon lange keins mehr bestellt, die Mäuse und Ratten finden natürlich auch einen Weg und bleiben, wenn niemand sie verscheucht, einige Klappläden hängen schief in den Angeln, und das Unkraut ringsherum kann sich ausbreiten. Sigrun Broders war erst noch da und hat ein wenig sauber gemacht, aber die kommt nun auch nicht mehr. Es ist insgesamt ein recht trauriger Anblick«, schloss Helena. »Ich wünschte, ich könnte dir etwas Schöneres erzählen.«

»Ich habe mir so etwas Ähnliches schon gedacht«, sagte Anni traurig. »Und leider sind mir die Hände gebunden. Ich kann nichts dagegen machen, wenn Hinnerk verkaufen will. Ich werde gleich mal hinübergehen.«

»Mach das. Aber willst du erst noch eine Tasse Kaffee?«

»Gern«, sagte Anni, während Edith die Nase rümpfte. Sie konnte den Kaffeegeruch immer noch nicht ertragen.

»Nun möchte ich aber die Geschichte wissen, die du mir vorhin nicht erzählen wolltest«, sagte Anni, nachdem Helena ihre Tassen gefüllt und Edith einen Saft hingestellt hatte.

Plötzlich sah Helena ganz fahrig aus, und sie begann, von den Briefen und der Todesanzeige und der Stricknadel und dem rot gefärbten Tuch zu erzählen.

»Gestern kam wieder was«, sagte sie, stand auf und holte den Umschlag. DU WIRST NICHT IN DEN HIMMEL KOMMEN stand auf einem Zettel darin.

»Ist das eine Drohung«, fragte Edith stirnrunzelnd, »oder ist das einfach nur eine Feststellung, weil du Abtreibungen vornimmst? Vielleicht ist derjenige, der das schreibt, ein großer Verfechter der Schwangerschaft und will dir damit bloß sagen, dass du in der Hölle landest. Eventuell ein Spinner?«

»Aber so lange schon?«, gab Anni zu bedenken. »Das kann ich mir nicht vorstellen. So etwas macht man, wenn man einen Spaß haben will, ein- oder zweimal, aber doch nicht über einen solchen Zeitraum. Ich nehme das schon ernst. Was sagst du denn, Helena?«

Die zuckte mit den Schultern. »Ich nehme es ernst, ja, aber ich versuche auch, mich nicht verrückt machen zu lassen. Immerhin ist ja nichts passiert. Aber ich achte schon drauf, dass niemand mir folgt, wenn ich zu Asta Tröger fahre. In deren Wohnung machen wir das ja immer noch.«

»Ich finde es großartig, dass sie dir immer noch hilft.«

»Ich habe ja auch ihrer Tochter schon geholfen«, erzählte Helena.

»Ich weiß, ich war doch dabei.« Anni erinnerte sich noch gut an den Tag, an dem Helena plötzlich am Fenster des Kontors der *Seeperle* gestanden hatte und »Ich hab Fracksausen, Anni« gesagt hatte, weil sie sich nicht mehr sicher war, ob das, was sie vorhatte, nämlich ungewollt Schwangeren zu helfen, nicht doch zu gefährlich war. Das wurde hoch bestraft, da waren die Richter nicht zimperlich. Aber Helena zog es durch und half auch heute immer noch.

»Jedenfalls hoffe ich, dass diese Briefe bald aufhören. Ich kann ja schlecht zur Polizei gehen.«

»Warum nicht?«, fragte Edith. »Es weiß doch keiner, dass du Abbrüche vornimmst.«

»Aber dann haben die doch meinen Namen und gucken vielleicht, ob da nicht doch was dran ist. Dann fahren vielleicht Beamte in Zivil hinter mir her und ertappen mich auf frischer Tat. Nein, Edith, das ist mir zu gefährlich.«

»Das verstehe ich«, nickte Anni, und auch Edith musste zustimmen. »Also bleibt dir nichts anderes übrig, als weiter abzuwarten«, befand Edith. »Oder du hörst ganz damit auf und bist ganz normal hier Ärztin, so wie gehabt. Dann kann dir nichts passieren. Du solltest dich nicht unnötig in Gefahr begeben, Helena.«

»Das finde ich auch. Und dann wäre es bestimmt vorbei mit diesen Briefen.«

Helena schüttelte jedoch vehement den Kopf.

»Die Frauen brauchen mich. Wenn ihr die einzelnen Geschichten hören würdet, glaubt mir, ihr würdet mich verstehen. Da hängen ganze Schicksale dran. Und stellt euch vor, eine schwangere Frau würde sich umbringen, wenn ich ihr meine Hilfe verweigere. Ich könnte mir das nie verzeihen.«

»Du bist einfach zu gut für diese Welt«, seufzte Edith.

»Ich habe genug Unheil gesehen«, sagte Helena ernst, und wieder nickten die Freundinnen. Sie kannten Helenas Vergangenheit als Arzthelferin im Konzentrationslager Buchenwald und wussten, wie sehr die Erinnerungen daran die Freundin noch verfolgten.

»So.« Anni stand auf und schaute nach Lisbeth, die gerade Anstalten machte aufzuwachen. »Da ist ja mein Engel. Na, wollen wir mal zu Isa gehen?«

»Puppa«, sagte Lisbeth.

»Ja, die holen wir noch aus dem Auto«, sagte Anni.

»Ronny«, krähte Lisbeth.

Anni sah sie traurig an. »Ronny ist in Hamburg, mein Schatz, den besuchen wir aber mal. Und den Bubi auch.«

»Buuubi«, freute sich Lisbeth und ließ sich hochnehmen.

▌▌▌▌ KAPITEL 29
St. Peter

Helena hatte nicht übertrieben: Zwar sah die *Seeperle* noch nicht total heruntergekommen aus, aber sie war auf dem besten Weg, es zu werden. Die Natur begann schon, sich ihr Revier zurückzuerobern. Aus dem Rasen war eine Blumenwiese geworden, man sah kaum noch die Tische und Stühle, auf denen die Gäste im Sommer bei schönem Wetter gesessen hatten. Das ganze Haus wirkte auf eine seltsame Weise traurig. Anni schob Lisbeth zur Eingangstür, die nicht verschlossen war, und dann standen sie im verwaisten Empfangsbereich. Seit Annis Weggang hatte sich hier nichts verändert: Der Kamin schien sie vorwurfsvoll anzuschauen, genau wie die Bilder, die hier hingen. Alte Zeitschriften lagen auf einem kleinen Tisch, auf dem ledernen Sofa hatte offensichtlich lange niemand mehr gesessen, eine dicke Staubschicht lag darauf.

Auf dem Empfangstresen lagen Straßenkarten der Umgebung und Werbekarten von Restaurants und Cafés, in den Schlüsselkästen lagen alle Schlüssel. Es war so ruhig hier, dass es Anni ganz komisch wurde. Sie ging mit Lisbeth, die ihre Puppa nun endlich hatte und an sich drückte, weiter Richtung Kontor und war entsetzt, als sie sah, wie es hier ausschaute. Offenbar hatte Hinnerk oder wer auch immer etwas gesucht – oder

Randalierer waren hier gewesen. Es lag jedenfalls kein Stein mehr auf dem anderen. Die Schubladen waren aufgerissen, die Schranktüren offen, Ordner lagen durcheinander auf dem Boden. Anni verließ das Büro, ging weiter Richtung Küche und stellte fest, dass es offenbar einen Wasserschaden gegeben hatte, denn einige Bodendielen waren aufgequollen, und die schönen neuen Tapeten lösten sich von einigen Wänden. Es war zum Heulen.

Langsam schob Anni den Kinderwagen mit der neugierigen Lisbeth weiter und hielt vor der Küchentür an, dann öffnete sie die leise. Was sie dann sah, brach ihr fast das Herz: Da saß Isa, die gute Isa, die Seele der *Seeperle*, allein an dem großen Holztisch und löffelte Suppe aus einer Tasse. Sie sah alt und traurig aus. Anni stieß die Tür nun ganz auf und blieb einfach stehen. Isa schaute auf.

»Nein, das glaub ich nicht!« war alles, was sie sagen konnte, dann sprang sie auf und flog in Annis Arme.

»Dass du wieder da bist, Annikind, dass du wieder da bist! Ich hab jeden Tag für dich und die Seute gebetet, jeden Tag und jeden Abend. Lass dich mal angucken, ach Annikind, ist das eine Freude, jetzt gehst du aber nicht mehr fort, Anni, hörst du!«

Anni stand nur da und hielt Isa fest. Auf einmal hatte sie ein entsetzlich schlechtes Gewissen. Wie hatte sie nur einfach alle Brücken hinter sich abbrechen und Isa hier alleine lassen können? Das war doch nicht richtig. Isa war doch Teil ihrer Familie. Glücklicherweise kannte Isa jeden in St. Peter und war bestimmt nicht einsam gewesen, aber die Vorstellung, dass die alte Frau hier knapp zwei Jahre lang jeden Tag gesessen hatte, schnürte ihr die Luft ab. Keine Gäste waren zu versorgen gewesen, niemand sagte ihr, sie solle doch bitte Brot oder Kuchen backen, kein Frühstück musste gerichtet, kein Labskaus gekocht werden. Es war von Tag zu Tag einsamer geworden, und sie, Anni, war einfach nach Hamburg gegangen, ohne sich Gedanken darüber zu machen, dass hier jemand zurückblieb. Die Erkenntnis traf sie wie ein Faustschlag im Magen.

Das war nicht richtig gewesen.

»Es tut mir so leid, Isa. Bitte verzeih mir«, flüsterte sie nun, doch Isa nickte nur und weinte und wollte sie gar nicht mehr loslassen. Anni fühlte sich für Isa verantwortlich, sie wollte alles wiedergutmachen, wusste nur nicht, wie. Vielleicht war es ein Anfang, wenn sie nun einfach hier war und sich entschuldigte. Sie würde sich das noch lange vorwerfen. Was, wenn Hinnerk Isa hinausgeworfen hätte? Wo wäre sie dann hingegangen? Daran hatte sie überhaupt nicht gedacht, als sie so überstürzt abgefahren war.

»Isa, alles wird gut, meine Beste, hörst du, alles wird gut.« Anni streichelte die weinende Frau, dann schob sie sie ein Stück von sich weg. »Nicht weinen, Isa, jetzt bin ich wieder da. Und schau mal, wen ich mitgebracht habe.« Sie deutete auf den Flur, wo Lisbeth in ihrem Kinderwagen saß und interessiert in die Küche lugte.

»Ist das die Lütte?« Isa klatschte in die Hände. »Ach je, wie die Zeit doch vergangen ist. Lass dich mal anschauen, du kleine Dame, du siehst ja aus wie deine Mutter, als sie klein war, ja, so klein war die auch mal, unsere Anni.« Sie hob Lisbeth aus dem Wagen und herzte sie.

»Lisbeth, das ist die Isa«, sagte Anni, die so froh war, dass Isa ihr offenbar nicht böse war.

»Das war keine leichte Zeit«, sagte Isa kurze Zeit später, als sie sich am Holztisch gegenübersaßen. »Hinnerk ist so verlottert, den erkennst du nicht wieder, Kind. Der lässt sich immer mehr gehen, und dann die elende Sauferei. Und die Spielerei noch dazu. Ein paarmal hätte er das Haus hier gut verkaufen können, aber er ist einfach zu Terminen nicht erschienen oder war betrunken und lallte dann vor den Interessenten rum, nicht schön war das. Na ja, ich hab einfach nur gehofft, dass er die *Seeperle* nicht verkauft, ist ja auch mein Zuhause, und zum Glück hat er mich hier wohnen lassen die ganze Zeit. Letztes Jahr sind ein paar Wasserleitungen eingefroren und dann geplatzt, er hat ja gar nichts mehr gemacht am Haus. Ein Jammer ist das. Ein wahrer Jammer. Wie gut, dass du nun da bist, Kind. Du musst ihn zur Vernunft bringen, er hört auf niemanden. Die ganze Zeit ist so ein Windhund hier und redet auf ihn ein. Benno Everding heißt er, ein ganz zwielichtiger Bursche. Kommt aus Berlin und will angeblich ein wahres Schmuckstück aus der *Seeperle* machen. Die *Seeperle* war ja wohl schon ein Schmuckstück, bis Hinnerk sie hat verrotten lassen!«

»Isa, bitte verzeih mir, dass ich so überstürzt verschwunden bin. Ich hatte solche Angst, dass ihr euch verplappert, deswegen hab ich niemandem was gesagt.«

»Ist schon gut, Annikind, ist schon gut.« Isa griff über den Tisch und nahm Annis Hände in ihre. »Ich hab mir so was ja schon gedacht, und einmal hat die Frau Doktor auch gesagt, dass es dir gut geht. Aber sonst hat sie nix gesagt, ich wusste die ganze Zeit nicht, wo du warst.«

»Und Hinnerk? Hat der mal gefragt?«

»Nur einmal. Er wollte deine Adresse haben, wegen der Scheidung. Aber dann hat die Sauferei angefangen, und er hat sich wohl gedacht, dass er ja die *Seeperle* auch ohne Scheidung verkaufen kann.«

»Was er ja zum Glück noch nicht getan hat«, sagte Anni erleichtert.

»Ich trau dem Braten nich«, meinte Isa skeptisch. »Dieser Everding, dauernd schleicht der hier im Ort rum, in ganz St. Peter, macht sich Notizen und stellt blöde Fragen. Wie lange man hier noch in seinem Haus wohnen wolle und so. Das schmeckt mir nicht, das schmeckt niemandem.«

»Verstehe«, nickte Anni. »Am besten geh ich gleich mal rüber zu Hinnerk. Oder ist er nicht zu Haus?«

Isa zuckte mit den Schultern. »Wenn er nicht zu Haus ist, dann ist er entweder beim Großjohann im *Nautilus* und säuft mit seinem fürchterlichen Freund, dem Lasse, oder er spielt irgendwo Karten oder pennt bei seinen Eltern im *Haus Ragnhild* seinen Rausch aus. Eine andere Möglichkeit gibt's nicht.«

»Hm«, machte Anni. »Also, dann schau ich mal. Ich muss ihm nämlich einen Vorschlag machen.«

»Welchen denn?«

»Keinen, der dir gefallen wird, Isa, und mir schon gar nicht.«

◆◆◆

Tatsächlich traf Anni Hinnerk im Gasthof *Nautilus*, wo Hein Großjohann große Augen machte, als sie reinkam.

»Die Deern ist zurück«, sagte er. »Warst ganz schön lang wech.«

»Nun bin ich wieder da«, sagte Anni und blickte sich um. Da saßen Hinnerk und Lasse.

»Jo«, machte Hein. Hier oben redete man eben nicht so viel.

Anni musste zugeben, dass man nicht übertrieben hatte: Hinnerk sah schrecklich aus. Die Haare ungewaschen, das Gesicht aufgedunsen, Hemd und Hose dreckig.

Die beiden Männer hatten zwei frisch gezapfte Pils vor sich stehen und unterhielten sich leise. Da entdeckte Lasse Anni und stieß Hinnerk an, um ihm dann mit einem Nicken zu zeigen, dass da jemand war. Hinnerk drehte sich um, sah von Anni zu Lisbeth und wieder zurück, stand wankend auf und sagte: »Was soll das denn jetzt?«

»Eine nette Begrüßung nach so langer Zeit«, meinte Anni trocken. »Moin, Lasse.« Sie nickte Hinnerks Freund reserviert zu, der rührte sich nicht. »Hallo, Hinnerk. Ich muss mit dir reden. Allein.« Auf keinen Fall wollte sie, dass Lasse was mitbekam, was dann gleich die Runde machen würde …

Die anderen Anwesenden, alles Männer aus den Orten, die Anni kannte, sagten nichts, schauten aber rüber, nickten ihr zu und waren offensichtlich erstaunt, Anni zu sehen. Sie hofften auf einen Krawall im Schankraum, aber den Gefallen würde Anni ihnen nicht tun.

»Hab keine Geheimnisse vor Lasse«, sagte Hinnerk, der zum Glück noch nicht so besoffen war, dass er nicht mehr reden konnte.

»Ich bitte dich nicht um viel, Hinnerk, aber das ist jetzt wichtig. Ich muss wirklich mit dir alleine sprechen.«

»Von mir aus«, murrte er und machte ein paar Schritte auf sie zu.

Anni schob Lisbeth, die zwischenzeitlich wieder eingeschlafen war, in eine Ecke und setzte sich neben sie auf einen Holzstuhl. »Ich nehme eine Sinalco Kola bitte, Hein«, sagte sie und war froh, dass der keine blöden Fragen stellte.

»Hinnerk, hör mir mal zu«, begann Anni. »Es fällt mir nicht leicht, dich nun um etwas zu bitten.«

»Hm«, schnaubte Hinnerk unwirsch.

»In Hamburg gab es einige Schwierigkeiten mit den Ämtern, und ich muss nachweisen, dass ich wieder mit meinem Ehemann zusammenwohne, verstehst du?«

»Nö«, machte Hinnerk und drehte sein Glas.

Anni hätte am liebsten auf den Tisch geschlagen, um sein Desinteresse durchbrechen zu können. »Tatsache ist, dass mir sonst unsere Tochter weggenommen werden kann. Und das kannst du nicht wollen.«

»Ich kenn das Kind doch gar nicht«, brummte Hinnerk. »Wieso soll's mich denn da interessieren, wo es lebt?«

»Wie kann man nur so herzlos sein!«, fauchte Anni und nahm die Sinalco von Hein entgegen. Der blieb einen Moment stehen, weil er neugierig war, doch als die beiden schwiegen, trollte er sich wieder.

Anni versuchte es weiter. »Was willst du denn noch? Du hast doch schon alles von mir, du willst das Hotel verkaufen, und ich kann nichts dagegen tun. Kannst du mir nicht dieses eine Mal helfen? Ich lasse dich in Ruhe dein Bier trinken und spielen und was du sonst noch willst, aber halt mit mir den Schein aufrecht. Lass uns für die Ämter Lisbeths sorgende Eltern sein.«

Hinnerk dachte nach. »Kein Gemecker, wenn ich im *Nautilus* oder mit meinen Jungs unterwegs bin?«

»Nein. Kein Gemecker.«

»Keine Vorhaltungen, keine Vorwürfe?«

»Versprochen.«

Er atmete hörbar ein und aus.

»Von mir aus. Versuchen wir's«, sagte er dann.

»Danke«, sagte Anni zu ihrem Mann, trank einen Schluck Sinalco und stand auf. Sicher hatte er nichts dagegen, wenn sie entweder in der *Seeperle* schlief oder hin und wieder auch im

Haus Ragnhild in einem der Gästezimmer – aber nie und nimmer mit Hinnerk in einem Ehebett.

Die Tür ging auf, ein Mann in einem etwas zu engen, senffarbenen Anzug betrat das *Nautilus* und schaute sich suchend um. Sein Blick blieb an Hinnerk hängen.

Der Mann hatte nur noch spärliches Resthaar auf dem Kopf und schwitzte stark. Er trug eine abgewetzte Aktentasche bei sich und kam nun näher. Anni setzte sich wieder.

»Hier sind Sie ja! Ihre Mutter hat mich hergeschickt«, keuchte der Mann und ließ sich auf einen Stuhl sinken. Er lockerte den Knoten seiner Krawatte und fächerte sich dann mit einem Bierdeckel Luft zu.

»Ein Helles!«, rief er Richtung Wirt.

»Jo. Hier bin ich.« Hinnerk zeigte keinerlei Regung. Er starrte vor sich hin, trank einen Schluck, starrte weiter.

Der Mann sah Anni an. »Wer sind Sie?«

»Ich bin Anneke Schwenck«, sagte Anni höflich und nippte an ihrer Sinalco.

»Ach, ich dachte, Sie wären fort. Er hat gesagt, Sie seien fort!« Der Mann deutete fast anklagend auf Hinnerk.

»War ich auch, aber jetzt bin ich wieder da«, sagte Anni, die den Kerl auf Anhieb unerträglich fand. Am liebsten hätte sie Lisbeth genommen und wäre gegangen. Aber sie blieb, sie ahnte nämlich, wer das war.

»Ich bin Benno Everding. Ich komme in wichtigen Geschäften zu Ihrem Gatten«, sagte er nun betont vornehm. Anni musste fast lachen. Dieser Mann sah nicht aus wie ein Geschäftsmann, sondern eher wie ein Hochstapler oder ein Heiratsschwindler.

»Nun, Herr Schwenck«, sagte Benno Everding, »sind Sie denn

nun zu einem Schluss gekommen? Haben Sie nachgedacht? So ein Angebot kriegt man nicht alle Tage.«

Annis Herz schlug schneller. Tatsächlich, das war der Mann, der die *Seeperle* kaufen wollte.

»Mpf«, machte Hinnerk und trank sein Bier aus. »Noch eins, Hein«, rief er nach vorn.

»Das Haus gerät ja immer mehr in einen desolaten Zustand«, meinte Herr Everding. »Wenn es weiter verfällt, dann kriegen Sie gar nichts mehr dafür.«

Nun, damit hatte er immerhin recht.

»Ich habe Ihrem Mann ein wirklich lukratives Angebot gemacht«, wandte sich Benno Everding nun leidend zu Anni. »Er ist dumm, wenn er es ausschlägt.«

»Ich würde mich gern alleine mit meinem Mann darüber unterhalten«, sagte Anni. »Wir entscheiden das gemeinsam.«

Das war Benno gar nicht recht. Mit hochgezogenen Augenbrauen sah er Hinnerk an. »Seit wann denn das? Mir haben Sie doch erzählt, Sie hätten das alleinige Entscheidungsrecht, guter Mann. Aber kaum ist Ihre Frau wieder da, sind Sie klein wie eine Ameise. Das sind mir die Richtigen! Große Klappe und nix dahinter. Sind Sie so einer, der kuscht, ja? Hehe, das hätt ich mir ja denken können.« Da kam das Bier.

Hinnerk nahm einen Schluck und donnerte das Glas dann auf den Tisch – offensichtlich hatte die geschickte Provokation Wirkung gezeigt.

»Gar nichts lasse ich mir von meiner Frau sagen«, kam es dann, und Anni sah ihre Felle davonschwimmen.

»'türlich kommen wir ins Geschäft. Sie haben mir ja ein gutes Angebot gemacht.« Er reichte Benno Everding mit glasigem Blick die Hand, und der schlug ein.

»Nein, mach das nicht, Hinnerk!«, rief Anni schnell. »Das ist nicht richtig.«

»Du hast gar nix zu melden«, sagte Hinnerk, während Benno Everding triumphierend Unterlagen aus seinem Köfferchen holte. »Kommst hier nach Jahren an und denkst, du kannst mich gängeln. Nix da! Das blöde Hotel wird verkauft, und damit basta.«

»Die *Seeperle* ist mein Zuhause, Hinnerk«, versuchte Anni es nun, aber sie stieß auf taube Ohren.

»War sie vielleicht, jetzt nicht mehr. Als du weg warst, hat's dich ja auch nicht geschert, was aus dem Haus wird.«

»Doch, natürlich! Ich habe gehofft, dass es noch uns gehört, wenn ich zurückkomme.« Anni merkte schon, dass sie ihm nicht beikam. Er war in seiner Wahrnehmung so verkrustet und dazu noch so unreif, dass es kaum in Worte zu fassen war. Man verkaufte doch nicht aus einer Laune heraus ein Hotel, nur weil man beweisen wollte, dass die Frau nichts zu sagen hatte! Wahrscheinlich fühlte er sich jetzt auch noch richtig männlich und stark in seinem Verhalten. Anni hätte zu gern das Passende gesagt, aber sie merkte, dass es sinnlos war. In dem Wissen, jetzt nichts mehr ausrichten zu können, stand sie auf – außerdem war sie wegen Lisbeth auf Hinnerk angewiesen. Sie konnte es sich nicht komplett mit ihm verscherzen. Seufzend schob sie den Kinderwagen aus dem Wirtshaus. So hatte sie sich ihr Heimkommen nicht vorgestellt.

KAPITEL 30

»Die Frage ist eben auch, wo ich wohnen soll«, sagte Anni kurze Zeit später zu ihren Freundinnen.

»Nichts einfacher als das«, lächelte Edith und erzählte von ihrem Häuschen in Böhl.

»Du bist wirklich ein Glückspilz!«, rief Anni. »Ich freue mich so für dich.«

»Das Gute an Robert ist, dass er ein so feiner Mensch ist«, sagte Edith und sah beinahe verliebt aus. »Er unterstützt mich, wo er kann, und spendet so viel für meine Sache. Ich kämpfe mit ihm gemeinsam nicht nur für die Frauenrechte, sondern setze mich auch mit meinen Frauen gegen Gewalt in der Ehe ein, und natürlich gegen Gewalt gegen Kinder. Es ist ein Unding, dass so was als Privatsache des Vaters oder der Familie abgetan wird!«, regte sie sich auf. »Wir haben noch viel Arbeit vor uns.«

»Aber du denkst auch ein bisschen an dich, Edith, ja?«, bat Helena die Freundin. »Du bist schwanger, vergiss das nicht. Ich möchte nicht, dass du auf irgendwelche Versammlungen gehst, die ausarten könnten.«

»Hab keine Angst, ich bin ja nicht verantwortungslos. Aber eine Schwangerschaft ist ja keine Krankheit, ich kann doch alles machen, oder, Helena?«

»Fast alles. Wie gesagt, keine Zigaretten, keinen Alkohol, keine Extremsportarten.«

»Ich habe Sport schon immer gehasst – da werde ich ja wohl kaum gerade jetzt mit Bergsteigen anfangen.«

»Dann ist es ja gut«, sagte Helena zufrieden.

»Und du hast wirklich nichts dagegen, dass ich mit Lisbeth in eurem Haus wohne?«, fragte Anni.

»Natürlich nicht. Es ist mir sogar ganz recht. Wenn jemand dort ist, dann bricht auch keiner ein!«, meinte sie und streichelte dann über ihren Bauch. »Hach, eigentlich ist es zu schade, dass man vorher nicht weiß, ob es ein Mädchen oder ein Junge wird. Es wäre so vieles einfacher – man könnte schon die passende Wäsche und Strampler kaufen und das Zimmer einrichten.«

»Du kannst doch auch eine neutrale Farbe nehmen«, meinte Anni. »Es muss ja nicht immer Hellblau oder Rosa sein.«

»Haha, sag das mal Pauline. Alles ist rosa, die Kleider, die Haarspangen, die Bettwäsche … Ich warte nur darauf, dass Pauline zu Robert sagt, er solle sich einen rosa Anzug anziehen. Und der würde das sogar machen – er verehrt sie wie eine Königin. Ihr müsst unbedingt beide nach Frankfurt kommen, am besten im Sommer, da machen wir uns eine schöne Zeit, bis im Frühherbst dann das Kleine kommt.«

Die drei Freundinnen griffen sich wieder an den Händen und bildeten um den kleinen Teetisch damit einen Kreis.

»Auch!«, krähte Lisbeth, und Anni nahm sie hoch und setzte sie auf ihren Schoß. Alles, alles durfte passieren, aber wenn man ihr Lisbeth abnehmen würde, sie wüsste nicht, was sie täte.

»Wo ist Isa nun eigentlich?«, fragte Helena dann.

»In der *Seeperle*. Ich habe ihr gesagt, sie solle später herkommen und mit uns zu Abend essen, ich hoffe, das ist euch recht.«

»Natürlich, sicher«, nickte Edith, und Helena bekräftigte: »Isa ist uns immer willkommen. Sie hätte auch herkommen können, während du weg warst, Anni, aber sie schien immer ganz zufrieden, und eine Zeitlang war Sigrun ja auch noch da. Als noch Gäste kamen.«

»Du, Anni …«, fing Edith nun an.

»Hm?«

»Hast du eigentlich noch mal was von deinem Friedrich Brunner gehört?«

»Das ist nicht *mein* Friedrich Brunner, und nein, habe ich nicht. Aber ich war ja auch nicht da. Ich kann Isa fragen, ob er mir geschrieben hat, doch das hätte Isa mir sicher gesagt.«

»Findest du nicht, er sollte wissen, dass er … eine Tochter hat?«, fragte Helena vorsichtig.

»Er ist doch verheiratet mit dieser wunderbaren Manon«, sagte Anni mit leichter Verbitterung. »Mit Sicherheit haben die beiden auch schon Kinder. In den ganzen ehrbaren Familien wird das so gehandhabt: Die Männer stoßen sich die Hörner ab, und dann heiraten sie.«

»Das ist aber nicht nur in ehrbaren Familien so. Und du bist wütend«, stellte Edith fest.

»Ich? Nein.« Anni schuckelte Lisbeth. »Warum denn? Zu dieser Geschichte ist alles gesagt. Ich war sein Ferienliebchen, mehr nicht. Wenigstens war Friedrich so nett, mir von Manon zu erzählen. Er hätte ja auch einfach abreisen können.«

»Ich finde trotzdem, er sollte es wissen«, sagte Helena.

»Wem würde das denn nützen?«, fragte Anni. »Glaubst du, seine Frau würde sagen: Oh, wie nett, du hast eine uneheliche

Tochter mit einer vom Hotel an der See? Ach, während wir schon ein Paar waren? Wie schön, frag sie doch mal, ob sie uns besuchen will.«

»Du hast dich verändert, Anni«, stellte Edith fest. »Stimmt's, Helena?«

Helena nickte. »Aber ja. Und wie.«

»Wie denn?«, fragte Anni kampfeslustig.

»Du bist … stählerner geworden. Ein anderes Wort dafür fällt mir gerade nicht ein«, sagte Edith. »Eine gewisse Härte, die dir aber gut steht. Das Weiche ist noch da, aber jetzt gibt es eine gesunde Mischung. Du haust auch mal auf den Tisch und sagst deine Meinung. Die Zeit in Hamburg scheint dir gutgetan zu haben.«

»Ich hab mich eben durchgebissen«, gab Anni zu, die tatsächlich ein wenig stolz war auf das, was Edith gerade festgestellt hatte.

»Wie gut, dass du so nette Menschen um dich hattest«, erklärte Helena. »Wobei ich niemals damit gerechnet hätte, dass du mal in einem Freudenhaus die Buchhaltung machen würdest.« Sie grinste. »War es wirklich nur die Buchhaltung, hm?«

»Nein«, sagte Anni. »Natürlich nicht, ich war selbstredend die am meisten gebuchte Dame dort.« Sie lachte. »Unsinn, ich habe manchmal in der Bar ausgeholfen, und das hat richtig Spaß gemacht. Natürlich kommen da ein paar Sprüche, aber da steht man drüber. Die Herren, die im *Chérie* sind, haben meist Anstand.«

»Wie willst du denn weiter wegen Rena vorgehen?«, fragte Helena. »Ich hab natürlich ihre Eltern öfter gesehen, weil ich ja bei Dittmanns mein Brot kaufe. Lore hat immer gesagt, alles sei in bester Ordnung.«

»Gar nichts war da in Ordnung«, klärte Anni die beiden auf und berichtete, was Rena ihr erzählt hatte. »Ich kann so gut verstehen, dass sie Gerhard verlassen hat. Aber dass sie jetzt von ihm da hinausgezerrt wurde, und niemand tut etwas, das ist doch nicht richtig! Ich werde gleich morgen mal zu Lore gehen und auch bei der Polizei in Hamburg und in Wien anläuten.«

»Ja, mach das unbedingt. Du musst doch wissen, wo sie ist«, sagte Edith.

»Ich hatte schon mal bei der Polizei angerufen, kurz nach dem Verschwinden«, sagte sie. »Aber da wollte man mir keine Auskunft geben, weil ich nicht mit Rena verwandt bin.«

»Jetzt bist du erst mal hier, alles andere wird sich finden«, sagte Helena. »Wie sieht es aus, wollen wir nicht mal Abendbrot richten?«

Anni blickte auf die Uhr über Helenas Sofa. »Ja, Isa müsste auch gleich kommen.« Sie merkte plötzlich, dass sie einen Bärenhunger hatte.

»Dann decke ich mal den Tisch und … Ach, es klingelt, das wird Isa sein«, sagte Helena. »Machst du mal auf, Edith?«

»Klar.« Edith stieg die kleine Treppe nach unten und öffnete die Haustür.

Vor ihr standen zwei Polizeibeamte. »Frau Doktor Helena Barding?«, fragte der Kleinere.

»Äh, nein«, stammelte Edith völlig verwirrt.

»Ist sie zu Hause?«

Edith zögerte eine Sekunde zu lange, ein Nein würden die beiden nun nicht mehr akzeptieren. Sie trat zur Seite und ließ die beiden Uniformierten eintreten. Vor ihr gingen sie die Treppe hoch und betraten Helenas Wohnung.

Die war gerade dabei, Teller und Messer auf dem Küchentisch zu verteilen. Sie sah hoch und wurde blass.

»Frau Dr. Barding?«

Helena nickte. »Ja, das bin ich.«

»Gegen Sie wurde Anzeige erstattet. Wir müssen Sie bitten mitzukommen. Packen Sie lieber ein paar Sachen ein.«

»Wohin denn mitkommen?«, fragte Anni, die ebenfalls völlig überrumpelt war.

»Nach Husum auf die Wache«, gab der Größere der beiden an.

»Aber was wirft man ihr denn vor?«, wollte Edith ängstlich wissen.

»Ich nehme an, das wissen Sie«, sagte der Beamte zu Helena.

»Nein, wir wissen es nicht.« Edith wurde wütend. »Sie können doch nicht einfach hier hereinspazieren und unsere Freundin mitnehmen, die im Übrigen auch die einzige Ärztin hier in St. Peter ist.«

Helena sagte gar nichts. Sie war leichenblass. Anni hatte Angst, dass sie gleich umfallen könnte, und griff nach ihrem Arm. »Anni, sei so gut, pack mir ein paar Sachen ein«, sagte Helena mechanisch. Dann sah sie die Beamten an. »Sagen Sie mir nun bitte, warum Sie hier sind. Ich möchte es gern hören.«

Der Kleinere räusperte sich. »Aktive Beihilfe und Durchführung von Schwangerschaftsabbrüchen, die nicht genehmigt waren, also heimlich ohne behördliches Wissen stattfanden.« Man sah dem Beamten an, dass es ihm schwerfiel, diese Worte auszusprechen.

»Es muss auch noch mehr Frauen oder Männer geben, die daran beteiligt waren, und von denen hätten wir auch gern die

Namen.« Der Größere nickte mit Nachdruck. »Also kommen Sie bitte. Morgen Vormittag ist eine Anhörung.«

»Warum erst morgen Vormittag?«, wollte Anni wissen, bevor sie in Helenas Schlafzimmer ging, um Sachen einzupacken.

»Weil dann der zuständige Richter Zeit hat.«

»Und warum lädt man Frau Dr. Barding nicht vor? Sie kann doch selbst zu Gericht kommen!«, fragte Edith.

»Anweisung von oben«, lautete die Antwort, und die hörte sich für die drei Freundinnen nicht gerade gut an. »Wenn Sie sich nun bitte beeilen würden, wir haben nicht den ganzen Tag Zeit.«

Edith ging zum Fenster. Um das Polizeiauto vor dem Haus hatte sich schon eine kleine Menschentraube gebildet. Hätten die beiden Beamten nicht etwas diskreter parken können? Neugierig sah man zu ihnen hoch.

Anni packte rasch einige Sachen zusammen, dann gingen sie und Edith gemeinsam mit den Beamten und Helena nach unten. Wenigstens waren die Polizisten so freundlich und legten ihr keine Handschellen an.

Dann fuhren sie davon.

Edith und Anni standen da und blickten dem Auto fassungslos hinterher.

»Mir kommt das alles vor wie ein schlechter Traum«, sagte Anni tonlos und hakte sich bei Edith unter.

»Mir auch«, meinte die. »So, nun sind wir dran. Wir müssen Helena helfen!«

Anni sah sie an. »Ja, sicher. Aber wie denn, Edith? Wie?«

»Das weiß ich auch noch nicht«, sagte Edith. »Aber wir müssen uns etwas einfallen lassen. Sie hat nur uns!«

|||| KAPITEL 31

Als Erstes schrieben Edith und Anni einen Zettel, dass die Praxis vorläufig geschlossen bleiben würde, und klebten ihn an die Praxistür. Man wusste ja nicht, wann Helena zurückkäme.

»Sollen wir hier in ihrer Wohnung bleiben, was meinst du?« Edith sah Anni ratlos an.

»Ja, auf jeden Fall«, nickte die. »Hier kommt ja die Post an, und es gibt ein Telefon. Außerdem könnte sie ja jederzeit zurückkommen, und Helena hat sicher nichts dagegen.«

»Nein, sicher nicht.« Edith setzte sich. »Meine Güte, das war ja wie ein Alptraum. Ich kann es noch gar nicht glauben.«

»So geht es mir auch. Wir müssen erst einmal einen Rechtsanwalt finden. Helena bekommt bestimmt vom Gericht jemanden zugeteilt, so was habe ich zumindest mal gehört, aber das sind doch bestimmt keine guten Anwälte, diese Pflichtverteidiger. Nein, wir brauchen einen richtigen!« Anni ging zum Fenster. Noch immer standen da Leute und schauten zu ihnen hoch, es lichtete sich aber langsam, und da kam auch Isa angelaufen, die natürlich sofort informiert wurde, dass die Frau Doktor von der Polizei abgeholt worden war.

»Warte mal ... Wir brauchen einen gewitzten, einen, wie mein Vater sagen würde, harten Knochen ... Ich hab's!«

»Na?« Edith wartete gespannt auf die Antwort.

»Hajo Gätjes!«

»Wer ist das?«

»Ein Rechtsanwalt und Notar und, soweit ich mich erinnere, auch für Strafrecht. Das Gute ist, er wohnt hier in St. Peter, befindet sich schon im Ruhestand und hat meinem Freund Hans damals geholfen, als der im Vertrauen einer Freundin ziemlich viel Geld geliehen hat und sie es nicht zurückgeben wollte. Bei Hajo Gätjes hab ich ein gutes Gefühl. Ich habe mal gehört, dass er früher sehr gefürchtet war. Und dann … Ach, das wird Isa sein.« Anni ging die Treppe runter und öffnete die Tür.

»Was is denn hier los?«, fragte Isa aufgeregt. »Die sagen alle, die Frau Doktor wurde abgeholt. Von der grünen Minna!«

»Komm erst mal rein, wir erzählen es dir gleich. Aber nun sag mir eins: Ist Hajo Gätjes noch hier in St. Peter?«

»Ja, sicher, wieso sollte er denn weg sein? Der malt doch seine Bilder von der Nordsee und vom Strandhafer und vom …«

┃┃┃

Nachdem sie mit Isa und Edith zusammen zu Abend gegessen hatte, machte Anni noch zwei Besuche: Der erste führte sie zu dem kleinen, verschwurbelten Häuschen, in dem Hajo Gätjes wohnte, und der freute sich, dass ihn mal jemand besuchte. Die meiste Zeit verbrachte er allein vor seiner Staffelei, malte vor sich hin und trank dabei ein paar Likörchen. Mittag aß er im *Nautilus* bei Hein Großjohann, und abends machte er sich ein paar Scheiben Brot und hörte Radio. Ein überschaubares Leben, das der Rechtsanwalt und Notar a.D. führte, ein wenig zu langweilig manchmal, aber was sollte man machen?

»Ja, das Fräulein Janssen!«, rief er begeistert aus. »Hereinspaziert. Ich esse gerade ein paar Gürkchen. Wollen Sie was?«

»Nein danke, Herr Gätjes, aber ich habe eine Frage.«

»Hm?« Der Anwalt schaute sie durch seine Brillengläser forschend an.

»Dürfen Sie noch praktizieren?«

»Als Rechtsanwalt?«

»Genau.«

»Äh, na sicher, hin und wieder praktiziere ich schon noch. Aber nur, wenn der Fall mich interessiert, wie damals mit Ihrem netten Freund, Falckenberg hieß er, glaub ich, ui, wir hatten einmal bei Ihnen in der Hotelküche einen feuchtfröhlichen Abend. Da ist reichlich Sekt geflossen, das weiß ich noch. Ansonsten male ich. Eigentlich möchte ich gern mal eine Ausstellung machen, aber dann denke ich mir, ach was, lass es, Hajo, mal doch einfach für dich und genieß dein Leben und deine Likörchen und …« Nun stockte er und sah Anni durchdringend an. »Ist denn was mit Ihnen, Fräuleinchen? Haben Sie was ausgefressen, kann ich Ihnen helfen?«

»Mir nicht, aber Helena Barding ist heute von der Polizei abgeholt worden. Jemand hat sie angezeigt.«

»Die liebe, nette Frau Doktor? Was wirft man ihr denn vor?«

»Genau das ist das Problem – dafür brauchen wir einen wirklich guten Anwalt. Also, lieber Herr Gätjes, wie sieht es aus? Haben Sie Lust auf einen brenzligen Fall?«

Nun grinste Hajo Gätjes breit. »Aber immer doch! Erzählen Sie mir erst mal alles. Sie kriegen auch ein Likörchen.«

❦

Rickmer Dittmann staunte nicht schlecht, als Anni vor der Tür stand.

»Ist das zu fassen!«, sagte er. »Die Anni ist wieder da. Der ganze Ort hat sich gewundert, warum du plötzlich weg warst, aber die Frau Doktor hat uns beruhigt und gesagt, dass alles gut sei. Wo warst du denn so lang, Anni?«

»Das ist eine längere Geschichte.«

»Warst du wegen dem Hinnerk weg? Der hat erzählt, er wolle die Scheidung, na, da haben wir gedacht, was wohl aus der Kleinen wird. Komm rein, Anni, erzähl doch.« Er öffnete die Tür weit und ließ Anni eintreten.

Rickmer Dittmann sah schlecht aus. Alt war er geworden, gebeugt ging er vor ihr her.

»Ach Kindchen, wir haben ja nun endlich was von unserer Rena gehört. Ist das Kind doch einfach ihrem Mann weggelaufen! Es gab wohl Streitereien, hat uns Gerhard erzählt, immer mal wieder, aber da läuft man doch nicht gleich weg. In einer Ehe gibt's ja immer mal Querelen. Aber nun hat der Gerhard sie endlich gefunden …«

»Rena ist also wieder da?«, rief Anni atemlos aus.

»Ja, Gerhard hat sie gesucht, mithilfe eines Privatermittlers. Stell dir vor, in Hamburg war sie und hat da als Gesellschafterin bei zwei alten Damen gearbeitet. Sie war so böse auf ihren Mann, dass sie zu bockig war, um zurückzugehen. Wir haben uns solche Sorgen gemacht!«

»Aha«, sagte Anni kühl. »Ist Ihre Frau denn auch da, Herr Dittmann?«

»Ja, Lore ist oben. Komm.« Sie stiegen hintereinander die Holztreppe hinauf. Herr Dittmann wirkte wie abwesend, er bewegte sich sehr schleppend und brauchte lange für die Treppe.

Lore Dittmann saß im Wohnzimmer in ihrem Ohrensessel. Rickmer Dittmann verschwand in der Küche.

Lore stand auf, Anni ging auf sie zu und wollte ihr die Hand geben. Aber Lore Dittmann dachte gar nicht daran, sie ihr zu reichen. Stattdessen holte sie aus und gab Anni eine gepfefferte Ohrfeige. Anni wich entsetzt zurück.

»Das ist alles deine Schuld!«, schrie sie. »Auf kriminelle, dumme Gedanken hast du das Kind gebracht, glaub mal nicht, dass ich nicht eins und eins zusammenzählen kann! Überredet hast du sie, Gerhard zu verlassen und sich fremden Männern hinzugeben. Pfui Teufel!«

Anni war völlig geschockt und hielt sich die brennende Wange. »Frau Dittmann, das stimmt doch gar nicht«, stammelte sie dann.

»Es ist schon merkwürdig, dass ihr beide in Hamburg wart und dann auch noch im selben … ich bringe die Bezeichnung nicht über die Lippen …« Sie zitterte vor Zorn, »… gearbeitet habt. Eine Unverfrorenheit, meine arme Tochter zu so etwas anzustiften. Eine gute Ehe sollte sie führen! Kinder kriegen! Man darf froh sein, dass sie einen so leidensfähigen Mann wie den Gerhard hat, der ihr verziehen und sie zurückgenommen hat. Aber du, du bringst ja nur Unglück. Das sieht man ja schon daran, dass du deine Eltern mit deiner Hotelrenovierung ins Grab gebracht hast.« Sie hob drohend die Hand, und Anni wich noch ein Stück weiter zurück.

»Und komm mir nicht von wegen Tüdeligkeit und sogenannte Depressionen. Du mit deinen großkopferten Ideen hast deine Eltern ganz verrückt gemacht, so neumodischer Kram! Könnt ihr nicht wie alle Frauen still sein und machen, was man euch sagt? Ich mach es doch auch! Und hat es mir geschadet? Renas armer Vater, schau ihn dir an. Das hat ihn fast umgebracht, dass du Rena von Gerhard weggelockt hast. Zu Unzucht und Sünde hast du unsere Tochter getrieben! Du bist eine Teufelin!«

Lore Dittmanns Stimme wurde immer schriller.

»Frau Dittmann, ich …«, fing Anni wieder an, aber Lore hob nun abwehrend beide Hände.

»Wag es nicht, dich noch einmal bei meiner Tochter zu melden, du unzüchtiges Ding. Geh zu deinem eigenen Kind und sieh zu, dass du nicht weiter in Sünde lebst.«

Anni wusste nicht mehr, was sie noch sagen konnte – hier kam sie offensichtlich nicht weiter. Frau Dittmann hatte eine Schuldige für Renas Verhalten gesucht und sich die Person ausgesucht, die man am einfachsten verurteilen konnte. So konnte sie Renas Gesicht wahren, und auch Gerhard Stöberl konnte immer sagen, dass Rena selbst natürlich niemals auf den Gedanken gekommen wäre, in einem solchen Sündenpfuhl zu arbeiten.

Sie würde bei Lore nicht durch den Panzer dringen können, der sie umgab.

Ihr tat nur Rickmer Dittmann leid – dass er so hatte leiden müssen, nachdem die Tochter weg war!

Sie drehte sich um, ließ die immer noch schimpfende Lore stehen, ging die Treppe runter und den kurzen Weg zu Helenas Wohnung.

Edith wartete mit Lisbeth auf sie und fütterte sie gerade mit in Milch aufgelösten Malzflocken.

»Wie du siehst, kann ich es noch«, freute Edith sich. »Und siehe da, ich habe sogar in der Abstellkammer ein Kinderstühlchen gefunden.«

»Wahrscheinlich noch vom Doktor Heilwig und seiner Frau, die hatten ja öfter mal ihre Enkelkinder hier. Prima, dann muss ich keins kaufen.«

Anni setzte sich. Sie war fix und fertig.

»Wie siehst du denn nur aus?«, fragte Edith. »Hattest du eine Rauferei?«

»So ähnlich. Lore Dittmann hat mir eine Ohrfeige gegeben.« Anni goss sich ein Glas Milch ein.

»Wie bitte?«

»Ja, angeblich habe ich Rena ins Verderben gestürzt. Von alleine wäre die nie auf die Idee gekommen, in einem Bordell zu arbeiten; alles meine Schuld.«

»Ah, verstehe. Es gibt immer wieder Menschen, die es sich sehr einfach machen …« Edith seufzte. »So, fertig, junge Dame, ich hoffe, du bist satt geworden. Wir haben aber gar kein Kinderbett für Lisbeth, oder?«

»Nein«, sagte Anni. »Ich hole morgen mein altes Gitterbett aus der *Seeperle*, das steht da noch auf dem Dachboden. Für heute muss es ohne gehen, sie darf bestimmt in Helenas Bett schlafen. Himmel, bin ich müde.«

»Das glaub ich dir. Leg doch Lisbeth eben hin, dann schwatzen wir noch ein bisschen.«

»Eine gute Idee, komm, Lisbeth, ab in die Falle, du kleine Qualle.«

Helena konnte kaum ein Auge zutun, was einerseits an dem grellen und gleißenden Lichtstrahl einer Laterne lag, der durch das vergitterte Fenster von draußen hereinschien, und andererseits daran, dass sie die ganze Situation so entsetzlich fand, dass sie sich fast hatte übergeben müssen. Kein Mensch mehr hatte richtig mit ihr gesprochen, wortlos war man von St. Peter nach Husum gefahren, hatte sie dort aussteigen lassen und sie in eine Einzelzelle gebracht. Hier lag Helena nun auf einer dünnen, ausgeleierten Matratze auf einer schmalen Pritsche, ansonsten gab es noch einen Tisch und einen Stuhl sowie ein WC ohne Deckel. Der beinahe blinde Spiegel über dem kleinen Waschbecken war gesprungen, aus dem Wasserhahn tröpfelte es spärlich, Seife war keine vorhanden gewesen.

Viele Fragen kreisten in ihrem Kopf: Wer hatte sie bloß angezeigt? Wer hasste sie so sehr, dass er zu diesem Mittel hatte greifen wollen? Ein verletzter Ehemann, der mitbekommen hatte, dass seine Frau abgetrieben hatte? Wie würde es nun weitergehen? Was war jetzt mit ihrer Zulassung? Musste sie ins Gefängnis? Sie bekam schon Kopfschmerzen vom vielen Nachdenken.

Helena überlegte, gegen die metallene Tür zu hämmern, um

zu fragen, wie es denn weitergehen würde, aber sie wollte sich nicht bei den Aufsehern unbeliebt machen, und wer wusste schon, wie lange sie hier drinbleiben müsste.

Irgendwann, sie hatte jedes Zeitgefühl verloren, klopfte jemand von außen gegen die Tür, öffnete eine darin befindliche Klappe, und eine Männerstimme verkündete: »Abendbrot.« Helena hatte das Tablett entgegengenommen und auf den Tisch gestellt.

»Kann ich mit jemandem sprechen?«, fragte sie freundlich.

»Heute geht gar nichts mehr«, lautete die Antwort, und die Klappe wurde wieder geschlossen.

Auf dem Tablett befanden sich auf einem abgenutzten metallenen Teller zwei Scheiben Graubrot, ein Stück Butter und je zwei Scheiben Schinken und Salami, dazu ein Apfel und eine Tasse heißer Tee, den sie in kleinen Schlucken trank. Dann versuchte sie, die kalte Butter mit dem stumpfen Messer auf einer Brotscheibe zu verteilen, aber sie drückte nur Löcher in das fade aussehende Brot. Schließlich aß sie es stückweise mit der Hand.

Wer steckte dahinter, war es doch Doktor Schuler? Sie konnte es sich nicht vorstellen. Aber wer sonst könnte ihr nachgefahren sein? Wer um alles in der Welt tat einen so großen Schritt, der zu einer Verhaftung führte? Doch nur jemand, der sie abgrundtief hasste oder verabscheute.

Helena behielt ihre Sachen an und streckte sich auf der unbequemen Liege aus.

Vom Gang her hörte man Türenschlagen, das Geräusch von rasselnden Schlüsselbunden und verschiedene Stimmen. Irgendwann wurde es ruhiger, während Helena einfach nur dagelegen hatte, entweder vor sich hingedämmert oder geweint hatte.

KAPITEL 33

Die Anhörung fand um neun Uhr statt. Nach einem Frühstück, das dem Abendessen geähnelt hatte, nur dass es morgens auch einen Klecks Marmelade und dünnsten Kaffee gab, wurde Helena abgeholt und zum Haftrichter gebracht.

Der große, hagere Mann saß hinter seinem monströsen, verschnörkelten Schreibtisch, auf dem sich Hunderte roter Mappen befanden. Warum nahm man Rot? Weil die Verhafteten Angst bekommen sollten bei dem Anblick? Damit es besonders wichtig oder gefährlich aussah? Am liebsten hätte sie danach gefragt, aber sie traute sich nicht, denn dieser Richter sah nicht so aus, als würde er es gutheißen, wenn ein Häftling Fragen stellte.

»Guten Morgen. Frau Helena Barding, geborene Scharfenberg, richtig?«

Helena nickte, der Richter fragte weiter nach ihrem Geburtstag und ihrem Wohnort und blätterte dann in der dünnen Akte herum.

»Gegen Sie wurde Anzeige erstattet wegen unerlaubter Durchführung von Schwangerschaftsabbrüchen in mindestens vierundfünfzig Fällen. Ist das richtig?«

Nun, um ehrlich zu sein waren es noch weit mehr Frauen gewesen. Helenas Mund wurde trocken. Woher wusste dieser

Richter oder überhaupt irgendjemand davon, dass sie so vielen geholfen hatte?

»Muss ich darauf antworten?«, fragte sie schließlich schüchtern, und der hagere Richter sah sie mit stechendem Blick an.

»Würde ich sonst fragen?«, bellte er, und Helena zuckte zusammen.

»Ich weiß es nicht«, sagte sie dann.

»Was genau wissen Sie nicht?« Die Stimme wurde noch lauter.

Helena dachte nach. Sie hatte überhaupt keine Ahnung, was hier ihre Rechte waren. Konnte sie einfach schweigen, ohne sich selbst zu belasten? War es sogar besser, zu schweigen? Und stand ihr denn kein Anwalt zu? Wenn in der Zeitung was von Verhaftungen stand, kam immer ein Anwalt!

Jetzt sagte Helena lieber nichts mehr. Ihr war kalt, sie hatte Durst, sie fühlte sich schmutzig und ausgeliefert und hatte überhaupt keine Ahnung mehr davon, was richtig oder falsch war. Also schwieg sie.

»Ich stelle die Frage noch einmal …«, sagte der Haftrichter, und nun sah Helena, dass ein Namensschild auf dem wuchtigen Schreibtisch stand: Dr. Werner Salinger.

»Ich würde mich gern mit einem Anwalt besprechen«, sagte Helena leise.

»Ach was! Die Dame will einen Anwalt sprechen. Ich sag Ihnen mal was! Hier, in meinem Richterzimmer, da geht es nicht um wollen oder nicht wollen, da geht es darum, ob jemand eine oder mehrere Straftaten begangen hat, ob er reuig ist oder denkt, er kann einfach mal so durch die Weltgeschichte ziehen und schwangeren Frauen die Kinder wegmachen.« Er holte Luft und trommelte mit den Fingern auf seiner Schreibtischunterlage herum. »Beantworten Sie jetzt meine Frage oder nicht?«

»Nein.« Helenas Herz klopfte entsetzlich schnell, aber sie hielt es für besser, nichts zu sagen. Oder war das falsch? Sie wusste es nicht.

»Bitte zu Protokoll nehmen, Fräulein Schmidt, Frau Dr. Barding entschließt sich, keine meiner Fragen zu beantworten.«

Erst jetzt bemerkte Helena in der hinteren Ecke einen kleinen Tisch mit einer jungen Dame, die wohl mitstenographierte.

Salinger stand auf. »Es wird ein Verbleib in der Untersuchungshaft angeordnet, bis die Dame sich dazu entschließt auszusagen. Einen schönen Tag noch.« Er stand auf und rauschte davon.

Helena blickte die zwei Wärter an. »Was heißt das denn genau?«

»Dass Sie jetzt in Ihre Zelle zurückgebracht werden«, sagte der eine, Maurer hieß er, wie sein aufgenähtes Namensschild verriet.

»In regelmäßigen Abständen werden Sie dann gefragt, ob Sie eine Aussage machen möchten«, meinte der andere.

»Ja aber ... Ist das denn rechtens?«, fragte Helena, die nun völlig verunsichert war.

Maurer zuckte mit den Schultern. »Was rechtens ist, bestimmt der Richter, und mit Salinger kann man schlecht darüber diskutieren. Wenn was nicht nach seinen Vorgaben läuft, kann er sehr unwirsch werden, wie Sie ja gerade selbst gesehen haben. Kommen Sie jetzt, wir bringen Sie zurück in Ihre Zelle.«

Fast hätte sie schon wieder angefangen zu weinen, aber sie wollte nicht wie eine hysterische Frau vor den Beamten dastehen, daher beherrschte sie sich, so gut es ging.

»Ich würde mich so gern richtig waschen«, sagte sie dann, weil sie sich so verklebt und unwohl fühlte.

»Jetzt nicht«, lautete die Antwort. »Die Brausezeit ist vorbei. Ist auch nur zweimal die Woche für die Insassen hier.«

Helena, die sich den Luxus erlaubt hatte, zu Hause eine Dusche über der Badewanne installieren zu lassen, genoss ihr tägliches Duschbad über alle Maßen. Sie wusste sehr wohl, dass das nicht alltäglich war, viele Menschen noch nicht mal eine Wanne hatten und einmal pro Woche im Gemeinschaftskeller baden mussten, oder man ging in ein Volksbad und zahlte ein paar Mark.

»Könnte ich dann bitte Waschzeug bekommen?«, fragte sie höflich. Sie wollte sich wenigstens in ihrer Zelle von Kopf bis Fuß waschen.

»Kann man kaufen, aber jetzt nicht«, sagte Maurer unwirsch und ging nun zur Tür. »Kommen Sie mit.«

Mit gesenktem Kopf ließ Helena sich zurück in ihre Zelle bringen.

❦

»Nun«, sagte Hajo Gätjes. »Dann wollen wir mal, liebes Fräulein Janssen.« Punkt zehn Uhr stand er gestiefelt und gespornt in feinem Zwirn vor Anni. In seinem dunklen Anzug, dem hellblauen Hemd und dem dunklen Mantel sah er aus wie ein hoch angesehener Rechtsanwalt, dem man nicht zu nahe kommen sollte.

Anni nickte und beschloss, darauf zu verzichten, dem Anwalt zu sagen, dass sie doch jetzt Schwenck hieß, denn sie mochte ihren Mädchennamen ebenfalls viel lieber. Außerdem gab es gerade Wichtigeres!

»Lisbeth, du bleibst schön hier bei Tante Edith.« Sie gab ihrer Tochter einen Kuss.

»Tante Edith geht mit Lisbeth ein bisschen spazieren«, sagte Edith fröhlich und lachte die Kleine an. »Oder, mein Schatz?«

Lisbeth grinste. Sie war recht leicht zufriedenzustellen und hatte nie gefremdelt.

»Weiß man, wer der zuständige Richter ist?«, fragte Hajo Gätjes. Anni schüttelte den Kopf.

»Wir wissen gar nichts. Sie ist gestern Abend einfach abgeholt worden. Wir wissen nur, dass sie in Husum ist.«

»Ach je«, sagte Hajo und runzelte die Stirn. »Wollen wir nicht hoffen, dass ... Ach, unwichtig. So, können wir?«

Anni nahm ihre Jacke und umarmte schnell Edith. »Danke fürs Aufpassen.«

»Aber gerne doch. Viel Erfolg!« Edith sah Hajo Gätjes und Anni nach und befand wieder einmal, dass es unfassbar war, wie erwachsen Anni nach ihrer Hamburger Zeit wirkte.

▐▐▐▐ KAPITEL 34
Miami, Florida, USA

Als Friedrich Brunner aus dem Flugzeug stieg, traf ihn das heiße Klima wie ein Schlag. Die Hitze flirrte auf dem Asphalt des Flughafens von Miami. Auf der Stelle fing er an zu schwitzen und hätte am liebsten sein Sakko ausgezogen, aber dafür standen die Menschen um ihn herum zu eng beieinander. Friedrich schloss kurz die Augen. Er hatte auf dem Flug definitiv zu wenig Wasser, aber dafür zu viel Wodka getrunken. So etwas war zwar unüblich für ihn, aber diesmal hatte er nicht anders gekonnt, weil zwei Reihen vor ihm eine Frau gesessen hatte, die aussah wie Anni.

Ein paarmal noch hatte er seit seinem Besuch Ende 1953 an Anni geschrieben und auch einige Male in der *Seeperle* angeläutet, zweimal hatte er einen Mann drangehabt, der sofort aufgelegt hatte, als Friedrich gesagt hatte, wer er war. Noch zwei- oder dreimal hatte ein Mann gesagt, Anni wünsche keinen Kontakt zu ihm. Und die Post wurde nicht beantwortet.

Irgendwann hatte Friedrich es aufgegeben.

Er war immer noch mit Manon verheiratet, für eine Scheidung gab es keinen Grund. Die beiden verstanden sich ausgesprochen gut und teilten sogar manchmal das Bett miteinander, weswegen Friedrich hin und wieder sogar ein schlechtes Gewissen hatte, es war, als würde er Anni betrügen. Aber eine Ehe war das mit Manon nicht. Friedrich liebte sie nicht, und als sie ihm gestand, dass sie einen Liebhaber habe, war er sogar erleichtert.

Natürlich wurden die beiden, Friedrich und Manon, ständig gefragt, wann denn mit Nachwuchs zu rechnen sei, aber sie lächelten nur nonchalant und hielten sich bedeckt.

Als Manon ihm dann eröffnet hatte, dass sie schwanger sei, hatte er sich weder gefreut, noch hatte er es schlimm gefunden. Aber weil Manon unbändig begeistert war, tat er so, als könne er es kaum erwarten, Vater zu werden – wobei es gar nicht möglich war, dass er in diesem Falle der Vater war, das hatte er ausgerechnet.

Ein Dreivierteljahr später war der kleine Peter auf die Welt gekommen. Manon ging nun ganz in ihrer Mutterrolle auf, und Friedrichs Vater, der alte Patron, war begeistert und beruhigt, dass es einen Erben, einen Stammhalter, gab.

Friedrich begab sich mit der Menschentraube über das Flugfeld Richtung Gepäckausgabe, die in einer kleinen Halle erfolgte.

Die Sonne knallte mit voller Wucht auf das Flachdach des Gebäudes und hatte es entsprechend aufgeheizt. Allein die Palmen und die anderen Pflanzen, die die Hitze liebten, schienen diese Temperaturen auszuhalten. Die Leute schwitzten, die Luft stand unbeweglich, und über den Menschen lag eine angespannte Stimmung. Man wollte hier weg, und Friedrich war froh, als er endlich seinen Koffer in den Händen hielt und gehen konnte. Seit einer gefühlten Ewigkeit reiste Friedrich in der Weltgeschichte herum, er war ständig unterwegs, wie auf der Flucht. Für das Pharmazieunternehmen seiner Familie war er auf der Suche nach neuen Kooperationsmöglichkeiten und Standorten für Außenstellen. Er war schon in Ceylon gewesen und hatte sich eine zum Verkauf stehende Fabrik in Colombo angeschaut, hatte im Süden, in Unawatuna, Station gemacht, wo sein Bruder plante, eine Hotelanlage an einem schönen Strand zu eröffnen. Weitere Stationen waren unter anderem New York, Philadelphia, Mombasa in Kenia und mehrere Städte in Australien gewesen. Es war beschwerlich, dorthin zu reisen, sechs Wochen mit dem Schiff hatte es gedauert. Viele Deutsche wohnten mittlerweile hier. Australien brauchte Arbeitskräfte, und die Regierung legte die Kosten für die mehrwöchige Anreise vor, so dass sich immer mehr Leute dazu entschlossen, in der weiten Ferne neu anzufangen.

Es kam vor, dass Friedrich in einem Flugzeug, einem Zugabteil oder auf einem Schiff saß und tatsächlich darüber nachdenken musste, wo er war und wo genau er gerade hinreiste. Er war an so vielen Orten gewesen, dass er sie gar nicht mehr alle zusammenbekam.

Allein in Europa hatte er beinahe jedes Land besucht.

Die Reisen lenkten ihn meistens ab, doch trotzdem hatte er Anni aus St. Peter nicht vergessen können, obwohl er sich immer dazu gezwungen hatte, es wenigstens zu versuchen. Aber sie war verheiratet und hatte ein Kind, vielleicht ja mittlerweile einen ganzen Stall voller Kinder, soweit das in zwei Jahren möglich war, und sicher war sie glücklich mit ihrem Hinnerk, in St. Peter oder sonstwo.

Was maßte er, Friedrich, sich an! Glaubte er, er könne da einfach hinspazieren und sagen: Hier bin ich, willst du mich heiraten? Damals hatte er alles falsch gemacht. Er hätte seine Angelegenheiten ordnen und die Heirat mit Manon absagen müssen. Mittlerweile wusste er ja sogar, dass sie das gar nicht schlimm gefunden hätte. Manon war eine wirklich gute Freundin für ihn, aber er hatte nie tiefere Gefühle für sie gehabt.

Friedrich seufzte beim Gedanken an all die verpassten Möglichkeiten, löste seinen Krawattenknoten und ging nach draußen, um nach einer Taxe Ausschau zu halten. Er hob die Hand, und ein Wagen hielt gleich an. Erleichtert ließ er sich in den Fond fallen und kurbelte das Fenster hinunter, dann nannte er dem Fahrer die Adresse des Hotels, in dem seine Sekretärin ihm ein Zimmer mit Blick auf den Atlantik gebucht hatte. Er wollte nur noch schlafen.

▐▐▐▐ KAPITEL 35
St. Peter

»Nein, Herr Schwenck, das weiß ich wirklich nicht«, sagte Edith nun zum hundertsten Mal. »Sie ist weggefahren, ich weiß nicht, wohin, und auch nicht, wann sie wiederkommt.«

Hinnerk stand auf der Straße und blickte wütend nach oben, wo Edith am Fenster stand und ihn abwimmeln wollte.

»Ich muss aber dringend mit ihr sprechen!«, rief er.

»Das sagten Sie schon zehnmal«, sagte Edith. »Ich werde es nicht vergessen, ich richte es aus.«

»Sie soll zu meinen Eltern kommen, sagen Sie ihr, ich hab mit der Bank gesprochen, das ist alles ein Riesenmist.«

Edith hatte das Gefühl, dass Hinnerk schon wieder betrunken war, aber sprach ihn nicht darauf an. Wie konnte man sich nur so zugrunde richten?

Nun schlurfte Hinnerk weg und brummelte Unverständliches vor sich hin. Edith schloss das Fenster und sah nach Lisbeth, die tief und fest schlief.

▐▐▐

»Mein schlimmster Fall war während meiner Zeit in Würzburg«, erzählte Hajo Gätjes munter, während er mit Anni Richtung Husum brauste. Die hielt sich an dem Schlaufengriff über der Beifahrertür fest.

»Ein Mann, der seine Mutter, seinen Vater, seinen Bruder, seine Schwester, seine Schwiegermutter, seinen Onkel, seine Tanten und natürlich seine Frau erstochen hat.«

»Wieso denn ›natürlich‹?«, fragte Anni, während Hajo in seinem Porsche 356 in halsbrecherischer Geschwindigkeit über die Landstraße flog.

»Weil ja meistens die Frauen von den Männern umgebracht werden. Achtung, festhalten!« Der Porsche donnerte über eine Unebenheit und hob ein Stück ab. »Herrlich, oder? Ich liebe dieses Auto. Ich fahre viel zu selten damit. Es ist nagelneu. Gerade gebaut. Hab ich mir für den Ruhestand gegönnt.«

»Also, besonders ruhig ist das aber nicht gerade«, sagte Anni, die bemerkte, dass Hajo immer schneller fuhr. Hoffentlich würden sie bald da sein. Von St. Peter nach Husum waren es nur knapp vierzig Kilometer, doch sie betete, dass nichts passieren würde.

»Ach, ich hab den Wagen im Griff«, lachte Hajo. »Also. Wo war ich? Richtig, in Würzburg. Das war ein Drama, weil der gute Mann, also der Täter, kein Wort gesagt hat. Er war geradezu geschockt über sich selbst und seine Taten. Irgendwann hat er einen Satz herausgebracht: ›Sie haben es verdient.‹ Stellte sich raus, dass die ganze Familie den Mann permanent kleingemacht und über Jahrzehnte als dummen Idioten hingestellt hatte. Gustav, sitz gerade, Gustav, guck nicht so blöd, Gustav, halt den Rand, so dumm kann nur Gustav sein und so weiter. Tja, und irgendwann ist der Tropfen erreicht, der das Fass zum Überlaufen bringt. Juhu!« Er beschleunigte auf der geraden Strecke und raste über die B5 wie ein Rennfahrer.

»Und dann habe ich den jungen Mann verteidigt, das gab ein ganz schönes Aufsehen damals.«

»Wie ist es denn ausgegangen?«, fragte Anni höflich.

»Ich habe den Richter davon überzeugen können, dass Gustav gar nicht anders handeln konnte. Die Demütigungen waren zu schwerwiegend gewesen, und wenn jemand jahrelang erzählt bekommt, dass er ein Schwachkopf ist, dann muss sich niemand wundern, wenn er durchdreht. Bei Gustav jedenfalls war es so. Er musste tatsächlich nur fünf Jahre ins Gefängnis, das war ein sehr gutes Urteil, ich war zufrieden und Gustav auch. Nach der Haft hat er ganz in Ruhe in seinem Elternhaus gelebt und dort Gemüse und Obst angebaut, das er heute noch auf dem Wochenmarkt verkauft. Ein ruhiger, unscheinbarer Mann. Tja, man kann in die Leute nicht reingucken. Oh, da ist ja schon das Ortsschild, so, Frau Doktor, wir kommen!« Er beschleunigte noch mal und raste mit 80 Stundenkilometern nach Husum hinein.

»Bis 170 fährt er«, freute sich Hajo Gätjes. »Vielleicht schaffen wir diese Geschwindigkeit auf der Rückfahrt.«

∙∙∙

Eine Weile später saß Anni mit Hajo Gätjes auf einer Bank und wartete. Sie fragte sich, ob das mit Hajo wirklich so eine gute Idee gewesen war, denn letztendlich wusste sie ja gar nichts über ihn. Nur dass er eben seine Bilder malte und mit seinem neuen Auto herumfuhr, und das auch beides, nun ja, mehr schlecht als recht, wenn man ehrlich bleiben wollte. Sie hatte die Befürchtung, dass niemand den alten Herrn hier wirklich ernst nehmen würde. Anni war noch nie vorher in einer Haftanstalt gewesen und fand es entsetzlich hier. Überall Türen, und erst der Stacheldraht draußen und die Beamten, die wortlos an ihnen vorbeigingen.

»Ist das nicht ein herrlicher Tag?«, fragte Hajo. »Ich werde nachher noch einige Schwalben auf meinem Aquarell fertigstellen. Sehen Sie, Fräulein Janssen, da draußen sind auch Schwalben. Es heißt ja so schön: ›Wo die Schwalben nisten, wohnt das Glück.‹«

Das konnte Anni jetzt nicht gerade bestätigen, dass hier das Glück wohnte, aber sie widersprach nicht. Hajo stand auf, lief summend herum und schwenkte dabei seine Aktentasche.

»Ja ja, die denken, sie können einen warten lassen«, meinte er fröhlich. »Damit wollen sie zeigen, dass sie am längeren Hebel sitzen.«

»Ärgert Sie das nicht?«, fragte Anni, die so schnell wie möglich – am liebsten mit Helena – hier wieder wegwollte.

»Ach, überhaupt nicht«, er schüttelte den Kopf. »Ich mach den Staatslakaien doch nicht die Freude, dass ich herummaule. Mit den Leuten muss man anders umgehen. Ich sag es Ihnen, Fräulein Janssen, wenn man kleinen Menschen Macht gibt, werden sie teilweise zu Monstern, das hat man ja im Dritten Reich schon gesehen. Ähnlich ist es mit Beamten der Justiz. Weil sie einen klimpernden, schweren Schlüsselbund mit sich herumtragen und den Gefangenen was sagen können, denken sie, sie sind ganz was Wichtiges. Dabei können die meisten nicht mal … Ach, da kommt jemand. Ich glaube, der will zu uns.«

»Dr. Hajo Gätjes?«, fragte ein mürrischer Beamter mit Schnurrbart.

»Der bin ich.«

»Dauert noch«, sagte der Bärtige.

»Warum?«

»Hab jetzt Mittag.«

»Ach so.« Hajo stellte sich vor ihn. »Das heißt, wir sollen noch warten, bis Sie Ihr Süpplein geschlürft haben.« Er lächelte freundlich.

»Wenn Sie es so sagen wollen, ja.« Der Mürrische wandte sich zum Gehen um, und eine Sekunde später dachte Anni, dass ihr die Trommelfelle platzten.

»WAS GLAUBEN SIE EIGENTLICH, WER SIE SIND, SIE SCHWACHKOPF!«, brüllte Hajo Gätjes plötzlich und unvermittelt los. »Wissen Sie eigentlich, mit wem sie es hier zu tun haben? Auf der Stelle bringen Sie mich jetzt zum diensthabenden Richter und meiner Mandantin, mit der ich mich besprechen werde! Ich will keine Widerworte hören, sonst lernen Sie mich aber mal richtig kennen! Haben Sie das verstanden?«

Anni war völlig schockiert. Sie saß da und brachte keinen Ton heraus.

Der Schnurrbartträger war von Wort zu Wort kleiner geworden und stand nun gebückt da. Er machte den Mund auf und wollte etwas sagen, aber Gätjes kam ihm zuvor. »Mein Name ist Hans Joachim Gätjes! Wenn hier nicht sofort was passiert, garantiere ich für nichts!«

Nun stand der Wächter stramm, und Anni wunderte sich, wie jemand, der eben noch genervt und völlig desinteressiert gewirkt hatte, so eine Wandlung durchmachen konnte. Außerdem war sie erstaunt über Hajo Gätjes. So kannte sie den alten Herrn gar nicht! Hajo war irgendwie seit Kriegsende einfach in St. Peter da gewesen, ein Zugezogener, dem man nicht so viel Beachtung geschenkt hatte, weil er ein wenig was von einem Sonderling hatte. Aber nun wirkte Hajo Gätjes wie eine angesehene, sehr wichtige Persönlichkeit, die man mit Hochachtung und Respekt behandeln musste. Und prompt passierte das auch.

»He-He-Herr Gätjes, ach, ach je, Hans Joachim Gätjes, also Doktor Hajo Gätjes …«, fing der Aufseher an.

»Ich weiß, wie ich heiße!«, brüllte Hajo weiter. »Jetzt mal ran an die Buletten. Bringen Sie mich jetzt zu meiner Mandantin, oder soll ich Ihnen das aufschreiben?«

»Nein, danke, brau-brau-brauchen Sie nicht.« Nun fing der Mann an zu stottern. »Se-he-he-helbstverständlich, bitte kommen Sie mit.« Zitternd ging er voraus.

Hajo Gätjes drehte sich huldvoll zu Anni um, die stumm dasaß und ungläubig staunte.

»Ich weiß nicht, wie lange es dauert, Fräuleinchen«, sagte Hajo. »Gehen Sie doch ein wenig spazieren. Hier gibt es ein gutes Fischgeschäft.« Er drehte sich zu dem Aufseher um, der ängstlich wartete, und blaffte: »Wird das heute noch was? Ab geht's, und nicht so zögerlich! Waren Sie im Krieg? Natürlich waren Sie nicht im Krieg, Sie Grünschnabel! Also los jetzt!«

Wie auf Befehl stand der Aufseher stramm und ging dann zügig weiter. Hajo schien zufrieden.

◆◆◆

»Anni! Wie war es, wieso hat denn das so lange gedauert, was kannst du denn berichten, wird denn … Helena! Oh, Helena, du bist wieder da!« Erleichtert schlang Edith die Arme um die Freundin. Helena war blass und sah abgekämpft aus.

»So habe ich Hajo Gätjes noch nie erlebt!« Anni war immer noch ganz schockiert.

»Ihr müsst mir alles haargenau erzählen«, forderte Edith. Helena setzte sich kurz. »Erst muss ich unter die heiße Brause. Ich habe das Gefühl, dass ich entsetzlich stinke. Gott, war das furchtbar. O Himmel, habe ich eine Angst gehabt. Und dann das Geschrei erst! Hajo Gätjes hat, bis er endlich zu mir konnte, wohl jeden angebrüllt, der ihm über den Weg lief, und dann, als er zu mir in das Besucherzimmer kam, war er wie ausgewechselt und ganz lieb. Ich habe eine Vollmacht unterzeichnet, und dann sind wir zum Richter ... So was habe ich noch nicht erlebt.«

Helena stand auf, gähnte und schlufte Richtung Badezimmer. »Bin gleich wieder da.«

»Was ist nun?«, fragte Edith Anni.

»Nun, sie wird angeklagt, muss aber nicht in Untersuchungshaft bleiben, und das ist schon mal ein großer Vorteil. Gemeinsam mit Hajo Gätjes wird sie nun eine Verteidigung erarbeiten.«

»Der scheint ja wirklich Haare auf den Zähnen zu haben«, sagte Edith voller Hochachtung. »Das gefällt mir.«

»Und wie. Wenn der anfängt zu brüllen, dann wächst kein Gras mehr«, lachte Anni. »Er und der Richter, die haben sich angeblich fast geprügelt, wir müssen Helena gleich mal fragen. Sie kennen sich wohl schon sehr lange und konnten sich noch nie verknusen.«

Da räusperte sich Edith. »Du, Hinnerk war da. Ich glaube, er war betrunken. Er faselte was von der Bank, mit der er gesprochen hätte, und dass alles ein Riesenmist sei. Du sollst zu ihm kommen, er will mit dir reden.«

»Ja, mache ich später. Erst soll Helena uns alles erzählen. Ich habe sie extra gebeten, mit dem Bericht auf dich zu warten.«

»Kann mir irgendjemand einen Kaffee kochen?«, rief Helena aus dem Bad. »Ich brauche unbedingt gleich eine riesige Tasse. Stark bitte.«

»Na klar«, sagte Edith und setzte Wasser auf.

Kurze Zeit später kam Helena zurück in die Küche. Sie trug nun einen flauschigen Bademantel und hatte ein Handtuch zum Turban um den Kopf geschlungen. »Hat das gutgetan«, seufzte sie und setzte sich auf einen der Küchenstühle.

»Nun aber«, bat Edith und schob ihr eine Tasse dampfenden Kaffee hin. Schrecklich, dieser Geruch. Aber was tat man nicht alles für seine Freunde!

Und Helena erzählte von der Zelle, dem Essen, den Geräuschen, von der Nacht und dann von Hajo Gätjes, der auf einmal da war und behauptete, ihr Anwalt zu sein. Sie hatte eine Vollmacht unterschrieben, dann hatte Hajo ihr einige Fragen gestellt und jeden angeschnauzt, der ihn dabei wagte anzusprechen.

»Ich hatte das Gefühl, dass er ganz genau weiß, was er tut«, sagte Helena. »Er wirkte sehr souverän. Wie seid ihr denn auf ihn gekommen?«

»Das war Anni«, sagte Edith. »Sie hat anscheinend genau das richtige Händchen gehabt.«

»Ganz offenbar, sonst säße Helena wohl jetzt nicht hier«, freute sich Anni. »Und weiter?«

»Alle hatten einen Heidenrespekt vor Hajo Gätjes. Jedenfalls gab keiner ein Widerwort – das fand ich schon sehr beeindruckend. Dann kam einer und flüsterte, der Herr Richter sei nun da, und wir sind ins Richterzimmer gebracht worden. Ich dachte ehrlich gesagt immer, einen Richter müsse man mit *Euer Ehren* ansprechen und man muss unglaublich höflich sein, weil das ja so eine hohe Instanz ist, aber ihr hättet den Gätjes sehen sollen! ›Na Salinger, hamses immer noch nicht in Rente geschafft‹, hat er gesagt. ›Wohl nicht genug auf der hohen Kante, na ja, vom Richtersalär wird man nicht reich, hehehe. Sie hätten es wie ich machen sollen, aber wem die nötige Bildung fehlt, der hat später das Nachsehen.«

Edith konnte es nicht glauben: »Das hat er tatsächlich gesagt? Und dann?«

»Richter Salinger ist sofort böse geworden. Was das denn solle, und eine gemeine Unterstellung sei das, und er hätte gut und gerne darauf verzichten können, den Gätjes noch mal wiederzusehen in diesem Leben, der Teufel soll ihn holen, besser heut als morgen, da würde er, Salinger, aber so was von lachen, wenn Gätjes im ewigen Feuer schmoren müsste. Ich saß die ganze Zeit da, dachte, ich höre nicht recht, und sah meine Felle schon davonschwimmen. Schließlich ging es dann mal um mich und meine Akte. Die wollte der Richter Herrn Gätjes nicht geben, aber Herr Gätjes ist einfach um den Tisch herumgelaufen und wollte sie ihm aus der Hand reißen, dann schrie Herr Salinger Herrn Gätjes an und schlug ihm mit der Akte auf den Kopf, und Herr Gätjes schlug mit der Hand zurück und zog dann an Herrn Salingers Haaren, die sich vom Kopf lösten, weil es sich um einen Mopp gehandelt hatte.«

»Ach du liebe Güte!« Anni riss die Augen auf.

»Ja, ob man mir denn meine Rechte erklärt hätte, hatte Herr Gätjes mich gefragt, und ich hatte schon Nein gesagt, auch auf die Frage, ob man mir gesagt habe, dass ich einen Anwalt anläuten könne. Das hat Herr Gätjes dem Herrn Salinger schreiend erklärt, dass das nicht der Fall gewesen sei, und ob er denn alles von der Rechtsprechung vergessen habe, wir seien doch hier nicht bei den Hottentotten. Er würde Anzeige erstatten und ich sei unverzüglich freizulassen und er möchte die Anklageschrift zugeschickt bekommen. Salinger pöbelte zurück, dass er vor einem Hajo Gätjes keine Angst habe, der sei ja verrückt und bekloppt und auch sonst alles, er würde am längeren Hebel sitzen und er hätte mir wohl gesagt, was meine Rechte wären. ›Oder, Frau Dr. Barding, oder?‹, hat er dauernd gesagt, aber ich habe Nein gesagt, dann wurde er noch wütender. Er hätte ja überhaupt nicht vorgehabt, diese Engelmacherin länger in Haft zu behalten, und man würde vom Gericht hören, und nun sollten wir gehen.«

»Das heißt, du bist jetzt wieder ganz frei?«, fragte Edith.

Helena nickte. »Ja, vorläufig. Es wird allerdings eine Verhandlung geben. Ich darf auch weiter praktizieren, nur nicht ins Ausland fahren, aber das hatte ich ja sowieso nicht vor.«

»Bin ich froh. Also erst mal«, sagte Anni und stand auf. »Dann bist du bei Hajo Gätjes ja in guten Händen.«

Sie seufzte und streckte sich. »Ich gehe jetzt mal zu Hinnerk. Keine Ahnung, was er jetzt schon wieder will.«

»Du solltest dich sowieso öfter mit ihm zeigen«, meinte Edith. »Nicht dass es heißt, du bist gar nicht zu ihm zurück. Du weißt ja, wie die Leute sind.«

»O ja, das weiß ich«, nickte Anni. »Also, bis später. Ach so, soll ich Lisbeth mitnehmen?«

»Nein, die spielt so schön, alles gut.« Edith holte ein Kreuzworträtselheft hervor. »Helena, du siehst so aus, als würdest du gern ein wenig schlafen.«

»Das wäre tatsächlich wunderbar«, sagte die.

Edith nickte. »Dann tu das mal, ich halte die Stellung.«

»Danke, ihr beiden«, sagte Helena, von der langsam die Anspannung abfiel. »Es ist so schön, dass wir wieder zusammen sind.«

Hinnerk saß bei seiner Mutter in der Küche, als Anni zum *Haus Ragnhild* kam.

»Ach Anni«, sagte Frederika und umarmte sie. »Ich habe natürlich schon gehört, dass du wieder da bist. Zwei Jahre warst du weg, warum hast du das bloß gemacht?«

»Ach, Frederika, ich hatte meine Gründe«, meinte Anni ausweichend.

»Kinder, dass das so enden musste«, sagte Frederika. »Ich hab mein Enkelkind nur ein paarmal gesehen, bitte bring sie doch mal her, Anni.«

»Das mach ich.«

»Da waren vom Fürsorgeamt mal welche hier und haben nach dir gefragt«, erzählte Frederika. »Man hätte gehört, dass eine Scheidung ins Haus stünde und wo denn das Kind sei. Ich sagte einfach, verreist mit dir und alles sei in bester Ordnung. Damit haben sie sich zufriedengegeben. Hinnerk haben sie auch gefragt, und der hat auch gesagt, es sei alles gut. Ich hab ihn auf den Topf gesetzt und gesagt, es geht um dein Kind, nun sag denen, hier ist erst mal alles in Butter. Ich hatte keine Lust, dass die von der Fürsorge dir die Kleine wegnehmen, man hat ja noch Herz im Leib. Nicht wahr, Hinnerk? Wir haben uns Sorgen um Anni und Lisbeth gemacht. Jetzt sag doch auch mal was.«

Hinnerk reagierte nicht, sondern starrte nur tumb vor sich hin.

»An dich ist ja überhaupt nicht mehr ranzukommen«, regte Frederika sich auf. »Wie soll denn das bloß enden?«

»Frederika, nur die Ruhe, nun bin ich ja wieder da«, sagte Anni. »Ich kümmere mich um Hinnerk. Was wolltest du denn vorhin von mir?«, wandte sie sich dann an Hinnerk. »Edith hat mir erzählt, dass du da warst.«

»Jo«, brummte er übellaunig und nahm einen Schluck Bier aus einer Flasche. Bestimmt nicht die erste heute, dachte Anni. »Der Everding hat ja das olle Hotel nun gekauft, und ich bin zur Bank und hab gesagt, dass da jetzt ziemlich viel Geld von dem Hotelverkauf auf das Konto von euch da kommt, was ja jetzt mein Konto ist, und ob ich schon mal was abheben kann, da glotzt der mich blöd an und sagt: ›Nein, erst müssen die Kredite bedient werden.‹ Ich hatte ja den Vertrag dabei und hab den vorgelegt, und da sagte er, dass die *Seeperle* mit Krediten und Hypotheken belastet ist. Da bleibt ja kaum was nach.«

»Nun«, sagte Anni. »Ja, es gibt diese Kredite. Hans hat mir damals dazu geraten – ich nehme an, du erinnerst dich noch an den Herrn Falckenberg.«

»Der, der immer im Rollstuhl so wichtig rumgefahren ist«, schnaubte Hinnerk abfällig. »Als täte ihm der Ort gehören.«

»Ich hörte, dass wohl eher Benno Everding so tut, als würde ihm der Ort gehören«, sagte Anni. »Aber es ist eine Tatsache, auf der *Seeperle* lasten Schulden. Zwar nicht so viele, dass man sich Gedanken machen müsste, wenn der Hotelbetrieb gut läuft, aber es ist schon eine Summe. Wenn du dich natürlich so über den Tisch ziehen lässt wie wahrscheinlich mit dem Kaufpreis, dann kann ich dir auch nicht helfen.«

Hinnerk war wütend und donnerte die Flasche auf den Weichholztisch. »Warum hast du mir das denn nicht früher gesagt?«

»Warum hätte ich das denn tun sollen?«, fragte Anni, die bemerkte, wie in ihr Schadenfreude hochkroch.

»Dann mach ich das anders«, sagte Hinnerk zu seiner Mutter. »Ich geh zum Everding und sag dem, dass ich doch nicht verkaufe. Hab keine Lust, dass die Bank das Geld kriegt.«

Frederika Schwenck, die gerade Kartoffeln schälte, sah auf. »Versündige dich nicht, Bub«, war alles, was sie zu sagen hatte. Anni überlegte, ob sie versuchen sollte, in Frederika eine Verbündete zu finden, war sich dann aber schnell darüber im Klaren, dass das nichts nützen würde. Hinnerk hatte noch nie auf seine Mutter gehört. Für ihn war sie eben nur eine Frau, die ihre Familie und die Pension versorgte und ansonsten nichts zu sagen hatte.

So war es immer gewesen, so würde es auch bleiben.

»Wenn du schon bei der Bank warst und dort den Kaufvertrag gezeigt hast, wirst du Schwierigkeiten kriegen, wenn das Geld nicht eingeht«, sagte sie. »Sind denn die Ratenzahlungen geleistet worden? Die gingen vom anderen Konto ab.«

»Weiß ich nichts von«, sagte Hinnerk. »Was denn für'n anderes Konto?«

»Wir hatten mehrere Konten«, erklärte Anni geduldig. »Ich dachte, du als Hotelier würdest dich darum kümmern, bis du endlich Privatier wirst.« Sie hätte gern noch mehr gesagt, ließ es aber, weil sie Hinnerk nicht völlig verärgern wollte. Sie vermutete, dass die monatlichen Raten getilgt worden waren, weil auf dem anderen Konto noch genügend Geld gewesen war. Aber wenn sie so nachrechnete, kam sie auf die Tatsache, dass es jetzt irgendwann aufgebraucht sein musste. Es war ja einige Zeit vergangen.

»Dann ist mir das jetzt auch egal«, sagte Hinnerk, der überhaupt von nichts eine Ahnung hatte.

»Du hättest dich eben kümmern müssen«, meinte Anni. »Man kann nicht alles haben wollen und nichts dafür tun.«

»Ach, lass mich doch!«, entgegnete Hinnerk wütend. »Sei mal lieber froh, dass ich so nett bin und den Ehemann spiele.«

»Das ist für Lisbeth, sie ist auch deine Tochter«, sagte Anni.

»Woher soll ich das wissen?«, fragte Hinnerk böse. Solche Andeutungen hatte er kurz nach Lisbeths Geburt schon mal gemacht. Aber darauf würde sie jetzt gar nicht eingehen.

»Jedenfalls bleibt kaum was nach«, sagte Hinnerk jetzt. »Ich fühl mich übers Ohr gehauen.«

◗◗◗

Wieder zurück in Helenas Wohnung beschloss Anni dann doch, die Bank anzuläuten – Fritz Meinken war immer noch der zuständige Sachbearbeiter. »Na, Frau Schwenck, da bin ich ja bass erstaunt«, sagte er schleimig wie schon vor über zwei Jahren, als sie bei ihm gesessen und über die Kredite für die *Seeperle* verhandelt hatte. Damals wollte er ihr abends »die Stadt zeigen«. Ein schrecklicher, unsympathischer Mensch.

»Waren Sie auf Weltreise?«

»So ähnlich, Herr Meinken«, sagte Anni knapp. »Aber ich rufe an wegen unseren Konten bei Ihrer Bank.«

»Ja, interessant, da ist heute ein Betrag eingezahlt worden.«

»Von einem Herrn Everding?«

»Das darf ich Ihnen gar nicht sagen«, meinte Herr Meinken. »Immerhin laufen die Konten jetzt auf den netten Herrn Schwenck. Ich hab ihn zwar noch nie gesehen, aber nach der Hochzeit geht so was ja automatisch auf den Mann über.«

»Ja, wunderbar, Herr Meinken. Stellen Sie sich vor, das weiß ich. Vielleicht sagen Sie mir einfach nur, ob die Schulden beglichen sind, und ich müsste außerdem wissen, ob die monatlichen Raten in den letzten zwei Jahren von einem der anderen Geschäftskonten regelmäßig abgebucht worden sind.«

»Hmhm.«

»Ist das ein Ja?«

»Jo«, sagte Herr Meinken. »Die Kredite sind durch die eingezahlte Summe getilgt, vor dem Ablaufzeitpunkt«, erklärte er weiter. »Es fällt noch eine abschließende Bearbeitungsgebühr an, und der Zinsverlust muss erstattet werden. Wir als Bank haben ja nun weniger verdient an den Krediten.«

»Ja, das weiß ich wohl, dass es diese Regelung gibt, ich habe ja die Verträge unterschrieben«, sagte Anni. »Danke, Herr Meinken. Auf Wiederhören.«

Sie dachte nach. Zumindest waren sie jetzt schuldenfrei, hatten aber kein Haus mehr. Sie selbst hatte das Geld aus Hamburg, das würde für einige Zeit reichen, aber Tatsache war, dass Hinnerk sich keine schöne Freizeit machen konnte, sondern er würde wieder als Dachdecker arbeiten müssen, um sie und Lisbeth zu ernähren. Es sei denn, das war ihm alles zu blöde, und er wollte nun doch die Scheidung. Dann würde Anni vor demselben Problem stehen wie früher.

Es würde hoffentlich irgendwie weitergehen.

Anni seufzte und beschloss dann, mit Lisbeth spazieren zu gehen.

»Ich begleite dich«, bot Edith an. »Sag, was ist eigentlich Weihnachten? Was hältst du davon, wenn ich Robert bitte, mit Pauline nach St. Peter zu kommen, und wir feiern im neuen Haus?«

»Das ist eine schöne Idee«, sagte Anni. »Aber ich glaube nicht, dass Hinnerk mit euch oder überhaupt Weihnachten feiern wird. Ich vermute, er feiert Weihnachten am liebsten mit seinem Bier. Aber ich und Lisbeth, wir kommen auf jeden Fall. Hinnerk wird sowieso schon am späten Nachmittag betrunken sein, wie immer.«

»Na gut, dann schreibe ich Robert. Du, diese Woche kommen noch die Möbel aus Hamburg. Ich freue mich so! Robert hat mir völlig freie Hand gelassen, und ich habe in den Einrichtungskatalogen gestöbert. Wir haben dann auch eine richtige Bar und eine Musiktruhe mit Plattenspieler, Tonbandgerät, Radio und einem Fernsehapparat.«

»Was ihr nur alle mit dem Fernsehen habt«, wunderte sich Anni. »Man beschäftigt sich ja gar nicht mehr mit sich selbst, wenn man ständig von außen berieselt wird. Da das Radio, da der Fernseher, also ich weiß nicht.«

»Man muss mit der Zeit gehen!« Edith zuckte die Schultern. »Ich gucke gern. Pauline muss man allerdings von dem Ding fernhalten, sonst würde sie ab Programmbeginn davorhocken, bis zum Sendeschluss. Ich schaue nur ausgewählte Sendungen, für Haushalts- und Gartenratschläge.«

»Haha«, lachte Anni. »Da wirst du doch eine kleine, brave Hausfrau!«

Edith schüttelte vehement den Kopf. »Aber ich habe schließlich jetzt eine Familie und einen Garten. Oder ich sehe Reisesendungen, es gibt auch um zwanzig Uhr oft sehr gute Filme oder Musiksendungen. Und natürlich schaut Robert mal eine Sportsendung.«

»Na gut, dann schaut doch alle euer Fernsehen«, lachte Anni, der eigentlich gar nicht zum Lachen zumute war. »Schläft Helena noch?«

»Ja, wie ein Stein. Wir sollten ihr ein wenig Ruhe gönnen«, sagte Edith. »Das war wohl alles ziemlich viel für sie, verständlich …«

KAPITEL 36

Miami, USA, Turtle Rose Restaurant, am selben Tag

Friedrich Brunner saß mit seinen zukünftigen Geschäftspartnern in einem schicken Restaurant direkt am Meer. Der Garten war geschickt beleuchtet, die Leute braungebrannt und bester Laune, der Wind wehte schwach, und die Hitze des Tages hatte einem Abend mit angenehmen Temperaturen Platz gemacht. Friedrich hatte wenig Appetit, doch seine drei Gäste langten beim Menü ordentlich zu und waren in äußerster Trinklaune. Es könnte ein so schöner Abend sein, Friedrich wusste auch nicht, was los war. Er war ständig müde, ausgelaugt, fühlte sich schwach und hätte am liebsten stundenlang geschlafen, aber er musste hier gute Laune ausstrahlen und auf die neuen Geschäftsbeziehungen anstoßen, auf gut ausverhandelte Verträge, die seit vorhin unter Dach und Fach waren.

Ob man denn noch in eine Bar gehen wolle, wurde er augenzwinkernd gefragt und wusste genau, was die drei Herren mit Bar meinten.

»Nein danke, ich bin recht müde«, sagte er auf Englisch. »Ich werde bald ins Hotel zurückgehen. *But thank you.*«

»*You are missing out*«, meinte einer und klopfte ihm grinsend auf die Schulter. »*There are pretty girls here.*«

»*No, thanks*«, wiederholte Friedrich.

St. Peter

»Anni!«, schrie es von unten. »Anni, mach auf, mach auf!«

Sie stürmte zum Fenster in Helenas Wohnung. Unten stand eine völlig aufgelöste Isa.

»Was ist denn? Ist was passiert?«

»Mach mir schnell auf!«, rief Isa.

Anni lief nach unten und öffnete die Haustür. Das Wartezimmer zur Praxis stand offen, und die Patienten schauten neugierig hinaus. Isa sprang in den Flur, grüßte schnell in die Runde und raste dann, so schnell sie konnte, die Treppe nach oben. Dort angekommen ließ sie sich japsend in der Küche auf die Couch sinken.

»Dieser Filou! Dieser Halsabschneider, dieser Mistsack, verrecken in der Hölle soll er, was der vorhat, das ist so schlimm, das gibt's ja gar nicht!«

»Isa, erzähl doch ganz ruhig!«, sagte Anni. »Kannst du mir wohl sagen, was du meinst?«

»Den Hinnerk müsste man übers Knie legen!«, jammerte Isa. »Die *Seeperle* an diesen Windhund zu verkaufen. Überall im Dorf rennt er rum und macht den Leuten komische Angebote.«

»Was denn für Angebote?«

»Na, ob sie ihre Häuser verkaufen wollen. Angeblich will er

alle renovieren und zu Ferienhäusern umbauen, und die Leute sollen anderswo wohnen. Fast alle weg aus St. Peter. Und der Hinnerk kam vorhin in die *Seeperle* und hat gesagt, ich müsse raus, und dann kam dieser Everding und hat das auch gesagt, wo soll ich denn jetzt hin?«

»Oh, Isa!« Auch Anni war fassungslos. »Liebe Isa, jetzt beruhige dich erst mal.«

»Ich bin obdachlos, ich hab doch nichts sonst, ich war doch so lange in der *Seeperle*!«, weinte sie jedoch. »Ach, wenn das deine Eltern alles wüssten, Annikind, im Grab würden sie sich herumdrehen. Und deine Uroma auch und alle anderen. Ich trau mich ja gar nicht mehr auf den Friedhof, ich hätte Angst, dass sie aus ihren Särgen raus schimpfen. So ein Unheil.«

Anni wurde blass. Wollte Herr Everding etwa aus St. Peter ein Touristendorf machen und die Einwohner verscheuchen? Das durfte ja nicht wahr sein!

»Ich gehe eben noch mal ins *Haus Ragnhild*«, sagte sie und verschwand nach draußen, aber Hinnerk war nirgends zu sehen, also ging sie in die *Seeperle* und betrat vorsichtig ihr ehemaliges Zuhause. Benno Everding und Hinnerk standen am Tresen und stießen gerade zwei Bierflaschen aneinander. Dann tranken sie. Diese elende Sauferei!

Anni dachte an den Hinnerk zurück, den sie gekannt hatte. Nett und freundlich war er gewesen, man war gern mit ihm zusammen gewesen. Zwar konnte man keine hochtrabenden Gespräche mit ihm führen, aber er hatte einen klaren, wachen Verstand gehabt und war ein guter Kerl gewesen. Dieser Mann hatte nichts mit dem Hinnerk gemein, der jetzt am Tresen ihres Hotels stand. Dieser hier, der war einfach nur furchtbar, und es tat Anni leid, dass alles so hatte kommen müssen.

»Die ziehn schon aus«, verkündete Everding gerade großspurig. »Und wenn nicht, dann hab ich Mittel und Wege.«

»Ich frag mich halt, wo sie hinsollen, immerhin sind die Harmgarts über neunzig«, gab Hinnerk zu bedenken. »Die wohnen schon in der was weiß ich wievielten Generation hier in St. Peter.«

»Darauf kann ich keine Rücksicht nehmen«, winkte Everding unwirsch ab. »Was raus muss, muss eben raus. Hör mal, Hinnerk. Willst du eigentlich weiter als Dachdecker schuften?«

»Wieso nicht? Aber eigentlich wollt ich gar nichts mehr machen, ich hab die Nase voll von der Maloche. Da hat meine liebe Frau mir leider einen Strich durch die Rechnung gemacht. Die *Seeperle* war verschuldet. Weil sie dachte, hier unbedingt renovieren zu müssen, hat sie Kredite aufgenommen. Frauen und Geld, das passt halt nicht zusammen.«

»Was hältst du davon, wenn du für mich arbeitest?«

Hinnerk schaute interessiert auf. »Als was denn?«

»Mit meinen Kumpels zusammen könntest du … dafür sorgen, dass die Leute aus ihren Häusern ausziehen.«

»Das versteh ich jetzt nicht«, sagte Hinnerk.

»Was gibt's denn daran nicht zu kapieren? Das sind keine Mieter, denen man kündigen kann, die müssen einem Verkauf zustimmen, und wenn nicht, wenn sie partout nicht wollen, dann helfen wir eben ein wenig nach.«

Hinnerk stand auf dem Schlauch. »Wie denn nachhelfen?« Nun sah er völlig verwirrt aus.

Benno Everding ballte die Fäuste. »Damit.«

»Die alten Leute verprügeln?« Hinnerk war entsetzt. »Aber warum sollen die denn unbedingt ausziehen?«, fragte er dann. »Man kann doch hier und da neue Häuser für Touristen bauen.«

»Du kapierst aber auch gar nichts«, seufzte Benno. »Die sollen raus, weil ich die Häuser abreißen will.«

Anni stockte der Atem. Die beiden hatten sie noch nicht bemerkt, gebannt lauschte sie weiter.

»Ja, aber wenn sie das nicht wollen, kann man sie ja schlecht zum Verkaufen zwingen«, sagte Hinnerk und zuckte mit den Schultern. »Ich versteh auch nicht, wieso du die abreißen willst.«

»Weil ich neue, große Häuser mit Ferienwohnungen bauen will. Hab schon mit den hohen Herren der Stadt gesprochen und denen erklärt, dass ich Großes vorhabe, sehr Großes. So eine Art Ferienpark, zum Beispiel da, wo jetzt die vier Reetdachhäuser mit den großen Gärten stehen, weißt du, hier die Straße lang, dann links, da kommt ein Hallenbad hin, mit Wasserrutsche und Restauration und allem Pipapo. Nach und nach wird aus St. Peter ein Hoteldorf.« Er rieb sich die Hände. »Da wird der Rubel rollen, das sag ich dir. Also, was ist, kommen wir ins Geschäft? Soll dein Schaden nicht sein.«

Hinnerk rieb sich am Kinn und schien nachzudenken. »Weiß nich«, sagte er dann.

»Sag mir bis morgen Bescheid, ob du mit im Boot bist, wenn nicht, gibt's auch andere, die für mich arbeiten werden, keine Bange.«

Anni hätte sich vor Wut beinahe auf ihn gestürzt. So ein Widerling! Und was der vorhatte! Das ging doch nicht. Leise schlich sie sich davon und ging zurück in Helenas Wohnung.

Was sollten sie nur tun?

IIII KAPITEL 38
Einige Tage später

»Also, gute Frau, meine Strategie ist die folgende …« Hajo Gätjes liebte es, Kunstpausen zu machen, um die vermeintliche Dra-
matik zu steigern. Anni, Helena und Edith saßen mit ihm am
Küchentisch, Hajo hatte Sekt verlangt, der ihm kredenzt wurde.

»Alles ist übelste Verleumdung, bis auf zwei Fälle«, sagte er.
»Diese beiden Frauen sind verheiratet, und die Männer wussten
von der Situation. Allerdings hatten die behandelnden Frau-
enärzte ihre Probleme mit dem Schwangerschaftsabbruch, der
eine war zu gläubig, im anderen Fall hatte der Arzt gesagt, Gott
müsse entscheiden, wer überlebt, Mutter oder Kind. Das war
auch so, richtig?«

Helena nickte. »Ja. Eine der beiden Frauen hatte schon sechs
Kinder und war Bluterin. Es wäre ein furchtbares Risiko gewesen, das Kind auszutragen, sie hätte sterben können. Sie und
ihr Ehemann waren verzweifelt, und dann haben sie sich dazu
entschlossen, das Kind abtreiben zu lassen. Das war zwar auch
ein Risiko, aber das haben sie in Kauf genommen. Wenn es gut
geht, haben sie gesagt, dann können wir uns weiter um unsere
sechs Kinder kümmern und haben nur eins verloren. Ansonsten
sind sechs Kinder ohne Mutter.«

»Hm, hm«, machte Hajo. »Und die andere?«

»Bei der anderen hätte definitiv ein Kaiserschnitt gemacht werden müssen. Alle Kinder, die sie schon bekommen hatte, haben falsch im Mutterleib gelegen, und sie selbst war so schmal gebaut, dass ein normaler Geburtsvorgang aller Voraussicht nach nicht möglich gewesen wäre. Deswegen hat sie ihren Arzt gefragt, und der sagte, Gott müsse entscheiden.«

»Die immer alle mit ihrem Gott«, sagte Hajo Gätjes und nahm ein Schlückchen. »Glaube ist ja schön und gut, aber wenn das jemandem schadet, kann der Glaube mir gestohlen bleiben. Ich gehe auch in die Kirche«, sagte er. »Aber nur, um mir die schönen, bunten Scheiben anzuschauen. Da hole ich mir Anregungen für meine Aquarelle. Also, wo waren wir ... Richtig, hm ...« Er machte sich Notizen. »Und nun mal unter uns: Bei den anderen Fällen handelte es sich um Wunschabbrüche, ja? Keine gesundheitlichen Risiken?«

»Soweit ich weiß, nicht«, sagte Helena. »Einige waren minderjährig, andere waren von Männern schwanger, die nicht ihre eigenen waren, wieder andere fühlten sich komplett überfordert oder konnten sich einfach kein weiteres Kind leisten. Ein Paar waren vergewaltigt worden. Es gibt so viele Gründe.«

»Wichtig ist, dass niemand von diesen Frauen auftaucht und Sie dann doch beschuldigt, wenn der Prozess ansteht«, betonte Hajo. »Man weiß ja nicht, ob die Gegenseite versucht, sie ausfindig zu machen.«

»Das halte ich für sehr unwahrscheinlich«, meinte Helena. »Alle waren so dankbar, warum sollten sie mir schaden wollen?«

»Es spricht für Sie, gute Frau, dass Sie immer noch an das Gute im Menschen glauben. Aber meine langjährige Berufspraxis hat gezeigt, dass auch sehr nette Leute plötzlich zu ganz bösen werden können. Wenn es ihrem Vorteil dient, wenn sie Geld dafür bekommen, wenn sie sonst Nachteile hätten, weil sie sich rächen wollen … Also glauben Sie, dass da was kommen kann?«

»Ich wüsste wirklich nicht, von wem«, sagte Helena, nachdem sie kurz nachgedacht hatte.

»Gibt es irgendwo Aufzeichnungen über die Abbrüche? Namen oder Adressen der Frauen?«

»Nein.«

»Wo wurden die Abbrüche vorgenommen?«

»Bei der Schwiegermutter einer Dorfbewohnerin.«

»In einer normalen Wohnung?«

Helena nickte. »Dort wurde ein Raum extra dafür eingerichtet.«

»Gibt es diesen Raum noch? Mit der ganzen Einrichtung?«, wollte Hajo Gätjes wissen und machte eifrig weiter Notizen.

Helena nickte. »Sicher, wir nehmen dort ja …«

»Das muss alles verschwinden«, sagte Hajo. »Alles. Nichts in dieser Wohnung darf darauf hinweisen, dass Sie dort praktiziert haben. Weg, weg, weg, besser heute als morgen.«

»Gut.« Helena nickte.

»Das wird schon werden«, murmelte Hajo und tätschelte beruhigend ihre Schulter. »Es wird noch ein langer, steiniger Weg werden, bis eine Frau so etwas selbst entscheiden kann. Ich bin ja auch dafür, und ich bin ein Mann. Wenn man sich allein vorstellt, wie viele arme Frauen nicht weiterwissen und sich das Leben nehmen, weil sie sonst von ihrer Familie verstoßen werden würden.« Er schüttelte den Kopf. »Nein, nein, das ist nicht richtig.«

»Da gebe ich Ihnen recht«, sagte Edith.

Anni seufzte. »Mich würde mal interessieren, wie das Gesetz in fünfzig oder sechzig Jahren aussieht.«

»Oh, mich auch. Wir werden dann alte Frauen sein, doch die nachfolgenden Generationen, für die muss auch was getan werden!« Edith nickte mit Nachdruck. »Aber einen Schritt nach dem anderen.« Sie stand auf. »Meinen Sie, Sie kommen damit durch, Herr Gätjes?«

Der nahm noch einen Schluck Sekt. »Ich wäre ein schlechter Anwalt, wenn ich jetzt Ja sagen würde. Ich tue mein Bestes, das verspreche ich Ihnen, aber ich kann nicht garantieren, dass das genügt.«

»Wie machen wir es eigentlich mit Ihrer Bezahlung, Herr Gätjes?«, fragte Helena. »Ich gebe Ihnen natürlich sofort eine Anzahlung, ich könnte …«

»Unfug«, unterbrach Hajo Gätjes sofort. »So etwas macht man nicht wegen Geld. So einen Fall macht man, weil man Lust drauf hat. Spenden Sie was für Frauen in Not. Um mich muss man sich keine Sorgen machen.«

»Ach Herr Gätjes, Sie sind ja wirklich nett«, sagte Anni.

»Danke für Obst und Südfrüchte, aber ich kann auch anders«, sagte Hajo gerührt.

»Oh, ich weiß«, lächelte Helena.

Gaststätte Nautilus

Hinnerk saß schon seit einiger Zeit mit Lasse und seinen Kumpanen im *Nautilus*, man zischte Bier, Jubiläumsaquavit und Rum in loser Reihenfolge.

»Meine Mutter sagt, ich soll endlich mal ausziehen und auf eigenen Beinen stehen«, lamentierte Lasse lallend. »Die kann mich mal. Seit mein Vater tot ist, bin ich der Herr im Haus!«

»Richtig so«, sagte ein anderer aus dem Nachbarort, Jan.

»Ich lass mir von Frauen gar nix sagen, und von meiner eigenen schon mal gar nicht. Wenn die nicht pariert, setzt es was. Sach ma, Hinnerks, deine Anni da, die läuft ja mit erhobenem Kopf rum, als sei sie was Besseres, der müsste mal der Arsch versohlt werden.«

»Jo«, machte Lasse zustimmend.

»Wem ich den Arsch versohle, bestimme immer noch ich selbst«, sagte Hinnerk und trank sein Bier in einem Zug leer.

»Ach, trauste dich nich?«, fragte Jan stichelnd. »Hat die Anni die Hosen an im Hause Schwenck, höhö! Oder bist du jetzt sanfter geworden, weil das Kind da ist?«

»Unsinn, Jan, halt den Rand«, sagte Hinnerk.

»Kann die sich überhaupt um ein Kind kümmern?«, fragte Lasse. »Und um den Haushalt? Oder putzt du jetzt die Böden?«

»Natürlich nicht«, fuhr Hinnerk wütend auf. »Die Anni geht gut mit der Lisbeth um und ist auch sonst in Ordnung. Uns geht es gut.«

»Wer's glaubt, wird selig«, grinste Jan. »Man erzählt sich ja auch, dass die dir Hörner aufgesetzt und das Kind untergejubelt hat. Feine Dame, die Anni. Wer weiß, wie viele Kinder die noch in Hamburg bekommen hat, hehe.«

In Hinnerk richtete sich ein Stachel auf, und er stellte sein Bierglas hin.

»Halt jetzt deinen Mund, Jan!«, forderte er ernst.

»Als Nutte hat sie bestimmt gut verdient«, sagte nun Lasse. »Und die Bälger gleich zur Adoption freigegeben.«

»Ich hab gesagt, ihr sollt still sein!« Nun klang Hinnerks Stimme drohend.

»Mit dir kann man auch keinen Spaß mehr machen«, brummte Jan verstimmt. »Komm, Lasse, lass den glücklichen Ehemann hier sitzen. Du zahlst ja sicher gern für uns mit, Hinnerk, du bist ja jetzt ein reicher Mann.«

»Sehe ich gar nicht ein, für euch zu zahlen«, protestierte Hinnerk noch, aber die beiden gingen einfach und ließen ihn sitzen. Hinnerk war stinkwütend. Das sollten Freunde sein! Solche Kerle, die seine Frau eine Nutte nannten!

Böse wehrte er das neue Bier ab, das der Wirt ihm automatisch brachte. Er blieb sitzen und dachte nach. Manchmal hielt er sich den Bauch. Diese verdammten Schmerzen, die er manchmal hatte … Heute war es besonders arg. Wenn er auch nur an mehr Alkohol dachte, wurde ihm speiübel.

»Aber Leute«, sagte Benno Everding. »Nun seid doch mal vernünftig. Ich will euch allen doch ein gutes Angebot machen! St. Peter soll wachsen und zu einem Vorzeigeort werden, da muss man doch nicht so stur sein.«

»Aber wir wollen nicht aus unseren Häusern raus!«, riefen vereinzelte Stimmen, und protestierendes Gemurmel breitete sich aus.

Benno Everding hatte ins *Nautilus* geladen, um den Leuten bei ein paar Bierchen, die er ihnen ausgab, seine Idee schmackhaft zu machen. Eine Truppe seiner »Leute« würde er erst losschicken, wenn das hier nicht fruchtete, und auf Hinnerk Schwenck musste er leider verzichten.

»Das mach ich nicht, Benno«, hatte der zu seinem Vorschlag gesagt. »Das is ja kriminell. Ich kenn alle hier, seit ich auf der Welt bin, die kennen mich schon als kleinen Steppke, da kann ich doch nicht hingehen und die mit Gewalt aus ihren Häusern treiben.«

»Wenn du keinen Arsch in der Hose hast, kann ich auch nichts dafür«, hatte Everding schulterzuckend entgegnet. »Und so was will ein Mann sein.«

»Ich bin keiner, der alte Leute erschreckt und schlägt!« Hinnerk war bei seiner Entscheidung geblieben.

»Von mir aus«, hatte Benno gesagt. »Jedenfalls hast du mit deinem Verkauf an mich den Anfang gemacht und die Steine ins Rollen gebracht. Das Haus wird abgerissen, da kommt ein mehrstöckiges Hotel hin. Die ersten Investoren hab ich schon.«

»Aber du hast doch gesagt, das Haus kann bleiben, das hier ist ja schon ein Hotel?« Hinnerk war völlig verwirrt gewesen.

»Na, wie kommst du denn auf so was! Hier wird alles dem Erdboden gleichgemacht.«

Da musste Hinnerk nun doch schlucken.

»Und nicht nur hier – nach und nach, je nachdem, wie schnell wir vorankommen, werden alle Häuser abgerissen. Gut, was?«

Hinnerk war noch blasser geworden. Zum ersten Mal war er halbwegs klar gewesen, und das auch nur, weil er kein Bier zur Hand gehabt hatte. Und vielleicht deswegen hatte sich zum ersten Mal so was wie ein schlechtes Gewissen in ihm geregt, und sein Magen hatte sich plötzlich umgedreht. Er war nach Hause gerannt und hatte sich übergeben. Danach hatte er sich eine Viertelstunde lang unter die Brause gestellt. Es war, als hätte sich in ihm ein Schalter umgedreht.

Himmel, wenn er den Anfang dafür gemacht hatte, dass die Nachbarn aus den Häusern getrieben wurden, mit irgendwelchen fiesen Mitteln …

〰

»Die meisten Häuser, um die es geht, gehören älteren Menschen«, sagte Benno Everding. »Die haben sich vielleicht schon selber überlegt, in ein Altenheim zu ziehen, weil sie es irgendwann alleine nicht mehr schaffen.«

»Ich wär ja in der *Seeperle* geblieben, da, wo ich hingehöre«, rief Isa empört. »Aber rausgeschmissen haben Sie mich!«

»Das Haus gehört jetzt nun mal mir«, sagte Benno. »So ist der Lauf der Dinge. Es ist alles korrekt abgewickelt worden. Außerdem sind Sie ja im Haus dieser Fernsehdame untergekommen.«

Das stimmte, Isa wohnte nun in Böhl in dem schönen Haus von Edith, die im Übrigen von allen auf ihre Werbung angesprochen wurde.

»Sie machen im Fernseher aber eine gute Figur«, sagte man, oder auch: »Es wäre schön, wenn es wirklich so wäre wie in den kleinen Filmen, da wären wir alle froh, wenn unsere Männer helfen würden ...«

»Und wisst ihr was?«, hatte Edith die Freundinnen gefragt. »Die Männerwelt ist empört! Männer seien nicht dazu gemacht, Putzlappen zu schwingen, Kuchen zu backen oder abzuwaschen.«

»Jedenfalls kriegen sie jetzt mal gezeigt, dass sie es könnten«, hatte Anni gesagt.

»Robert hat geschrieben, also mit Weihnachten, das klappt alles. Da freuen wir uns. Isa, wollen Sie uns vielleicht was Feines kochen?«

»Natürlich mach ich das!« Isa war glücklich gewesen.

»Robert hat auch geschrieben, dass Nielsen viel Rückmeldung zu der neuen Reklame kriegt. Überwiegend positiv von den Frauen, überwiegend negativ von den Männern natürlich. Ob wir den Frauen Flausen in den Kopf setzen wollten? Das ist doch wieder typisch. Jetzt ist Robert gespannt, wie der Abverkauf nach der Ausstrahlung weiterläuft.«

»Wir auch«, hatte Anni gesagt, die immer noch sehr verwundert gewesen war, weil Hinnerk sich eben bei ihr gemeldet hatte. Klein mit Hut war er gewesen. »Können wir uns sehen? Ich muss mit dir reden«, hatte er auf der Straße zu ihr gesagt.

»Na sicher«, hatte Anni geantwortet. »Jetzt gleich?«

»Nein, ich ... ich bin gerade auf dem Weg zum Arzt«, hatte Hinnerk leise zugegeben.

»Zu Helena?«

»Nee, ich geh zu keiner Frau. Ich fahr nach Tönning.«

»Was hast du denn?«, fragte Anni.

»Weiß nich, mir tut der Bauch weh. Ich mag auch plötzlich ganz oft keinen Alkohol mehr.«

»Das ist nicht das Schlechteste. Aber dann fahr eben nach Tönning, wenn du meinst. Melde dich, wenn du zurück bist und Zeit hast, ich bin ja nie weit weg.«

⦙⦙⦙

»Seid doch nicht unvernünftig, Leute, es soll euer Schaden nicht sein«, erklärte Benno Everding nun. »Wir bieten euch gute Preise, da könnt ihr gut von leben.«

»Meine Tochter hat gesagt, das sei alles Unsinn!«, rief die alte Swantje Döring. »Das Grundstück ist viel mehr wert!«

»Wir müssen doch alle zusammenhalten«, meinte Benno jovial. »Als besonderen Leckerbissen biete ich allen, die mir verkaufen, eine prozentuale Beteiligung an den Einnahmen, die das Grundstück dann als Ferienhaus bringt. Das ist doch was!«

Man fing an, sich murmelnd zu unterhalten.

»Was sagen denn eigentlich der Bürgermeister und die anderen Herren dazu?«, wollte einer wissen.

»Die sind natürlich begeistert«, sagte Benno. »St. Peter wird ein Vorzeigeort mit wunderhübsch restaurierten, urigen Ferienhäusern, in denen man sich bestens erholen kann.«

Er hatte in der Tat mit den hohen Herren von St. Peter gesprochen und ihnen die Sache schmackhaft gemacht. Aber natürlich kannten die nicht die ganze Wahrheit – wenn die Leute freiwillig auszögen und gutes Geld bekämen, wäre daran ja nichts schlechtzureden.

Niemand im Rathaus wusste, was Benno vorhatte – nur Anni und Hinnerk kannten seinen wirklichen Plan.

KAPITEL 40

»Rena!«, rief Anni aufgeregt ins Telefon. »Bist du es wirklich?«

»Ja.« Es war tatsächlich Renas Stimme.

»Endlich erreiche ich dich! Ich habe es schon mehrfach versucht! Wie kann ich dir helfen?«

»Mir helfen? Warum denn?«, fragte Rena langsam.

»Ist alles in Ordnung?« Anni hasste diese Frage zwar, weil eigentlich nie »alles in Ordnung war«, aber vielleicht wollte sie es einfach nur hören. So oft hatte sie es bei Rena versucht, immer erfolglos. Und sie hatte extra zu Uhrzeiten angerufen, an denen Gerhard höchstwahrscheinlich nicht zu Hause war.

»Mir geht es sehr gut«, sagte Rena langsam und klang seltsam phlegmatisch.

»Sollen wir kommen und dich holen?«, fragte Anni, die Renas merkwürdigen Tonfall sofort bemerkte.

»Nein, das ist nicht nötig, mir geht es sehr gut«, sagte Rena wie eine Sprechpuppe. Immer wenn man an der Schnur zog, sagte sie ähnliche Sätze.

»Nimmst du Medikamente? Ist Gerhard nett zu dir?«

Was für eine dumme Frage, dachte Anni. Warum sollte er!

»Ja, sicher. Es ist alles in Ordnung. Mir geht es sehr gut«, kam es wieder von Rena.

»Du …« Anni war regelrecht verzweifelt. Sie drang nicht zu ihrer Freundin durch. Und ihr waren die Hände gebunden. Wenn Rena nicht von Gerhard wegwollte, konnte sie nichts tun.

»Ich rufe dich wieder an, Rena. Wenn du willst, kommen wir und holen dich in Wien ab, dann kommst du nach Hause nach St. Peter, hörst du?«

»Das ist nicht nötig, es ist alles in Ordnung«, kam als Antwort, und irgendwann hatte Anni sich verabschiedet und aufgelegt. Es war sinnlos, in diesem Zustand mit Rena sprechen zu wollen.

◗◗◗

»Das hört sich für mich so an, als hätte er ihr irgendwas Starkes zur Beruhigung gegeben«, mutmaßte Helena später. Sie saßen bei einem Kaffee zusammen, Helena hatte gerade Mittagspause, und Isa war mit Edith und Lisbeth nach Böhl gefahren; die Möbel wurden geliefert, und Lisbeth konnten sie in Annis altem klappbaren Laufställchen in den Garten setzen und mit ihrer Puppe spielen lassen.

»Ich mache mir Sorgen«, sagte Anni. »Eigentlich mache ich mir um so ziemlich alles Sorgen. Um dich, um Rena, um Hinnerk …«

»Was ist denn mit ihm?«

»Irgendwas mit dem Magen. Er war in Tönning bei einem Arzt und ist jetzt zu einem Spezialisten geschickt worden.«

»Ich könnte Hinnerk zwar vierteilen, hoffe aber dennoch, dass es nichts Schlimmes ist«, sagte Helena. »Er kann übrigens auch sehr gern zu mir kommen.«

»Hab ich auch gesagt, aber Hinnerk geht zu keiner Frau. Da verhält er sich noch wie im Mittelalter.«

»Dann soll er es eben sein lassen. Du, Hajo Gätjes hat einen Schriftsatz verfasst, der es in sich hat. Er hat mir eine Durchschrift gebracht, wenn du magst, kannst du sie lesen. Oh, bist du bereit, für mich als Zeugin auszusagen?«

»Was soll ich denn da sagen?«

»Dass ich eine gute Ärztin bin, du noch nie was Schlechtes über mich gehört hast … Und natürlich, dass ich alles tue, um Menschen zu helfen, dass mir der Eid wichtig ist und so weiter.«

»Da muss ich ja noch nicht mal lügen«, sagte Anni. »Wobei ich das für dich auch getan hätte. Das ist ja wohl klar!«

»Ich würde aber nicht wollen, dass du lügst«, sagte Helena. »Weißt du, was mir am meisten zu schaffen macht? Dass ich immer noch nicht weiß, wer mich verraten hat.«

»Das verstehe ich«, nickte Anni. »Ich würde es auch zu gern wissen.«

⁂

»Hinnerk, du siehst ja furchtbar aus«, entfuhr es Anni entsetzt. Innerhalb von ein paar Tagen hatte er einige Kilo verloren, wirkte blass, ausgemergelt und geschwächt. »Du meine Güte, was ist denn nur los?«

»Verdammte Scheiße«, brummte Hinnerk. Er war vorbeigekommen und hatte Anni gefragt, ob sie ein Stück spazieren gehen wollten, und die hatte Ja gesagt.

»Nun sag schon.«

Er blieb stehen und kickte mit dem Fuß ein paar Steinchen hin und her. »Hab was im Magen, hat der Arzt gesagt. Wahrscheinlich ein Tumor.«

»Was?«, fragte Anni entsetzt.

»Ja. Er macht da mit einem Kollegen noch Untersuchungen, aber es ist wahrscheinlich Krebs im fortgeschrittenen Stadium oder wie das heißt. Ich muss auch noch mal geröntgt werden.« Er sah Anni an und tat ihr plötzlich unendlich leid.

»Ach, Hinnerk.« Sie konnte nicht anders, sie musste ihn in den Arm nehmen. Trotz allem, was zwischen ihnen passiert war, hatten sie ja auch mal schöne Zeiten gehabt, selbst wenn Hinnerk nie der Mann ihrer Träume gewesen war. Er ließ die Umarmung zu, und Anni hatte sogar fast das Gefühl, er würde sie genießen.

»Wie geht es jetzt weiter?«, fragte sie dann.

»Ich muss da halt noch ein paarmal hin, keine Ahnung, was da alles gemacht wird. Anni …«

»Ja?«

»Weißt du, ich bin jetzt seit einiger Zeit nüchtern und hab langsam das Gefühl, ich hatte mir mit Bier und Korn das Hirn weggesoffen.«

»Da widerspreche ich dir nicht«, musste Anni zugeben.

»Ich war so wütend, als du einfach abgehauen bist, Anni. Aber auch bockig. Ja, und ich gebe zu, ich hab zu sehr auf Lasse und die anderen gehört. Viel zu sehr. Letztens war ich beim Lasse und hab ihm das mit dem Magen erzählt, da hat er gesagt, auf so Geschichten hätte er keine Lust, ob ich denn kein Bier wolle. Nein, wollt ich nicht. Allein schon beim Geruch von Schnaps und Bier wird mir schlecht, und ich vertrag keinen Braten mehr von Mutti und auch sonst viele Dinge nicht. Das hat mir zu denken gegeben. Jetzt hab ich den Salat.« Er atmete hörbar aus und sah Anni zum ersten Mal seit Ewigkeiten reumütig und gleichzeitig Hilfe suchend an. »Bitte verzeih mir, Anni. Ich würd gern alles wiedergutmachen. Verdammt, verdammt. Jetzt muss ich gleich heulen ...« Er schlug die Hände vors Gesicht.

»Ist schon gut, Hinnerk«, sagte Anni und drückte ihn wieder fest an sich. »Wir kriegen das schon hin.«

»Ach Anni, ich war und bin ein Hornochse, ich hab alles versemmelt.«

»Ja, das stimmt, aber wir können es jetzt nicht mehr ändern«, stellte Anni pragmatisch fest. »Sondern wir müssen uns mit der Wirklichkeit und dem Jetzt und Heute abfinden.«

»Das stimmt, aber ich möchte trotzdem, dass du mir sagst, dass ich ein Vollidiot war«, bat Hinnerk.

»Gut. Du warst ein Vollidiot«, bekräftigte Anni. »So, gut?«

Er lächelte. »Danke. Ach Anni, ich war so sauer, auch auf den aus Bayern.«

»Auf Friedrich? Ja, das versteh ich. Du musst nicht mehr eifersüchtig sein«, sagte sie. »Er ist verheiratet und kommt nie wieder zurück.«

»Ich möchte so gern alles wiedergutmachen«, erklärte Hinnerk. »Ich habe so viele Fehler gemacht und dir so viele Steine in den Weg gelegt.«

»Auch das stimmt, aber ich trage dir nichts nach. Hauptsache, du wirst nicht wieder zu dem ekligen Kerl, der du warst.«

»Nie im Leben«, sagte Hinnerk voller Inbrunst. »Das verspreche ich dir.«

»Dann sei dir verziehen«, meinte Anni.

♦♦♦ KAPITEL 41
Ferienhaus in Böhl

»Ach, ist das schön hier«, sagte Isa, die ganz in ihrem Element war. Die neuen Möbel waren von allen für gut befunden worden, und nun konnte sie endlich loslegen, ganz in alter Haushälterinnen-Manier.

Endlich wurde sie wieder gebraucht, endlich konnte sie kochen und backen und herumwirbeln und alles an sich reißen! Wie hatte ihr das gefehlt!

»Ich backe uns zum Frühstück ein schönes Weißbrot«, sagte sie, oder: »Am Wochenende gibt's Kuchen. Was wollt ihr denn essen, Kinder?«

Alle freuten sich über ihren Tatendrang, und Anni war froh, dass es Isa von Tag zu Tag besser zu gehen schien. Nun konnte sie auch wieder auf den Friedhof gehen, obwohl die *Seeperle* ja verkauft war und Benno Everding immer noch in St. Peter sein Unwesen trieb. Unglücklicherweise hatte er bei einigen Leuten Glück, denn sie hatten weder Kind noch Kegel und fanden den Vorschlag, in ein Pflegeheim zu ziehen, gar nicht schlecht. Hinnerk und Anni redeten zwar mit Engelszungen auf die alten Herrschaften ein, aber da war nichts zu machen.

Hinnerk hatte nun die Ergebnisse von den Ärzten: Es war

tatsächlich ein Tumor, und so wie es aussah, hatten Metastasen schon andere Organe angegriffen.

Hinnerk, der keinen Tropfen mehr trank und immer weniger aß, wurde immer häufiger von Schuldgefühlen überwältigt.

»Könnt ich es doch wiedergutmachen«, sagte er oft.

Beide waren zu Benno gegangen, um den Verkauf rückgängig zu machen.

»Bin ich denn bescheuert?«, hatte der gefragt und süffisant gegrinst. »Ich leg doch gerade erst los!«

»Ich bin ein Idiot, ein Erztrottel«, bekannte Hinnerk. »Der Kerl hatte mir ja auch noch den Vorschlag gemacht, bei seinem Schlägertrupp mitzumachen.«

»Was du ja nicht getan hast«, sagte Anni. »Da merkt man, dass du im Grunde doch ein guter Mensch bist. Nun hör auf, dir Vorwürfe zu machen, Hinnerk. Du änderst dadurch auch nichts mehr. Lass uns schauen, wie wir die Sache halbwegs unbeschadet überstehen. Das halbe Dorf ist betroffen.«

Sie saßen in Helenas Küche. Helena und Hajo Gätjes waren im Wohnzimmer und gingen die Unterlagen für den ersten Verhandlungstag durch, als es an der Tür klingelte. Anni schaute aus dem Fenster. »Ach, Sigrun!«, rief sie, als sie Sigrun Broders, das ehemalige Mädchen für alles in der *Seeperle*, sah. Sie hatte schon Hedda, ihre Mutter, getroffen, die ihr gesagt hatte, dass Sigrun gerade bei Verwandten in Lübeck war, bevor sie in einem anderen Hotel in einem Nachbarort anfangen würde.

»Die Deern muss ja auch mal raus«, hatte Hedda gesagt. »Außerdem kriegt dann einer keine Kloppe von meinem Mann.«

»Ist es immer noch so schlimm?«, hatte Anni gefragt. »Ich hab ihn ja einmal getroffen, den Knut, und ihm die Leviten gelesen, offenbar hat's auf Dauer nichts genützt.«

Hedda hatte den Kopf geschüttelt. Am meisten litt ihr jüngster Sohn Arne unter den Wutausbrüchen des Vaters.

»Der Arne, der kann doch nichts dafür, dass er nicht so schnell ist wie die anderen, deswegen muss man ihn doch nicht schlagen«, hatte Hedda traurig gesagt. »Aber man kann nichts dagegen machen, sobald der Knut einen sitzen hat, geht's los.«

»Ach Frau Broders, das ist furchtbar«, hatte Anni gesagt und der Frau über den Arm gestreichelt. »Haben Sie eigentlich schon mal drüber nachgedacht, Ihren Mann zu verlassen?«

Bei dem Vorschlag hatte Hedda sie bloß verständnislos angeschaut. »Knut verlassen? Das geht doch nicht, so etwas macht man doch nicht. Nein, in guten wie in schlechten Tagen, so heißt es doch.«

»Wann gibt's denn mal gute Tage?«, hatte Anni da gefragt und keine Antwort darauf bekommen.

»Hallo, Fräulein Janssen, äh, Frau Schwenck, äh, kann ich Sie mal bitte sprechen?«

»Sicher, Sigrun, ich mach dir auf.« Anni ging nach unten und öffnete die Tür. Sigrun stand da und starrte Anni erst einmal mit großen Augen an. »Die Mutter hat gesagt, Sie sind wieder da. Nach all der Zeit, ist das schön!«

»Ja, Sigrun, ich freue mich auch, was kann ich denn für dich tun?«

»Also, da ist etwas, das ich Ihnen jetzt sagen muss«, stotterte Sigrun. »Ich hab das niemandem gesagt …«

»Komm doch erst mal hoch«, meinte Anni. Die beiden gingen nach oben und standen dann im Flur.

»Also, es ist so, dass … nachdem Sie damals weg sind, da kam … also da kam der Herr Brunner her«, sagte sie mit einem fast panischen Blick.

»Aha«, sagte Anni. »Welcher der beiden denn?«

»Der Friedrich Brunner, mit dem Sie damals auch mal aus-geritten sind und abends Wein getrunken haben«, sagte Sigrun. Annis Herz klopfte plötzlich ganz schnell.

»Aha«, sagte sie wieder. »Was wollte er denn?«

»Er hat nach Ihnen gefragt«, erzählte Sigrun. »Wo Sie wären. Aber ich hab gesagt, Sie seien jetzt verheiratet und fort und nie-mand wüsste, wo, und dann ist der Herr Brunner wieder ge-gangen.«

»Hat er was hinterlassen? Eine Nachricht, irgendwas?« Sigrun schüttelte so stark den Kopf, dass ihre Zöpfe hin und her flogen.

»Er ist einfach weggegangen.«

»Und dann kam er nie wieder?«

»Nein. Er hat ausgesehen wie ein Gespenst, als ich gesagt hab, dass Sie verheiratet sind. Hätt ich das nicht sagen sollen?«

Anni antwortete nicht. Friedrich hatte sich doch gemeldet, er war sogar nach St. Peter gekommen!

»Hat er geschrieben oder noch mal angerufen?«

Sigrun schüttelte nur den Kopf.

»Doch«, kam da eine Stimme, und Anni drehte sich um. Hin-nerk stand hinter ihr.

»Er hat ein paarmal angerufen, aber ich hab gleich wieder aufgelegt oder gesagt, dass du keinen Kontakt wünschst. Und geschrieben hat er auch, mehrfach. Die Briefe hab ich ungeöff-net in eine Schublade im Kontor der *Seeperle* deponiert.«

Er war fahl im Gesicht. »Es tut mir so leid, Anni.«

Die sagte nichts, sondern drehte sich einfach um und rannte Richtung *Seeperle*.

Das Boarding war beendet, Friedrich Brunner lehnte sich in seinem Sitz zurück und schloss die Augen. Hoffentlich würde dieser Flug schnell zu Ende gehen.

Er hatte einen Plan – einen guten, wie er fand.

Denn es war ihm etwas klar geworden: Das mit Anni, das konnte nur zu Ende sein, wenn sie ein letztes Mal miteinander gesprochen hatten. Und deshalb würde er jetzt nach Deutschland zurückfliegen, gleich nach St. Peter fahren und sie suchen. Irgendwo würde er sie finden, vielleicht war sie auch längst wieder da und würde sich einfach freuen, ihn zu sehen. Es musste geklärt werden, sonst würde er nie von ihr loskommen.

Die Triebwerke heulten auf, und das Flugzeug bewegte sich langsam zu der ihm zugewiesenen Startbahn.

Er würde nach Erreichen der endgültigen Reiseflughöhe einen doppelten Scotch bestellen und dann hoffentlich bis zur Landung gut schlafen.

Der Silbervogel hob sich gen Himmel, flog höher und höher, bis er über den Wolken war.

Kurze Zeit später begannen die Stewardessen, mit ihren Rollwagen herumzufahren, und kredenzten leckeres Essen und Getränke.

Er trank seinen Scotch in einem Zug leer.

Dann klappte er seinen Sitz zurück und schloss wieder die Augen.

Er schlief so gut, dass er gar nicht mitbekam, wie eine halbe Stunde später zwei Triebwerke ausfielen.

|||| KAPITEL 43
Seeperle

Anni rannte durch die immer noch offene Eingangstür, vorbei an der Rezeption, und stieß die Tür zum Kontor auf. Hier hatte sich nichts verändert, immer noch lag alles kreuz und quer, und in diesem heillosen Durcheinander würden auch herausgezogene Schubladen nichts mehr ausmachen. Bald wurde Anni fündig: In die hinterste Ecke hatte Hinnerk einige Briefe gestopft. Sie zog den Packen heraus und riss einen der Umschläge auf.

Liebste Anni,
glaub mir, selbst eine negative Antwort ist besser als keine, und ich
würde mir wünschen, dass Du mir nur ein einziges Mal schreiben
würdest, warum Du den Kontakt zu mir nicht willst. Ich habe einen,
nein, mehrere Fehler gemacht, das weiß ich, und ich möchte es gerade-
biegen. Und ich möchte Dir so gern einiges erklären.
Vielleicht können wir beide gemeinsam da weitermachen, wo wir auf-
gehört haben.
Mehr schreibe ich dazu nicht. Es ist alles gesagt.
In Liebe.
Friedrich

Das musste ein Brief neueren Datums sein. Anni öffnete andere, längere, in denen Friedrich von seiner Frau Manon erzählte, wie verständig sie auf sein Geständnis, also der Liebe zu ihr, reagiert hatte und dass sie ihm keine Steine in den Weg legen würde.

Es waren insgesamt elf Briefe, in denen mehr oder minder immer dasselbe stand: dass Friedrich sie liebte und bereit war, von vorne anzufangen.

Aber sie war nicht da gewesen! Dass Sigrun ihr vorhin erst vom Besuch Friedrichs erzählt hatte, konnte man der ja auch nicht vorwerfen, sie hatte wohl direkt, nachdem sie erfahren hatte, dass Anni wieder da war, die Beine in die Hand genommen und war zu ihr gerannt.

Anni legte die Briefe auf den Schreibtisch und sank auf einen Stuhl. Sie würde Friedrich schreiben, nein, sie würde ihn anläuten, jetzt gleich. Sie hob den Hörer des Telefons ab, aber da tat sich nichts. Wahrscheinlich waren die Rechnungen unbezahlt geblieben.

Anni nahm kurzerhand die Briefe und rannte zurück zu Helenas Wohnung, in der immer noch Hinnerk und Sigrun waren. Beide machten einen mehr als schuldbewussten Eindruck.

»Ich hätt es Ihnen doch geschrieben, Frau Schwenck, aber ich wusste doch nicht, wo Sie sind!«, versuchte sich Sigrun mit verheultem Gesicht weiter zu erklären.

Hinnerk sagte gar nichts, er saß auf einem Küchenstuhl und starrte vor sich hin. Zum Glück war Helena immer noch mit Hajo Gätjes im Wohnzimmer, Anni konnte jetzt keine guten Ratschläge von ihm gebrauchen. Sie musste handeln.

»Ich weiß, Sigrun, ich weiß, du musst dich jetzt nicht so schlecht fühlen, denn du kannst ja nichts dafür«, sagte Anni freundlich. »Ich muss jetzt erst einmal Friedrich anläuten.«

Anni begab sich zu Helenas schwarzem Telefonapparat aus Bakelit und nahm den Hörer ab, der plötzlich schwer, viel zu schwer in ihrer Hand lag. Mit unsicherer Stimme verlangte sie dann vom Fräulein vom Amt die Verbindung zu Friedrich Brunner in Starnberg.

Sie krallte ihre freie Hand in ihren Rock und hoffte inständig, er würde rangehen – doch dieser Wunsch wurde nicht erfüllt.

»Der Teilnehmer ist bereit.« Das Fräulein vom Amt verschwand aus der Leitung.

»Brunner«, sagte eine Frauenstimme, die gequält klang.

»Frau Brunner, Manon Brunner?«, fragte Anni.

»Ja.«

»Hallo, ich bin … hier ist Anneke. Anni Schwenck, also Janssen, also jedenfalls aus St. Peter an der Nordsee. Ich nehme an, Sie wissen, wer ich bin.«

Manon musste nicht lange überlegen. »Ja, sicher. Also haben Sie es schon gehört?«

»Was denn gehört?«, fragte Anni.

Da schluchzte Manon auf. »Sein Flugzeug. Also die Maschine, in der Friedrich saß … Er war in Amerika und wollte zurück nach … O Gott!«

Anni wurde kalt. Sie zog an der Telefonschnur, bis die ganz glatt war.

Manon holte tief Luft. »Die Maschine wird vermisst. Plötzlich war sie verschwunden, es gab keinen Kontakt mehr. Wahrscheinlich ist sie abgestürzt.«

▐▐▐▐ KAPITEL 44
St. Peter

Anni bemühte sich, nicht allzu traurig zu wirken. Wie es in ihr aussah, konnten die anderen ja hoffentlich nicht sehen. Sie hatte in den letzten Wochen noch einige Male mit Manon Brunner telefoniert, die sie freundlich auf dem Laufenden hielt.

Friedrichs Maschine blieb verschwunden, man wusste überhaupt gar nichts. Natürlich war mit Hubschraubern gesucht worden, aber man war nicht fündig geworden. Anni hatte versucht, das alles nicht zu nah an sich herankommen zu lassen, aber natürlich hatte sie es nicht geschafft. Sie war tieftraurig, brach oft in Tränen aus und fragte sich, warum das alles so hatte kommen müssen.

Wenigstens Hinnerk machte keine Probleme. Durch seine Erkrankung schien er tatsächlich aufgewacht zu sein, natürlich lag das auch daran, dass er keinen Alkohol mehr trank.

Wenigstens ein Gutes hatte die ganze Situation also.

»Feiern wir Weihnachten zusammen?«, hatte er gefragt, und Anni hatte gern zugesagt.

»Es ist zu schade, dass erst eine Krankheit den alten Hinnerk wieder zum Vorschein bringt«, hatte sie gemeint. »Natürlich feiern wir zusammen. Ich werde mich bemühen, gute Laune zu haben.«

»Da wirst du dich nicht so sehr bemühen müssen, Anni«, prophezeite Helena. »Allein schon wegen Lisbeth!« Die konnte mittlerweile schon recht gut laufen und spielte nicht nur mit Puppa, sondern auch mit vielen anderen Dingen, die alle möglichen Leute ihr schenkten.

Nun saßen sie in der Küche vor einem hübschen Adventsgesteck, und die Kerzen brannten.

Hinnerk kümmerte sich nun sogar um Lisbeth, was Anni ihm hoch anrechnete.

Hinnerks Freund Lasse aus dem Nachbarort ließ sich so gar nicht mehr blicken, was niemanden verwunderte.

»Ich sauf halt nicht mehr mit ihm«, sagte Hinnerk. »Da kann er mit mir wohl nichts anfangen. Ach Anni, jetzt müssen wir nur noch Benno Everding das Handwerk legen. Verdammte Axt, war ich blöde. Und das Dumme ist, dass immer noch mehr Leute auf ihn hereinfallen. Ich hab läuten hören, dass er die, die nicht ausziehen wollen, im neuen Jahr entweder rausklagen oder noch härtere Geschütze auffahren will.«

Gemeinsam waren Hinnerk und Anni sogar bei den Stadt- und Landoberen gewesen und hatten dort von Benno Everdings Machenschaften erzählt.

»Ach was«, hatte einer nach dem anderen gesagt und Anni und Hinnerk bloß milde angelächelt. »Das geht alles seine korrekten Wege. Papperlapapp, die werden erpresst, die Leutchen, das ist doch wie immer nur Geschwätz. Halten Sie sich mal da raus und lassen Sie die Sachen von denen erledigen, die sich damit auskennen. Und Frohe Weihnachten.«

Damit war die Sache erledigt gewesen.

Benno Everding war ein gewitzter Hund. Bei den alten Leutchen machte er auf freundlich, hin und wieder flossen auch mal kleinere Geldbeträge in bar, um sich die Herrschaften gefügig zu halten, nicht dass die noch abspringen würden. Hinnerk mied er wie der Teufel das Weihwasser, und mit Anni verhielt es sich ebenso.

»Noch Kaffee?«, fragte Edith und hob die Kanne an. Das Häuschen in Böhl war fertig eingerichtet, heute sollten Robert und Pauline anreisen. Edith lief schon dauernd ans Fenster, um Ausschau zu halten, sie sagte ununterbrochen: »Immer noch nichts. Nicht dass da was passiert ist«, und immer entgegnete jemand: »Man braucht eben länger als zwei Stunden von Frankfurt nach St. Peter«, und Edith fragte: »Meinst du?«, und eine Viertelstunde später ging es wieder von vorne los.

Alle außer Hinnerk hielten nun ihre Tassen hin. Hinnerk trank nur ungesüßten Kräutertee.

Aus dem kleinen Küchenradio klang ein Knabenchor, der »Leise rieselt der Schnee« sang, es dämmerte und war sehr gemütlich mit den Kerzen auf dem Adventsgesteck.

Wenn nur die Sorgen nicht gewesen wären …

Auch Helena war in sich gekehrt, trank gedankenverloren ihren Kaffee und naschte hin und wieder einen Zimtstern oder Buttergebäck. Isa stand am Herd und briet Rindfleischwürfel für ein Gulasch an. »Es muss wieder alles gut werden«, war deren Lieblingssatz.

»Warum vertrauen die uns eigentlich nicht?«, fragte Anni nun in die Runde. »Wir sind Alteingesessene, wenn wir zu den Harmgarts gehen und sie warnen, dann müssten die uns doch mehr glauben als diesem windigen Benno Everding.«

»Wie ich hörte, sind deren beide Kinder, die in Hamburg wohnen, sehr daran interessiert, dass das Haus zu einem guten Preis verkauft wird und die Eltern endlich in ein Pflegeheim kommen. Benno verspricht ja auch noch Prozente von der künftigen Vermietung des Hauses. Ich war schon dreimal da und habe versucht, mit Olaf und Dortje Harmgart zu reden, aber ohne Erfolg. Ich weiß nicht, wie Benno das gemacht hat«, sagte Hinnerk. »Ich ahne Schlimmes. Ich hörte, dass Benno irgendwelche halbseidenen Kerle mit kräftigen Fäusten schicken will.«

»Na also, das werden wir ja wohl zu verhindern wissen«, sagte Helena nun. »Wir werden den Ort verteidigen. Der wird sich umschauen! Ach Kinder, ich mach mir solche Gedanken wegen meines Prozesses. Hajo meint zwar, es sieht gut aus, aber er ist natürlich auch kein Hellseher.«

»Wann ist denn der erste Termin?«, fragte Anni, die das Thema gern verdrängte.

»Im Januar«, seufzte Helena. »Diese elende Warterei!«

»Aber ganz St. Peter steht hinter dir, das weißt du«, sagte Edith. »Sonst wird ja gern über alles und jeden gelästert. Aber hier hält man zusammen!«

Helena schüttelte den Kopf. »Gerade die Frauen sind sehr auf meiner Seite, wobei es natürlich auch hier einige gibt, die sich das Maul zerreißen. Das habe ich zumindest gehört. Oder, Isa?«

»Jo, aber das sind immer die üblichen Verdächtigen«, kam es vom Herd. »Die, denen man es sowieso nie recht machen kann.«

»Das ist wohl überall so«, sagte Anni. »Hauptsache, die Praxis leidet nicht darunter, und das tut sie ja auch nicht, stimmt's?«

»Nein, da ist alles gut. Und wie gesagt, viele Frauen sprechen mich drauf an und sagen, selbst wenn's so wäre, also wenn ich es gemacht hätte, sie könnten es verstehen. Es sind da ja auch einige dabei, die selber bei mir waren.«

»Ich bin mir sicher, da wird sich in Zukunft noch einiges ändern«, sagte Edith kampfeslustig. »In Frankfurt hab ich mir schon eine neue Gruppe aufgebaut, und Kassel läuft natürlich auch noch weiter. Bernd plant weitere Filme, in denen die Nielsen-Produkte sich alle nach und nach emanzipieren, einen Anfang haben wir ja schon gemacht. Oh, ich glaube, da kommen sie endlich!«

Edith sprang wieder auf und ging zum Fenster. »Sie sind es!«, rief sie und öffnete einen Flügel. »Huhu! Paulinchen, hier oben!«

»Mami!«, schrie es von unten, und Edith rannte zur Tür, um ihrer Familie zu öffnen.

Und dann saßen sie alle zusammen: Anni, Hinnerk, Lisbeth, Isa, Helena, Edith, Robert, Pauline und Ediths Mutter Gudrun, die als Überraschungsgast mitgekommen war. Eigentlich hatte sie bei einer alten Freundin feiern wollen, die sie nach Ewigkeiten wiedergefunden hatte, aber dann hatte sie sich überlegt, dass das erste Weihnachtsfest, an dem sie Tochter und Enkelin wiederhatte, doch zusammen verbracht werden musste. Deshalb hatte sie sich von Robert und Pauline im Auto abholen lassen, und sie waren gemeinsam nach St. Peter gefahren. Gudrun hatte die letzte Zeit in Roberts und Ediths Haus gewohnt und viel Zeit mit ihrer Enkeltochter verbracht – sie mussten ja so viel aufholen!

Nun ließen sich alle Isas Vorspeise schmecken, eine leckere Champignoncremesuppe mit getoastetem Weißbrot und später Gulasch mit Klößen und Rotkraut.

In einer ruhigen Minute nahm Hinnerk Isa zur Seite.

»Ich wollt mich noch bei dir entschuldigen … weil ich dich

die letzten Jahre nicht so gut behandelt hab«, sagte er reuevoll. Isa tätschelte ihm die Wange. »Schon gut, min Jung. Ist ja jetzt wieder gut, was? Du hast dich ja berappelt, und ich bin nicht nachtragend. Den Rest, den kriegen wir auch noch hin, was meinste?«

»Jo«, sagte Hinnerk froh. Er wusste ja selbst nicht, was mit ihm los gewesen war in dieser Zeit. Falsche Freunde, falsche Getränke, falscher Stolz. Und jetzt noch ein Tumor. Wenn er doch bloß diese Krankheit besiegen könnte!

Helena gesellte sich zu ihnen. »Sagen Sie mal, Hinnerk, wie geht's denn nun mit Ihnen weiter?«

»Man wird wohl noch mal röntgen oder wie das heißt, und dann soll ich Bestrahlungen kriegen und eventuell eine Behandlung mit Senfgas.«

»Mit was? Das wurde doch im Krieg eingesetzt, das hab ich gelesen!«, rief Isa entgeistert.

»Ja, offenbar hilft es auch bei Krebs. Jedenfalls bei Blutkrebs, ob bei mir auch, da ist man sich noch nicht sicher.«

»Wo bist du in Behandlung?«, fragte Helena.

»In Tönning war ich«, sagte Hinnerk. »Aber ich soll dann nach Hamburg ins Universitätskrankenhaus Eppendorf.«

»Da sind Sie gut aufgehoben«, beruhigte ihn Helena. »Es gibt nur sehr gute Ärzte da. Wenn Sie möchten, begleite ich Sie die ersten Male.«

Hinnerk sah sie mit großen Augen an.

»Das würden Sie tun?«

»Natürlich. Man hat doch viele Fragen, dann fällt einem in dem Moment nur die Hälfte ein, und später ärgert man sich, dass man nicht noch das oder das gefragt hat. Vier Ohren hören auch mehr als zwei, außerdem bin ich ja auch Ärztin und verstehe vielleicht besser, was die Götter in Weiß da so von sich geben.«

»Da wäre ich sehr froh«, sagte Hinnerk dankbar.

»Dann ist das also abgemacht«, nickte Helena freundlich. »Und ich würde sagen, dass wir jetzt mal zum Du übergehen. Was meinst du?«

Hinnerk strahlte: »Sehr gern.«

Dann setzten sich die beiden wieder zu den anderen. Pauline hing an ihrer Mutter, wollte sie gar nicht mehr loslassen. In ihrem blau-weißen Matrosenkleidchen sah sie ganz entzückend aus.

»Ist das Kleid neu?«, fragte Edith plötzlich.

»Och, das würd ich so nicht sagen«, sagte Robert.

»Doch, Papi, das ist neu, da waren wir doch gestern in dem Geschäft!«

»Ach, war das erst gestern?«, fragte Robert und grinste. »Na ja, dann ist es halbneu.«

»Und die Schuhe auch?« Edith deutete auf die dunkelblauen Lackschuhe.

»Sie glänzen so schön, Mami.«

»Und da musstest du sie einfach kaufen, Robert, richtig?« Edith sah ihren Mann lächelnd an.

»Ich konnte nichts dagegen tun«, meinte der schulterzuckend.

»Aber jetzt … Jetzt will ich euch das Beste erzählen.« Er machte eine Kunstpause, damit alle »Was denn, nun erzähl schon« rufen konnten.

Robert lehnte sich zurück. »Ich habe die Zahlen«, verkündete er.

Edith klatschte in die Hände. »Die ersten Zahlen seit der Ausstrahlung der Werbespots?«

Robert nickte. »Und der Anzeigen in den Zeitungen. Und was soll ich sagen, wir haben ein Plus von beinahe dreißig Prozent! Hauptsächlich bei den Produkten, die direkt von uns beworben und gezeigt wurden, aber auch bei den anderen Sachen hat der Verkauf angezogen. Ich bin sehr zufrieden und froh, dass meine schöne Frau da einen großen Anteil dran hat.«

»Oh, fast dreißig Prozent«, staunte Edith. »Das hört sich viel an!«

»Tendenz steigend«, lächelte Robert. »Wir scheinen auf einem guten Weg zu sein mit unserer Emanzipationswerbung, wie du es so schön nennst.«

»Ha!«, machte Edith. »Jawohl! Ich werde Bernd und seinem Team eine Karte schreiben«, sagte sie dann. »Das hat er super gemacht – ich hoffe, du hast es ihm schon gesagt und den anderen auch.«

»Sicher hab ich das schon getan«, sagte Robert. »Die ganze Abteilung bekommt einen Bonus. Das haben die großartig hinbekommen! Bernd natürlich ganz besonders.« Er zwinkerte Edith zu, und die lächelte fröhlich zurück.

»Bernd lässt übrigens Grüße ausrichten«, sagte Robert dann. »Er feiert mit seinen Eltern und der Oma zu Haus in Freiburg.«

»Oh, danke«, sagte Edith. Der gute Bernd! Ein wirklich netter Kerl, und er und Robert waren so lieb zusammen, wenn sie unbeobachtet waren. Schon öfter hatte Bernd bei ihnen zu Hause in Frankfurt zu Abend gegessen oder war sonntags zum Kaffee gekommen. Niemand fand das merkwürdig, immerhin war er ein sehr enger Mitarbeiter von Robert, und Gudrun meinte immer, man müsse sich doch um den jungen Mann ein bisschen kümmern, der hatte ja noch gar keine Frau … Dass der junge

Mann mit Robert später zu einem Mittagsschläfchen im oberen Stockwerk verschwand, musste ja keiner wissen.

Anni freute sich so, dass alle zusammen waren, dass sie Friedrich sowie das Desaster mit Benno Everding und Hinnerks Krankheit tatsächlich hin und wieder für einige Minuten vergaß.

▋▋▋▋ KAPITEL 45
Heiligabend

»Ist das herrlich!« Robert breitete die Arme aus und stellte sich gegen den Wind, der heute besonders kalt wehte. Sie hatten sich alle im Böhler Haus versammelt und beschlossen, noch einen Weihnachtsspaziergang am Meer zu machen. Die Nordseewellen krachten in schöner Regelmäßigkeit an den Strand, und Pauline fand es wundervoll, in ihren Gummistiefeln in der Gischt herumzuhüpfen.

»Schnee! Es schneit!«, jauchzte sie nun und versuchte, die Flocken mit der Zunge aufzufangen. Edith, die sich bei Anni und Helena untergehakt hatte, lachte ihr zu.

Alle waren dabei, Hinnerk unterhielt sich mit Robert, und Gudrun scherzte mit Edith, nur Isa war zu Haus geblieben, um mal wieder ihrer Lieblingsbeschäftigung nachzugehen, nämlich kulinarische Köstlichkeiten zu zaubern. Auch Hinnerks Eltern würden nachher zum Essen kommen. Frederika hatte Anni aufgesucht und ihr gesagt, wie wunderbar sie es fand, dass Hinnerk sich eingekriegt hätte.

»Ich hatte schon das Schlimmste befürchtet«, hatte sie gesagt und Anni die Wange gestreichelt. »Ach Anni, wenn nun dieser vermaledeite Krebs nicht wäre. Bei allem, was war, das hat der Jung nich verdient.«

Dem konnte Anni nur zustimmen.

Wie sehr sie es liebte, an der See zu sein, den rauen Wind zu spüren und das Salz zu riechen. Wie schön es war, mit ihren Freundinnen und denen, die sie noch lieb hatten, hier im Sand herumzulaufen. Sie machte sich um Helena zwar Sorgen, aber war auch überzeugt, dass sie bei Hajo Gätjes gut aufgehoben war. Der hatte Schriftsätze verfasst, die einen schaudern ließen. Aber er schien zu wissen, was er tat.

Es schneite immer mehr, die Flocken wurden dichter und dichter. Ihre Augen tränten schon, doch sie wollte einfach weiterlaufen, tief ein- und ausatmen. Lisbeth war bei Isa geblieben und verschlief den Schnee, Anni hoffte, dass es nicht der letzte Schnee in diesem Winter gewesen war.

»Wisst ihr was?«, fragte Edith nun. »Ich bin so dankbar, dass ich euch wiederhabe, ach, es ist so viel passiert, ich hoffe, es werden mal ruhigere Zeiten anbrechen. Die haben wir, glaub ich, alle verdient, du mal ganz besonders, Helena, ich bete wirklich, dass alles gut wird. Und Anni, du und Hinnerk, ihr müsst euch noch überlegen, wie ihr gegen Benno Everding vorgehen werdet, sonst reißt der weiter alles an sich.«

»Und Hinnerk muss gesund werden, ich hoffe es so sehr«, sagte Helena. »Sag mal, Anni, so wie er jetzt ist, ist er ja richtig nett. Kannst du dir vorstellen, wieder ein Paar mit ihm zu sein? Dein Mann ist er ja schon«, lächelte sie die Freundin an.

Anni schüttelte den Kopf. »Das ist vorbei«, sagte sie mit fester Stimme. »Aber wir sind gute Freunde, und das bleiben wir auch.«

»Eigentlich schade, dann hätten wir ein Problem weniger«, sagte Edith.

»Er muss wieder gesund werden«, sagte Anni. »Und ich

möchte so gern wissen, was mit Friedrich passiert ist. Diese Unklarheit ist ganz schrecklich.«

»Ja, das ist furchtbar. Man sollte meinen, dass wir nach dem Krieg schon genügend Ungewissheit hatten«, sagte Helena bitter. »Wir haben ein wenig Ruhe und Frieden wahrlich verdient.«

Schweigend gingen sie weiter, jede von ihnen hing ihren Gedanken nach, bis Edith zitternd fragte: »Wollen wir langsam mal zurück? Mir frieren fast die Augen ein.«

»Ja, der Wind ist eisig«, sagte Anni. »Nicht dass wir noch krank werden.«

Sie rief alle zusammen, und gemeinsam gingen sie in Richtung Heimat. Es schneite immer heftiger, alles passte so wunderbar zum Heiligen Abend.

Anni hatte Post bekommen, Karten und Päckchen, die hatte sie mit hergenommen, um sie zu öffnen. Von Sterzels hatte sie eine hübsche Weihnachtskarte bekommen, sie zeigte schlittschuhlaufende, lachende Leute auf der zugefrorenen Alster, und jeweils ein Geschenk für Lisbeth und für sich. Sie selbst hatte Sterzels auch eine Karte geschickt und auch von Isa gebackene Plätzchen sowie eine Schallplatte von Beethoven, weil sie wusste, dass die beiden gern klassische Musik hörten. Es war schön, dass die Sterzels immer noch so an sie und Lisbeth dachten.

Außerdem war ein Päckchen aus dem *Chérie* gekommen, natürlich unter einer anderen Absenderadresse, nämlich Muttis Wohnung. Darin lagen eine wunderschöne Pelzstola und ein Buch über Cocktails.

»Liebe Anni«, stand in dem Weihnachtsbrief. »Du wirst nicht glauben, wer kürzlich hier geklingelt hat. Mein Fridtjof ist wieder da! Ich hab schon gar nicht mehr dran geglaubt, Kind. Nun ist alles gut. Du, er war ganz außer sich, als er das Büro gesehen hat, und natürlich habe ich gleich von Dir erzählt. Mein Weihnachtsgeschenk an Dich, das ist diese Nerzstola. Ich hab mir mal geschworen, wenn mein Fridtjof wieder da ist, dann tu ich was Gutes und schenk meinen Lieblingspelz jemandem, den ich ganz besonders gernhabe und der ihn gut gebrauchen kann. Die Winter an der See sind sicher rau, und ich glaube fast, dass Du Dich darüber freuen könntest. Das Buch ist von den Mädels, damit Du uns nicht vergisst. Annichen, ich wünsche euch beiden ein wunderschönes Weihnachtsfest im Kreise eurer Lieben. Meins könnte nicht schöner sein.«

In tiefer Zuneigung,

Deine Mutti, die Dich von allen grüßen soll, auch von Bubi und Ronny.«

Anni strich über das weiche Fell und war gerührt. Sie hatte noch nie einen Pelz besessen und nahm sich vor, ihn in Ehren zu halten. Und natürlich würde sie ihn Lisbeth vererben.

Unter großem Hallo fand dann die restliche Bescherung statt – Anni bekam von Hinnerk sogar eine Armbanduhr.

»Das wäre doch nicht nötig gewesen«, sagte sie.

»Doch«, lautete die Antwort. »Ich muss so einiges aufholen. Danke, dass du mir verziehen hast.«

Lisbeth und Pauline bekamen mit Abstand die meisten Geschenke, aber auch Isa wurde reich bedacht. Keiner ging leer aus, und Edith durfte sich über ein wunderbares goldenes Armband mitsamt zwei Anhängern freuen. Einmal ein Herz und einmal ein vierblättriges Kleeblatt. »Das Herz steht für Pauline und das Kleeblatt für mich, weil ich dir Glück bringe«, sagte Robert selbstbewusst, und alle lachten. »Sobald unser Kleines da ist, gibt's dafür auch einen Anhänger.«

»Ich finde die Idee wunderbar, danke, mein Schatz!« Edith küsste Robert auf die Wange, und er legte den Arm um sie.

Es war ein wunderbarer Abend mit einem herrlichen Weihnachtsbaum, klassischer Musik, einem Fondue und vorzüglichen Dips, mit viel Lachen und Anstoßen. Und draußen schneite es immer weiter.

Es war ein perfektes Fest, und alle genossen es in vollen Zügen.

Wenn Anni nur nicht dauernd an Friedrich denken müsste ... Im Stillen betete sie für ihn und hoffte, dass es ihm dort, wo er nun war, gut gehen mochte.

Weihnachten und Silvester waren vorbei, und das alte Jahr hatten sie besonnen ausklingen lassen. Alle miteinander hatten in Helenas Wohnung Bowle getrunken und sich bunte Hüte aufgesetzt. Es hatte sogar Toast Hawaii gegeben, obwohl Isa eigentlich gegen diesen »neumodischen Kram« war. Andererseits liebte sie die Sendung »Bitte in zehn Minuten zu Tisch« mit dem Fernsehkoch Clemens Wilmenrod, in der so wundervolle Gerichte wie Arabisches Reiterfleisch oder »Spaghetti nach Art der schwarzen Carola« und eben auch das Toast Hawaii zubereitet wurden. Sie liebte die Sendung aber nur, weil sie nach Fehlern schauen konnte, denn natürlich machte Herr Wilmenrod eigentlich fast alles falsch. Er kochte Nudeln zu lang, würzte zu fad oder zu stark und wusste noch nicht mal, wie man ein Eigelb unterzog.

Einzig beim Toast Hawaii hatte der Koch alles richtig gemacht, und deswegen durfte es das nun geben. In einer Fernsehsendung hatte sie von diesem Gericht erfahren: Auf geröstetes Weißbrot wurde Butter gestrichen und Cheddar gelegt sowie Schinken und eine Scheibe Dosenananas, und dann wurde alles für ein paar Minuten in den Backofen geschoben, wenn es fertig war, kam noch eine kleine Zierkirsche obendrauf, und fertig war das »orientalische Gericht«, wie Isa es nannte.

Zu Silvester konnte es das ja mal geben.

Hinnerk und Anni versuchten weiter, den Leuten in St. Peter auszureden, sich mit Benno einzulassen, bissen aber immer noch auf Granit.

»Es ist sinnlos«, seufzte Anni. »Man könnte auch mit einer Wand sprechen.«

Dann, eines Tages, Helena und Hajo Gätjes waren gemeinsam zum ersten Gerichtstermin gefahren, da klingelte in Helenas Wohnung das Telefon.

»Kindchen!«, hörte sie Mutti rufen. »Ist das schön, deine Stimme zu hören.«

»Mutti!« Anni konnte es gar nicht fassen. »Das kann ich nur zurückgeben. Ich hoffe doch, es ist nichts passiert?«

»Nein, nein, oder doch, wie man's nimmt. Du glaubst nicht, wer hier aufgetaucht ist ...«

»Nun, wer? Etwa nicht ... Rena?«

»Doch«, sagte Mutti. »Das arme Kind war sogar ohne Jacke unterwegs, stell dir vor. Hat sich von Wien ohne Geld bis nach Hamburg durchgeschlagen, sonst konnte sie ja nirgends hin. Ich hab ihr erst mal eine heiße Suppe gemacht. Sie konnte die Wohnung in Wien in einem unbeobachteten Moment verlassen. Dieser Gerhard hat sie da sozusagen gefangen gehalten und ihr Beruhigungstabletten gegeben. Irgendwann hat sie aber aufgehört, die zu nehmen, und dann war sie klar genug, um auszubüxen. Nur in Hose und Bluse ist sie los, und in Hausschuhen. Hat sich an den Straßenrand gestellt und gewunken, bis einer anhielt und sie mitgenommen hat. Dann hat sie sich so weiter durchgeschlagen von Wien bis hierher. Dass dem Mädchen auf dem Weg nichts passiert ist! Man liest ja so einiges!«

Anni atmete erleichtert auf. »Geht es ihr denn gut?«

»Bei mir geht es jedem Mädchen gut«, meinte Mutti. »Aber hier konnte sie ja nicht bleiben. Bestimmt steht ihr Mann bald wieder vor der Tür.«

»Aber wo ist sie denn jetzt?«

»Na, Hedwig war hier zum Arbeiten, und die hat eine Ursel verständigt. Gemeinsam sind die beiden mit ihr dann in ein Frauenhaus, wie sie es nennen, gefahren.«

»Meine Güte, wie schön!«, rief Anni. »Ich werde Hedwig einen Brief schreiben und mich bedanken und lege einen für Rena dazu.«

»Mach das, Deern. Und sonst?«

»Ach, wir haben großen Ärger wegen eines windigen Kerls, der aus St. Peter ein modernes Feriendorf machen will, und wir bekommen ihn nicht los. Und Hinnerk, von ihm hab ich dir auch erzählt, hat bald seine erste Bestrahlung, er hat ja Krebs. Wir hoffen, dass wir das hinkriegen. Dann steht der Prozess gegen Helena an. Heute ist der erste Tag. Bis alles durchgestanden ist, bleibt unsere andere Freundin Edith noch hier. Wir können Helena jetzt nicht alleine lassen.«

»Das macht ihr richtig. Wie geht es denn dem Lieselchen?«

»Sie ist jedermanns Liebling, wächst und gedeiht, läuft herum und spricht schon anständig.«

»Na, das sind doch wenigstens gute Nachrichten. Ich soll dich von den Mädels grüßen!«

»Grüß zurück, Mutti. Danke, dass du mir Bescheid gesagt hast. Und grüß auch Ronny und Bubi.«

»Das mach ich.«

»Oh, und Mutti, ich freue mich so, dass dein Fridtjof wieder da ist.«

»Frag mich mal, Kind. Das war wie Weihnachten und Geburtstag zusammen! Ich dachte, ich fall tot um, als er vor mir stand.«

»Grüß ihn unbekannterweise von mir, ich hoffe, ich lerne ihn mal kennen.«

»Da kannst du sicher sein. Also, Deern, ich schick dir einen Kuss.«

»Zurück, Mutti, zurück.«

Erleichtert legte Anni auf. Rena ging es gut! Das war doch eine großartige Neuigkeit. Dann zog sie eine Jacke an, nahm Lisbeth an die Hand und ging langsam zum Haus der Dittmanns. Der Alltag hatte wieder das Zepter übernommen, und die Menschen arbeiteten, wie auch Rickmer Dittmann. Anni beschloss, nicht im Verkaufsraum nach ihm zu fragen, sondern ging gleich hinter das Haus, wo sich eine Tür zur Bäckerei befand.

»Herr Dittmann«, sagte sie schon im Öffnen.

Der knetete gerade Teig und schaute auf. Er sah immer noch schlecht aus.

»Ich möchte Ihnen nur sagen, dass es Rena gut geht«, sagte Anni.

Er kam näher. »Woher weißt du das?«

»Eine Bekannte hat mich gerade angeläutet«, erklärte Anni. »Rena ist aus Wien geflüchtet …«

»Das weiß ich schon, Gerhard hat angerufen«, sagte Rickmer Dittmann mit zerfurchtem Gesicht.

»Sie müssen sich nicht sorgen, es ist alles gut. Rena wurde von ihrem Mann misshandelt und mit Tabletten ruhiggestellt. Sie konnte sich nach Deutschland durchschlagen und ist jetzt erst mal an einem geheimen Ort, um sich zu erholen und dann neu anzufangen.«

»Das weißt du ganz sicher?«, fragte er argwöhnisch.

»Ich schwöre es Ihnen«, bestätigte Anni ernst.

Nun sah er erleichtert aus. »Das Renchen hätte diesen eingebildeten Mistkerl nie heiraten dürfen. Danke, Anni, danke, dass du gekommen bist.«

»Das ist doch selbstverständlich.« Anni nickte ihm zu und wandte sich zum Gehen.

»Warte mal, ich hab ein süßes Teilchen für die Lütte«, sagte er da noch und reichte Lisbeth einen Zuckerkringel, den die strahlend entgegennahm.

»Danke«, sagte Anni, und langsam ging sie mit Lisbeth zurück zu Helenas Wohnung. Sie kamen an der *Seeperle* vorbei, was wie immer ein trauriger Anblick war. Dann blieb sie jedoch hinter einem Baum stehen. Da war Benno Everding, aber nicht allein – bei ihm standen zwei große Männer, die aussahen, als würden sie zwölf Stunden täglich in einem Boxclub trainieren. O Gott. Das waren bestimmt diese Schläger, von denen sie gehört hatten.

Da musste man doch etwas tun! Sie beschloss, einen Umweg nach Hause zu machen, damit Benno und die Männer sie nicht entdecken konnten.

KAPITEL 47

Helena war außer sich. »Wie ist das möglich, kannst du mir das sagen, Anni? Warum hat er das bloß getan?«

Anni war fassungslos, genau wie Edith. Helena und Hajo Gätjes waren von dem Termin zurückgekommen und wussten nun, wer Helena angezeigt hatte.

»Nie wäre ich auf Knut Broders gekommen«, sagte Anni. »Nie. Wie er das wohl herausgefunden hat?«

»Er hat davon gefaselt, dass er mein Auto, also das vom alten Doktor, vor dem Haus seiner Schwiegermutter bemerkt hat, das fand er merkwürdig, und dann hat er mich wohl am offenen Fenster gesehen, und er kennt ja die Wohnung von Asta Tröger. Später kamen zwei Frauen raus, gemeinsam mit mir, und er konnte hören, dass ich den beiden noch Ratschläge gegeben habe, wie sie sich nun schonen müssen. Dann hat er wohl eins und eins zusammengezählt.« Helena zuckte mit den Schultern. »Aber das war für ihn noch kein Grund, mich anzuzeigen. Das hat er erst getan, nachdem er herausgefunden hatte, dass ich seiner Frau auch geholfen hatte. Er hat ein Gespräch zwischen Hedda und Sigrun belauscht. Da hat er wohl wieder eins und eins zusammengezählt. Er hat Hedda und Sigrun mitten in ihrer Unterhaltung überrascht und ist wohl dann völlig durchgedreht. Einen Bastard habe sie ihm fast untergejubelt, und sie solle in der Hölle landen und im Feuer schmoren, und wenn Sigrun irgendwann mal mit einem Bankert nach Hause kommen täte, da würde er sie totschlagen und in der See versenken, und wahrscheinlich wüssten es alle außer ihm, er könne sich in St. Peter nicht mehr blicken lassen, hatte er gebrüllt und dann seinen Gürtel aus der Hose gezogen. Was dann passierte, erspar ich euch, nur so viel: Hedda hatte eine solche Angst vor ihrem Mann, dass sie sich nicht getraut hat, mir zu erzählen, was er wusste. Und Sigrun muss wohl mehr als eine Stunde ohnmächtig auf dem Boden gelegen haben. Zum Arzt durfte sie aber nicht gehen. Jedenfalls tritt er nun als Kläger oder Nebenkläger auf, ach, Herr Gätjes, ich hab gar nichts behalten.«

»Dafür haben Sie ja mich.« Hajo Gätjes sah besorgt aus. »Keine schöne Sache, das. Aber nun kennen wir unseren Feind.«

»Er muss ganz oft zum Haus von Asta gefahren sein und hat gezählt, wie vielen Frauen ich geholfen habe. Einmal, als Asta einkaufen war, ist er mit einem Zweitschlüssel – seine Frau hat einen – hoch in die Wohnung und hat das Zimmer gesehen. Das hat er alles brühwarm erzählt.«

»Oh, Helena, das ist ja entsetzlich«, sagte Edith mitfühlend. »Dieser Mistkerl. Am liebsten würd ich ihn ohrfeigen!«

»Ich sag euch nicht, was ich am liebsten mit ihm machen würde«, sagte Helena böse.

»Das Problem ist, dass er auch einigen Frauen gefolgt ist und nun deren Adressen kennt. Die werden natürlich als Zeugen geladen, ich weiß aber nicht, wer es ist. Aber wenn das welche waren, die nur aus Unachtsamkeit und unverheiratet schwanger geworden sind, also wenn keine medizinischen Gründe da sind, wie zum Beispiel bei dieser Bluterin, dann sieht es schlecht aus.

Dann heißt es noch, ich würde Unzucht unterstützen oder so ähnlich.«

»Wir malen den Teufel erst einmal nicht an die Wand«, beruhigte Hajo Gätjes. »Ich überlege mir eine neue Taktik, ich muss nachdenken.«

Stirnrunzelnd verließ er Helenas Wohnung. Die war immer noch durcheinander. »Seine Frau hätte sterben können, wenn sie das Kind bekommen hätte. O Himmel, wenn ich nun ins Gefängnis muss ...«

Sofort waren Edith und Anni da und umarmten die Freundin. »Wir sind bei dir«, sagte Edith. »Wir lassen dich nicht allein«, bekräftigte auch Anni. »Wir halten immer zu dir, egal, was kommt.«

»Himmel, hätte ich jetzt gern ein Glas Sekt«, sagte Edith sehnsüchtig.

»Kommt nicht infrage«, regte Helena sich gleich wieder auf. »Nur über meine Leiche!«

Edith grinste. »So kann man dich wenigstens ein bisschen ablenken.«

KAPITEL 48

»Also, ich muss zehn Bestrahlungen kriegen, und dieses Röntgen hat ergeben, dass man wohl doch operieren kann, aber erst muss ich die Bestrahlungen machen. Ein Stück vom Magen wird mir dann eventuell auch weggeschnitten. Angeblich ist das aber nicht so schlimm, oder, Helena?«, fragte Hinnerk ein paar Tage später, als er von dem ersten Termin zurückkam.

Die nickte. »Ja, das hört sich schlimmer an, als es ist. Und Hinnerk hat wirklich Chancen, die sollten wir nutzen.«

Sie hatte abgenommen und war fahl im Gesicht. Das alles setzte ihr ziemlich zu, sie war sogar bei Knut Broders zu Haus gewesen, aber der hatte durch die geschlossene Tür gerufen, dass sie sich vom Acker machen solle, und Hedda durfte auch nicht mit ihr sprechen. Im *Nautilus*, wo Knut oft war, behandelte er sie wie Luft und sagte, er dürfe gar nicht mit ihr reden.

Die Meinungen im Dorf waren zwiegespalten: Viele waren für Helena, aber eben auch viele auf Knuts Seite. Man flüsterte hinter vorgehaltener Hand und war gespannt, wie es ausgehen würde. Für Hedda war jeder Gang durch den Ort ein Spießrutenlauf, denn nun wussten alle, dass sie ein Kind hatte wegmachen lassen. Sie hatte Knut zwar gebeten, es für sich zu behalten, doch der meinte, es sei seine Pflicht, darüber zu reden, seine meist alkoholisierten Kumpels stachelten ihn weiter an und sagten, er habe seine Frau nicht im Griff.

Nicht nur einmal hatte er seitdem den Gürtel aus der Hose gezogen und auch den Rohrstock geschwungen.

Für Edith war es unerträglich, das mit ansehen zu müssen. »Können wir Hedda und die Kinder da nicht rausholen?«, fragte sie Anni. Die zuckte mit den Schultern. »Sie müssen es wollen. Ich hab schon mit ihnen gesprochen, aber kein Wort kommt da, nichts.«

Es war keine leichte Zeit, entweder man wartete auf den nächsten Prozesstag, die nächste Bestrahlung oder auf Benno Everdings nächste Schritte.

»Wenigstens sind wir drei zusammen«, meinte Anni eines Abends. »Ich glaube, ohne euch würde ich verrückt werden.«

Helena und Edith nickten.

»Seid mal leise«, sagte Anni. »Da draußen ist ein merkwürdiges Geräusch ...«

Sie standen auf und gingen zum Fenster, Anni öffnete es und lehnte sich raus. In der Stille des späten Abends hörte man etwas knistern.

»Im Ortskern brennt es!« Anni sah die Flammen und den roten Himmel. »O Gott!« Sie nahm ihre Jacke und raste nach unten. Zum Glück war Lisbeth versorgt, die war mit Isa in Böhl und schlief hoffentlich seelenruhig.

Die beiden Freundinnen taten es Anni gleich, und gemeinsam rannten sie die Straße entlang, Edith etwas langsamer als Anni und Helena.

»Das ist das Haus von Harmgarts!«, rief Anni.

»Die ganz alten Herrschaften?«, fragte Helena im Rennen. »Aber die wollten doch an Everding verkaufen!«

»Frau Harmgart«, rief Anni, als sie ankamen. Die alte Frau stand im Nachthemd und barfuß auf der Straße. »Um ein Haar hätt ich es nicht gemerkt, ich bin doch schwerhörig. Zum Glück hat der Hund angeschlagen«, erzählte sie. Auch ihr Mann stand im Pyjama draußen, ein paar Sekunden später kam die Feuerwehr.

»Da brennt es weg, unser Zuhause …« Hand in Hand standen Harmgarts da und weinten. »Ach, wär'n wir doch auch tot.«

»Hören Sie bloß auf, so was zu sagen!«, bat Anni nachdrücklich. »Aber wollten Sie nicht sowieso verkaufen?«

Frau Harmgart schüttelte den Kopf. »Wir haben es uns noch einmal anders überlegt, das ist doch unser Zuhause gewesen – hier hat mein Mann mich als junge Braut hergebracht und über die Schwelle getragen, mit den Füßen voran, und so wollte ich auch irgendwann wieder rausgetragen werden.«

Anni nahm die alte Dame in den Arm, während Edith mit einem Feuerwehrmann sprach und dann zu ihnen kam.

»Die haben einen Benzinkanister gefunden«, sagte sie. »Wahrscheinlich ist jemand aufs Dach geklettert, hat das mit dem Benzin getränkt und dann von unten ein Streichholz geworfen.«

»Wer macht denn so was?«, fragte Helena fassungslos und zog ihre Jacke fester um sich.

Nun stand Herr Harmgart neben seiner Frau, den Arm um sie gelegt. Anni hatte ihre Jacke ausgezogen und der zitternden Frau übergelegt, Helena machte das Gleiche mit dem alten Mann.

»Das war's«, murmelte der. »Das war's. Wir hätten dem Everding nicht sagen dürfen, dass wir doch nicht verkaufen.«

Als Anni ihn da so stehen sah, Hand in Hand mit seiner alten Frau, wie sie auf das Feuer starrten, das alles verbrannte, was ihnen lieb und teuer war, da kroch eine blinde, vernichtende Wut in ihr hoch.

Sollte es sich bewahrheiten, was sie vermutete, dann wüsste sie genau, was zu tun war.

❙❙❙

»Es war ganz sicher Brandstiftung«, bestätigte Helena am nächsten Mittag. »Von alleine hätte das nicht brennen können, das sagen jedenfalls die von der Feuerwehr. Ich hatte heute einen wegen leichten Verbrennungen in der Praxis. Nun werden Ermittlungen aufgenommen.«

Die Harmgarts hatte man vorerst bei Bekannten untergebracht, das Haus war nicht mehr zu retten gewesen.

»Jetzt haben wir nicht mal mehr Geld für das Pflegeheim«, hatte Herr Harmgart bitter gesagt. »Unsere Rente reicht dafür nicht. Hätten wir das Haus an Everding verkauft, wäre es gegangen, oder aber wir wären geblieben, und alles wäre wie gewohnt weitergelaufen. Aber so … ich weiß nicht, was werden soll. Wir werden wohl in ein kleines Zimmer bei unserem Sohn in Hamburg ziehen müssen.«

»Das wird sich alles finden, Hauptsache, es ist Ihnen nichts passiert«, hatte Anni gemeint. »Wenn Sie was brauchen, lassen Sie es mich bitte wissen.«

Die beiden taten ihr so leid.

Anni ging nun zu Hinnerk ins *Haus Ragnhild*.

»Es war Brandstiftung.«

»Ja, ich habe es auch schon gehört«, sagte Hinnerk. »Genauso wie ein Gespräch zwischen den beiden Kerlen und Benno. Ich weiß mittlerweile genau, wo ich mich zum Lauschen hinstellen muss.« Er grinste halbherzig. »Die waren es. Die haben das Haus angezündet – also die beiden Handlanger.«

Die Wut kroch wieder in Anni hoch, und sie krallte sich am Küchentisch fest. Was, wenn das nun so weiterging und Benno Everding nicht überführt wurde? Oder die Leute freiwillig auszögen, wenn er ihnen erzählte, was ihnen blühte, wenn sie es nicht taten?

Benno Everding musste hier aus St. Peter verschwinden. Er war ein schlechter Mensch und durfte nicht noch mehr Unheil anrichten. Jetzt musste gehandelt werden.

IIII KAPITEL 49
St. Peter, ein paar Tage später

Anni, die gerade bei der alten Swantje Döring zum Einholen gewesen war, schüttelte nur noch den Kopf. Hier, in der Klatsch- und Tratschzentrale, hatte man mittlerweile viele Themen. »Die Sache« mit der Frau Doktor, Heddas »Sache«, der arme Hinnerk und das Haus von Harmgarts, denen es glücklicherweise wieder gut ging …

Als Anni fertig war und mit ihren Einkaufsnetzen Richtung Helenas Wohnung ging, ertönte plötzlich ein gellender Schrei, der Anni durch Mark und Bein fuhr. Entsetzt drehte sie sich um und schaute, woher er kam, aber sie konnte nichts entdecken. Also musste er aus einem Haus kommen. Anni ging weiter, und in dem Moment, als sie an dem Haus der Broders vorbeikam, öffnete sich die Haustür dort, und Hedda kam tränenüberströmt herausgerannt und wedelte mit einem Blatt Papier herum.

»Hilfe!«, schrie sie. »Die Frau Doktor, schnell. Hilfe! Wir müssen sie finden. Anni, schnell, zu Hilfe!« Nun kam Knut Broders leichenblass aus dem Haus, blieb mit hängenden Armen stehen und sagte gar nichts. Hinter ihm erschien heulend der Sohn, Arne.

»Was ist denn passiert, Hedda?«, fragte Anni völlig konsterniert.

»Sie will ins Wasser gehen, ins Wasser will sie gehen!«, rief Hedda panisch aus und rannte Richtung See. »Wir müssen sie finden, bevor es zu spät ist. Kommt alle, kommt!« Sie rannte Richtung Strand und ließ den Bogen Papier fallen. Anni hob ihn auf, las ihn und wurde weiß wie eine Wand. Dann rannte sie zur Wohnung, so schnell sie konnte.

»Helena, Edith, ihr müsst sofort mitkommen!«, rief sie, dort angekommen, atemlos. »Wir müssen Sigrun Broders suchen.«

»Warum das denn?«, fragte Edith.

»Ich muss gleich die Praxis wieder aufmachen, ich hab Sprechstunde«, sagte Helena.

»Hier.« Sie legte das Papier auf den Tisch, und die beiden lasen.

»O mein Gott!« Edith schlug die Hände vors Gesicht.

»Nein, das darf sie nicht!« Helena war bleich.

»Wir müssen uns beeilen«, drängte Anni. »Ich vermute, sie ist mit dem kleinen Boot der Familie rausgefahren, wir müssen die See absuchen. Doktor Heilwig hatte doch bestimmt ein Fernglas.«

Helena nickte und holte es.

»Dann auf, los, bevor es zu spät ist.«

Die drei verließen zusammen die Wohnung, die Tür knallte hinter ihnen zu, der Luftzug fegte den Briefbogen vom Tisch. Sachte schwebte er zu Boden.

… kann ich nicht anders, als diesen Weg zu wählen. Ich möchte euch keine Schande bereiten, und ich weiß, dass es in diesem Fall besser ist, wenn ich tot bin. Bitte verzeiht mir. Falk trifft keine Schuld, bitte macht ihm keine Vorwürfe und sagt auch seiner Frau nichts. Aber er ist nun mal verheiratet, und eine Scheidung kommt nicht infrage. Ich

wäre immer die mit dem unehelichen Kind. Also geh ich in die See. Sucht mich nicht, behaltet mich lieb, sicher wird es schnell gehen, und dann habt ihr keine Sorge mit einer schwangeren, unverheirateten Tochter …

❚❚❚

»Sigrun!«, brüllte man auf dem langen Steg und suchte verzweifelt das Meer ab. Knut Broders weinte nun ebenso wie seine Frau Hedda, sie schrien sich die Seele aus dem Leib.

Es war kalt und windig, die See hatte höchstens ein paar Grad, nach ein paar Minuten wäre man zu schwach, um noch zu schwimmen.

»Sigrun!«, schrien Anni, Edith und Helena verzweifelt. Das halbe Dorf war an der See, die Nachricht von Sigruns Verschwinden hatte sich wie ein Lauffeuer verbreitet, alle suchten und schrien und schauten durch Ferngläser. Dann kam die Wasserpolizei und fuhr mit mehreren Booten die See ab, leuchtete mit großen Scheinwerfern und rief ebenfalls nach Sigrun. Doch es kam keine Antwort.

Zwei Stunden später, bei auflaufendem Wasser, wurde das kleine Boot von Broders angetrieben. Es war leer.

KAPITEL 50

Man suchte und suchte, aber Sigrun wurde nicht gefunden. Tagelang war das natürlich Gesprächsthema in St. Peter, an Normalität war nicht zu denken. Trotzdem musste es ja weitergehen.

Hedda Broders hatte ihren Mann vor versammelter Mannschaft zur Schnecke gemacht und ihm die komplette Schuld an allem gegeben. Und er hatte nichts gesagt, nur mit hängendem Kopf dagestanden. Das war schlimmer, als geprügelt zu werden.

▌▌▌

Mitten in dieser schweren Zeit stand für Anni und Hinnerk der Besuch der Dame von der Fürsorge ins Haus, auf den sie so lange gewartet hatten. Zum Abschied meinte Anni höflich zu ihr: »Sie tun doch nur Ihre Arbeit, ich habe mich ehrlich gesagt auf Ihren Besuch gefreut, denn ich wollte so gern beweisen, dass bei uns alles im Lot ist, nicht wahr, Schatz?«

Hinnerk nickte. »Alles ist wunderbar.«

»Und Ihrer kleinen Lisbeth scheint es ja gut zu gehen«, nickte die Dame freundlich. »Ich werde einen entsprechenden Bericht schreiben. Wirklich schön haben Sie es hier, so direkt am Meer. Das ist ja ein Paradies für ein Kind.«

»Ja, sicher, sie ist auch viel an der frischen Luft.«

Die Frau hob den Zeigefinger. »Das ist gut, sehr gut ist das. Also, danke für Tee und Kuchen, der war ganz ausgezeichnet. Haben Sie den selbst gebacken?«

»Natürlich«, sagte Anni, was eine glatte Lüge war. Isa hatte darauf bestanden, dass Anni als »gute Hausfrau und Mutter« auch eine weiße, gestärkte Schürze anzog.

»Also dann, alles Gute, kleine Dame«, sagte die Frau zu Lisbeth, die sie strahlend anlächelte. »Wir sehen uns in einem halben Jahr wieder.«

Gemeinsam standen Anni und Hinnerk dann in der Eingangstür vom *Haus Ragnhild* und winkten der Frau nach.

»Uff«, machte Anni. »Das wäre geschafft. Vielen Dank, Hinnerk.«

»Sicher«, sagte der. »Jetzt können wir uns den wichtigen Dingen widmen. Wo treffen wir uns denn später?«

»In einem Café in Tönning«, sagte Anni. »Komm nun, Lisbeth, Jacke an, es gibt eine Überraschung!«

••••

»Da ist ja unser Lieselchen!« Ronny und Bubi waren außer sich vor Freude, als Anni gemeinsam mit Hinnerk und Lisbeth das Café betrat. Lisbeth juchzte vor Freude auf und wollte sofort auf die Arme der beiden Riesen. Die taten ihr natürlich gern den Gefallen und wirbelten sie so schnell herum, dass fast einige Gedecke von den Tischen gefegt wurden.

»Wir haben dich so vermisst«, meinte Ronny. »Schau mal, was wir dir mitgebracht haben.« Stolz hielt er eine kleine Puppe hoch. Lisbeth war begeistert.

»Wir haben noch mehr Sachen für Lisbeth im Auto, auch von Mutti«, verkündete Ronny, während Bubi Lisbeth herzte.

»Aber nun erst mal zu eurem Problem. Der nette Mann zündet also Häuser von alten Leuten an. Nun, das wird er nicht mehr tun, wenn wir ihn besucht haben. Wir müssen genau besprechen, wann wir wo auftauchen.«

»Nicht ganz so bald, sonst wirkt es allzu geplant wegen der Brandstiftung«, sagte Hinnerk. »Und auf gar keinen Fall darf man euch erwischen.«

»Natürlich nicht«, sagte Ronny ernst.

❙❙❙

»Oha, oha«, machte Hinnerk, als sie sich wieder im Auto auf dem Heimweg befanden. »Wenn das man nun gut geht. Nicht dass die Waffen haben, also Bennos Leute. Ich glaub, die schrecken vor nichts zurück.«

»Ronny ist in Hamburg ein Kiezkönig«, sagte Anni. »Sogar die Polizei hat Respekt vor ihm. Er wird da nur Rächer-Ronny genannt. Und Bubi ist das gleiche Kaliber.«

»Das glaub ich gern. Die sehen ja aus, als könnten sie Häuser mit der Hand hochheben.«

»So ungefähr ist es auch«, sagte Anni.

»Also wirklich, Anni, du bist ganz verändert. So erwachsen«, sagte Hinnerk.

Anni zuckte mit den Schultern. »Jedenfalls fühle ich mich wohl bei dem, was ich tue.«

»Du tust auch immer das Richtige«, sagte Hinnerk bewundernd. »Ich danke dir so dafür, dass du mir verziehen hast. Eins muss ich dich nun noch einmal fragen: Bin ich Lisbeths Vater?«

Anni zögerte nicht. Er hatte die Wahrheit verdient.

»Nein«, sagte sie also ehrlich.

»Danke«, sagte Hinnerk. »Ich werde immer gut zu unserer Tochter sein.«

»Das weiß ich nun«, sagte Anni und legte ihre Hand auf seine, die auf dem Lenkrad ruhte.

KAPITEL 51

Sigrun wurde einige Tage später am Nordstrand gefunden. Sie war nur siebzehn Jahre alt geworden.

Ganz St. Peter kam zur Beerdigung. In der Kapelle waren nach kurzer Zeit alle Plätze belegt, viele Leute mussten draußen stehen. Anni und die anderen außer Edith, die auf Lisbeth aufpasste, waren recht früh hier gewesen, um noch einen Sitzplatz zu bekommen.

Der Sarg, in dem Sigrun lag, war mit weißen und rosa Rosen geschmückt, und man konnte den Steinboden vor lauter Kränzen gar nicht sehen. Ganz versteckt und kaum zu sehen war ein besonders hübscher, auf dem nur stand: *In Liebe, Falk.*

Pfarrer Gerthsen hielt eine freundliche Ansprache, erwähnte aber mit keinem Wort, dass es sich um einen Freitod handelte. Darüber sprach man natürlich nicht, das war ja Sünde. Auch die Schwangerschaft wurde nicht erwähnt. Anni war froh, dass Edith nicht hier war. Sie hätte der Freundin glatt zugetraut, dass sie Pfarrer Gerthsen unterbrochen und die Wahrheit eingefordert hätte.

Hedda Broders saß in einem schwarzen Kleid aufrecht da. Sie hatte die Hände gefaltet und regte sich nicht. Ihr Mann Knut neben ihr wimmerte leise vor sich hin, doch Arne schien nicht richtig zu begreifen, was vor sich ging.

»Was ist da drin?«, fragte er ein paarmal, und irgendwann antwortete ihm Knut heiser.

»Sigrun, Sigrun ist da drin. Unsre Sigrun.«

»Vorlesen«, sagte Arne traurig. »Nicht mehr vorlesen.«

»Nein, nie mehr«, schluchzte Knut.

Hedda hatte keine Tränen. Sie war innerlich wie tot.

Als der Sarg nach draußen getragen wurde, ging Hedda aufrecht und kühl hinter den Männern her und umklammerte ihre Handtasche. Dann blieb sie vor dem offenen Grab stehen. Ihr Mann trat nun einen Schritt vor.

»Ich möchte ein paar Worte sagen, bevor wir für immer Abschied von unserer Tochter nehmen«, sagte er ungelenk. »Ich hab sie sehr geliebt und hoffe, dass ich ihr ein guter Vater …«

Was nun kam, überraschte Anni nicht wirklich.

Hedda erwachte aus ihrer Schockstarre und sah ihren Mann hasserfüllt an.

»Wag es nicht, auch nur ein Wort weiterzusprechen«, zischte sie. »Du hoffst, dass du ihr ein guter Vater warst? Schämen sollst du dich, du versoffener Dreckskerl!«

Alle hielten den Atem an. Nun ging Hedda einen Schritt auf ihren Mann zu.

»Hedda …«, fing Knut Broders an. »Bitte, Hedda …«

»Nein!«, schrie Hedda Broders. »Nein, nein und nochmals nein! Es reicht! Du hast die Frau Doktor angezeigt, weil sie Frauen in Not geholfen hat, und hast gleichzeitig deine eigene Tochter in die See getrieben! Du bist an allem schuld! Wir hätten hinter Sigrun stehen müssen, die jetzt da drin liegt, in diesem Sarg. Du hast mir meine Tochter genommen, du Schwein!«

Nun fing sie an, wie von Sinnen mit der Handtasche auf ihren Mann einzuschlagen. Der duckte sich, schlug nicht zurück und sagte keinen Ton. Hedda schlug und schlug auf ihn ein, und als Knut zu Boden ging, schleuderte sie ihre Handtasche fort und malträtierte ihn mit den Fäusten. Niemand schritt ein, alle standen da wie versteinert. Pfarrer Gerthsen musste gestützt werden. Da konnte nun auch Gott nichts mehr richten.

»Und jetzt verschwinde! Geh mir aus den Augen und komm nie mehr zurück! Ich will dich nie wiedersehen!«, brüllte Hedda.

Und Knut stand tatsächlich auf. Er sah, dass er von niemandem Hilfe zu erwarten hatte, dann zog er seine zerknautschte Anzugjacke gerade und ging gebückt davon.

Er drehte sich nicht mehr um.

Das war das Letzte, was man von Knut Broders sah.

Er kam nie wieder nach St. Peter zurück.

∎∎∎

Noch tagelang war das Begräbnis, das dann wie in Trance fortgesetzt wurde, Gesprächsthema Nummer eins in St. Peter. Hedda sah man nicht an, dass sie eine Tochter verloren hatte. Hoch erhobenen Hauptes ging sie stolz in schwarzer Kleidung durch den Ort, und niemand wagte, nach ihrem Mann zu fragen. Der war weg, und niemand vermisste ihn, außer vielleicht sein Saufkumpan Gerd, aber der wurde schnell anderweitig fündig.

Es war, als hätte es Knut nie gegeben.

Einige Tage später erhielt Hajo Gätjes Post vom Gericht. Die

Anzeige gegen Helena war zurückgezogen worden. Der Kläger hatte erklärt, gelogen zu haben. Nichts von dem, was er zu Protokoll gegeben hatte, würde der Wahrheit entsprechen, das versichere er eidesstattlich. Auch Asta Tröger wurde entlastet.

»Das fasse ich nicht«, sagte Helena. »Erst so und jetzt so. Was hat er sich nur dabei gedacht?«

»Nun, überleg doch mal«, sagte Anni. »Er zeigt dich an, nun zieht er alles zurück. Warum wohl? Ich nehme an, weil du seiner eigenen Tochter hättest helfen können, es aber nicht getan hast.«

Sie sah die Freundin ruhig an.

»Sigrun war bei mir«, sagte Helena. »Du hast recht, ich hab ihr nicht geholfen, weil ich Angst hatte während der Verfahrenszeit. Und danach wäre es wahrscheinlich zu spät gewesen. Ich wollte Sigrun gern helfen, wirklich, das müsst ihr mir glauben, aber ich musste auch an meine Zukunft denken. Dass es nun so endet, das hab ich nicht gewollt.«

»Niemand macht dir Vorwürfe«, sagte Edith sanft und streichelte Helenas Arm.

»Wenn ich jetzt zurückdenke, dann finde ich doch, dass ich ihr hätte helfen sollen. Es war ja eine aussichtslose Situation.« Sie seufzte. »Manchmal weiß ich auch nicht, was richtig oder falsch ist.«

»So geht es uns doch allen mal«, sagte Anni. »Ich hoffe, dass wenigstens das, was ich mit Hinnerk plane, richtig ist.«

»Was ist es denn?«, wollte Edith wissen.

»Das kann ich nicht verraten, ich hab es versprochen«, wehrte Anni ab.

»Gut, das verstehe ich. Ich hab euch ja auch nichts von Sigrun erzählt. Du hast also auch so was wie ein Arztgeheimnis, Anni?«

»So ähnlich«, sagte Anni, und dann saßen sie da, eine ganze lange Weile, und hingen ihren Gedanken nach.

♦♦♦♦ KAPITEL 52

Es war an einem Winterabend 1956, als merkwürdige Geräusche aus der leer stehenden *Seeperle* drangen.

Benno Everding hatte in den vergangenen Tagen großmäulig kundgetan, dass in der nächsten Zeit ein Abrissunternehmen auftauchen und die *Seeperle* sowie einige andere Häuser »plattmachen« würde. Die Anwohner waren entsetzt – von Abriss war doch nie die Rede gewesen!

»Ich hab es euch doch gesagt«, war ein Satz, den Anni und Hinnerk in diesen Tagen sehr oft sagen mussten. »Aber ihr wolltet es ja nicht wahrhaben.«

Dass jetzt das eintrat, vor dem Hinnerk und Anni gewarnt hatten, verdrängten die Leute wahrscheinlich so lange, bis sie die Bagger und die Abrissbirnen mit eigenen Augen sehen würden.

Benno Everding war in seinem Element. Wichtigtuerisch lief er herum und erzählte jedem, dem er begegnete, was er vorhatte. Seine Handlanger waren ein paarmal unterwegs gewesen und hatten die Leute eingeschüchtert. Und dann hatte Benno sich mit den beiden in der *Seeperle* vorübergehend einquartiert, damit man beobachten konnte, was so ablaufen würde.

Es war nicht direkt Lärm, der aus der *Seeperle* zu hören war, sondern eher eine wortreiche Diskussion, gefolgt von Geräuschen, die danach klangen, als würde jemand versuchen, durch einen Schal oder etwas anderes zu schreien. Niemand wollte etwas davon mitbekommen haben. Auch das schwarze Auto, das am Ortseingang stand, war niemandem aufgefallen.

Dass am nächsten Vormittag ein schöner Karton mit einer Puppe vor Helenas Wohnung stand, das fiel zwar den Patienten auf, aber die Lütte, die hatte wohl einfach nur was geschenkt bekommen.

Es war sehr merkwürdig, dass nun plötzlich doch keine Bagger und Abrissbirnen kamen, und noch merkwürdiger war, dass Benno Everding fort war. Er musste des Nachts abgereist sein …

Anni und Hinnerk, die fragte man natürlich, aber die wussten es auch nicht. »Vielleicht hat er es sich doch anders überlegt« war ihr Standardsatz. Damit gab man sich bald zufrieden.

Und Anni sagte nichts, zu niemandem. Isa schaute sie manchmal merkwürdig an und meinte dann: »Wenn du nicht mit dem Teufel im Bunde gestanden hast«, aber Anni lächelte nur.

»Tscha«, sagte Hajo Gätjes zu Helena. »Da bin ich wieder über Nacht arbeitslos geworden. Die vom Gericht haben die ganze Akte zugeschlagen. Das ist doch komisch. Aber wir sollten uns nicht darüber aufregen, gute Frau, sondern einen heben und feiern! Ich hätte nichts gegen ein kleines Likörchen und einen kühlen Sekt!«

»Den sollen Sie haben!«, lachte Helena froh.

»Und ich bekomme wieder nichts«, murrte Edith, die bald abreisen würde.

»Was willst du nun machen, Anni? Die *Seeperle* instand setzen und den Hotelbetrieb wiederaufnehmen? Und was ist überhaupt mit dem Geld? Wem musst du das denn zurückzahlen?«

»Niemandem«, sagte Anni. »Es kam heute ein Schreiben, in dem mir und Hinnerk die *Seeperle* wieder übereignet wurde, ohne Kosten.«

»Wie bitte?« Das konnten Edith und Helena kaum glauben. »Und nun?«

»Nun habe ich etwas vor, das ich euch bald erzählen werde.«

In Annis Kopf reifte ein, wie sie fand, wunderbarer Plan.

Später kam Hinnerk von seiner letzten Bestrahlung.

»Jo, die Ärzte sagen, sie sind zufrieden. Dann bin ich es wohl auch«, sagte er ermattet. »Jetzt steht die Operation ins Haus, dann sehen wir weiter.«

»Hast du Angst?«, fragte Edith.

»Nee, ich hab ja gute Freunde und eine wunderbare Frau.« Er zwinkerte Anni zu. Sie war so froh, dass zwischen ihr und Hinnerk alles geklärt war.

»Ich freue mich, dass ihr alle gekommen seid«, sagte Anni zu den anwesenden Gästen. Halb St. Peter war da und natürlich alle, die ihr lieb und teuer waren, um endlich, endlich Lisbeths Taufe zu feiern. Hedwig Sterzel und ihr Mann waren gekommen, ebenso wie Mutti, die Mädels, Bubi und Ronny. Dass die beiden sich in der *Seeperle* so gut auskannten, obwohl sie noch nie hier gewesen waren, fand in dem Trubel keiner merkwürdig. Außerdem gefielen die beiden in ihren schwarzen Anzügen den anwesenden Damen ausgesprochen gut. Frau Sterzel richtete Grüße von Rena aus. Noch immer wusste Anni nicht, wo genau ihre Freundin war, aber das war vielleicht auch besser so. Jedenfalls ging es ihr gut, und das war ja am wichtigsten.

Sogar Rickmer und Lore Dittmann waren zur Taufe gekommen – Lore hatte sich sogar ansatzweise bei Anni entschuldigt.

Lisbeth sah in ihrem weißen Seidenkleid ganz bezaubernd aus und war ganz aufgeregt, weil sie heute die Hauptperson war. Sie spielte versunken mit Pauline und den anderen Dorfkindern, und schon nach kurzer Zeit war das Kleid nicht mehr gar so weiß, aber niemand sagte etwas. Die Sonne schien, ein Büfett war aufgebaut, und Isa hatte in ihrer gestärkten Schürze wie immer beste Laune, weil sie so furchtbar viel zu tun hatte.

Hedda Broders war auch gekommen. Sie würde bald den Dorfkrämerladen von Swantje Döring übernehmen, die sich demnächst zur Ruhe setzen würde – manche sagten sogar, sie wäre bald hundert. Und Hedda, die ja nun allein war, brauchte eine Arbeit, um die Familie zu ernähren.

Anni hatte sich eine Tauffeier unter freiem Himmel gewünscht, und Pfarrer Gerthsen hatte extra das Taufbecken aus der Kirche holen lassen, das zum Glück nicht fest dort eingemauert war.

Einen Wermutstropfen hatte das Ganze: Annis Freund Hans, der eigentlich erster Taufpate werden sollte, war verhindert, und so mussten Edith und Helena allein die Bürde tragen – zum Glück taten sie das gern.

Edith war sehr stolz auf ihr kleines Bäuchlein, und Pauline freute sich auf ihr Geschwisterchen.

Nun trat man zusammen, um Lisbeth über das Taufbecken zu halten. Helena hatte sie auf dem Arm, und Pfarrer Gerthsen sprach ein Gebet.

Da ertönte plötzlich ein lautes Hupen – alle drehten sich um und schauten auf die Straße. Anni konnte erst gar nicht glauben, was sie dort sah!

»Hans!«, schrie sie und rannte über die gemähte Wiese zu dem roten Fend Flitzer, der gerade zum Stehen kam.

»Ha!«, rief Hans zurück. »Da bin ich! Ich habe alle Termine verlegt, viele Menschen sind jetzt böse auf mich, aber das ist mir egal. Ich muss doch das kleine Lieselchen über die Taufe halten.« Er holte seinen Rollstuhl aus dem Fond und klappte ihn gekonnt auf.

»Lass dich drücken, Maikäferchen. Du siehst blendend aus.«

»Mir geht es wunderbar, ach, es gibt so viel zu erzählen. Aber das machen wir später. Wie lange kannst du bleiben, Hans?«

»Eine Woche.«

»Du, das ist perfekt. Nun komm, wir wollten gerade anfangen!«

Sie schob Hans zu ihren Freunden, und alle waren begeistert, ihn zu sehen. Hinnerk ging zu ihm und reichte ihm die Hand. »Ich war ein Erztrottel. Bitte entschuldigen Sie mein Verhalten früher, Hans. Ich mach es wieder gut.«

»Ach, Schwamm drüber. Und nun sagen wir Du, was, Hinnerk? Ich bin sicher, wir werden uns gut verstehen.«

Da lächelte Hinnerk erleichtert.

Während nun Hans Lisbeth auf dem Schoß hatte und Pfarrer Gerthsen noch mal von vorne anfing, da dachte Anni an Friedrich. Wie schön es gewesen wäre, ihn heute hier zu haben.

Sie hatte noch einige Male mit Manon gesprochen, die stets freundlich war. Aber die Sache schien aussichtslos. Die Maschine war verschwunden, es gab nicht die kleinsten Lebenszeichen.

»Wir müssen uns mit dem Gedanken abfinden, dass er tot ist«, sprach Manon den schrecklichen Satz aus.

»Nun bin ich allein mit dem Kind, ach, aber es muss weitergehen, nicht wahr?«

»Bitte besuchen Sie uns doch in St. Peter, Frau Brunner. Hier können Sie sich ein bisschen erholen, und wir beide könnten uns mal länger unterhalten.«

»Das mach ich, Anni, sehr gern sogar«, hatte Manon versprochen.

Anni schaute in den Himmel. Irgendwas in ihr sagte ihr, dass sie die Hoffnung noch nicht aufgeben dürfe. Aber der Gedanke verflog schnell.

Als die Taufe vorüber war, trat Anni einen Schritt nach vorne.

»Ich möchte euch allen noch etwas mitteilen«, begann sie fröhlich. »Ihr fragt euch sicher, wie es nach dieser turbulenten Zeit mit der *Seeperle* weitergeht. Zuerst mal: Hier in St. Peter wird nichts abgerissen, das verspreche ich! Und wir lassen uns nie wieder auf so einen Windhund ein, hört ihr?«

Zustimmendes Gemurmel war die Antwort.

»Natürlich hätte ich die *Seeperle* wieder als Hotel eröffnen können. Aber ich habe eine, wie ich finde, viel bessere Idee. Ich werde gemeinsam mit meinem Mann Hinnerk der *Seeperle* eine neue Bestimmung geben: Sie wird ein Erholungsheim für Mütter und ihre Kinder, die misshandelt wurden. Hier sollen sie neue Kraft tanken. Das ist mein Plan, und es wäre schön, wenn ihr euch mit mir freut.«

Edith schaute stirnrunzelnd zu den Leuten.

Na, ging doch! Die Mehrzahl schien den Plan gut zu finden. Es wäre zwar noch ein gutes Stück Arbeit bis zur wirklichen Gleichberechtigung und bis zum Ahnden von Gewalt in der Ehe, aber sie waren auf einem guten Weg!

»Das ist ein ganz wunderbarer Plan«, sagte nun Robert Nielsen. Er trat neben Anni, legte den Arm um ihre Schultern und drückte sie kurz an sich. »Liebe Anni, lass dir sagen, dass ich dir für den Anfang mit einer hohen Geldspende unter die Arme greifen werde. Nein, ich möchte keine Proteste hören. Durch euch alle hier hab ich meine wunderbare Frau kennengelernt, die im Übrigen in unserer Ehe die Pantoffeln anhat, nicht ich …«

Alle lachten.

»Lass mich meinen Beitrag leisten, Anni, bitte.«

»Also gut. Dann hast du aber auch Mitspracherecht, Robert, und musst ganz oft in St. Peter sein. Mit Edith natürlich. Das wäre dann meine Bedingung.«

Robert lachte. »Aber ja. Wir machen das alles gemeinsam.«

Nun ging Anni zu ihren beiden Freundinnen.

»Was für eine Zeit«, seufzte sie. »Aber wir haben sie durch-gestanden und werden auch die Zukunft meistern, oder?« Die drei umarmten sich fest.

»Alle für eine, eine für alle!«, rief Helena, die nun wieder ge-löst und fröhlich durchs Leben ging.

»Genau.« Anni nickte. »Packen wir's an.«

Dann schaute sie noch mal hoch in den Himmel und dachte an Friedrich.

ENDE

NACHWORT

Das ist ein Roman, und ich habe mir einige Freiheiten
herausgenommen, die vielleicht nicht ganz
der Realität entsprechen.

DANK

*Ich bedanke mich bei Anne Sudmann, Stefanie Werk,
Monika Buchmeier und Reinhard Rohn
vom Aufbau Verlag.*

*Dann natürlich wie immer bei Petra Hermanns,
der weltbesten Agentin, und das meine ich wirklich so.*

*Und bei meinem Mann Fridtjof,
der mir wie immer bei den Meer-Szenen geholfen hat.*

Eva-Maria Bast
Vanilletage – Die Frauen der Backmanufaktur
Roman
388 Seiten. Broschur
ISBN 978-3-7466-3846-1
Auch als E-Book lieferbar

Träume aus Zucker

Bielefeld, 1892. Die junge Josephine und ihr Mann Carl haben große
Pläne: Sie wollen ein Mittel herstellen, das das Backen revolutionieren
wird. Es fehlt nur noch die richtige Mischung. Während Josephine in der
gemeinsamen Apotheke bereits an der Werbung arbeitet, experimentiert
Carl weiter – und dann ist es geschafft: Ihr Backpulver wirft große
Gewinne ab, Josephine und Carl können schon bald expandieren. Doch
ihr Erfolg ruft immer mehr Neider auf den Plan, und Josephine und Carl
müssen um die Zukunft ihres jungen Unternehmens fürchten – und um
ihre Liebe.

Der Auftakt einer mitreißenden Saga um eine Backdynastie – beruhend
auf der Erfolgsgeschichte eines deutschen Familienunternehmens

Regelmäßige Informationen erhalten Sie über unseren Newsletter.
Jetzt anmelden unter: www.aufbau-verlage.de/newsletter

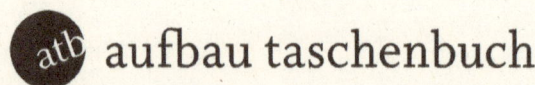

aufbau taschenbuch

Lena Johannson
Die Frauen vom Jungfernstieg. Gerdas Entscheidung
Roman
432 Seiten. Klappenbroschur
ISBN 978-3-7466-3704-4
Auch als E-Book lieferbar

Das Schicksal eines Hamburger Unternehmens

Hamburg, 1889: Gerda ist fasziniert von Oscar, einem erfolgreichen Apotheker voller Tatendrang. Die beiden wollen sich etwas aufbauen. Oscar kauft das Labor eines gewissen Paul Carl Beiersdorf in Altona und beginnt mit der Entwicklung neuartiger Produkte. Doch so erfolgreich er auch ist, die Hanseaten meiden ihn wegen seiner modernen Ansichten – und weil er Jude ist. Um sein Ansehen zu retten, beginnt die kunstinteressierte Gerda in ihrer Villa Salonabende zu veranstalten und einflussreiche Gäste einzuladen. Wird es ihr gelingen, sich gegen ihre Widersacher zu behaupten und Oscars neueste Kreation zu retten?

Authentisch und berührend: die neue große Saga von Lena Johannson – beruht auf wahren Begebenheiten

Regelmäßige Informationen erhalten Sie über unseren Newsletter.
Jetzt anmelden unter: www.aufbau-verlage.de/newsletter

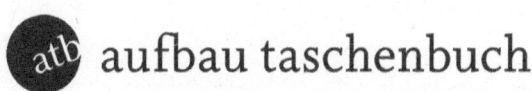